用詩藝開拓美

DEVELOPING BEAUTY
THROUGH THE ART OF POETRY
—Lin Mingli On Poetry

林明理──著

以诗和画为经纬去编织
大自然和人生之多彩；以
心灵之感悟去评析诗人之
人品文品，写得有声有色，
很有文采，见解也独到，值
得一读。可谓诗评界的一
朵新花。

贺林明理诗评集问世

山东大学吴开晋

山東大學前文學院副院長吳開晉教授題字

CONTENTS ···

簡論《非馬藝術世界》的審美體驗

　　非馬（1963-　）本名馬為義，出生於臺灣臺中市，威斯康辛大學核工博士，曾任職美國阿岡國家研究所。六十歲退休後，專心於於文學與藝術創作，更積極地去體驗人生。他曾在芝加哥及北京舉辦過多次畫展，引起很大的注目與迴響。目前定居芝加哥。在人們的心目中，非馬是個離臺隻身在美國奮鬥的遊子，卻有「核子詩人」博士之稱，在科技及文學藝術等各方面，都有很豐富的成果。他有質樸、優雅的笑容；自始至終都保持著自己高度的洞察力及敏銳的感覺，以獨特的視角、幽默的哲思與詩句的簡潔凝煉見長。當他六十歲，自阿岡研究所提早退休後，開始去接受藝術的薰陶，除了寫詩翻譯外，也做雕塑及繪畫，締造一個屬於自己的藝術世界，更進而視真理為生命，不斷地超越自我，描繪出一幅勇者的畫像。

詩風清澈　真情至性

　　〈藍色小企鵝〉是非馬寫的一首溫馨可愛的詩，它的英文版最近發表於《基督教箴言報》。它為什麼特別感人？原因就在於詩人愛護自然、保育動物、歌頌人間真善美，寫出了這樣可以喚醒人心的詩句，給人留下了深刻的印象：

　　　被禁止閃光的眼睛
　　　根本無法分辨

他們是從無邊的大海
或黑夜的後臺
走出來的

不喧嘩
不爭先恐後
這些聽話的幼稚園孩子們
列隊魚貫上臺
白胸的戲裝
在昏暗的燈光下
隱約閃亮

無需任何臺詞
或表情動作
他們用蹣跚的腳步
一下下
踩濕了
臺下凝注的眼睛

　　　　　　──〈藍色小企鵝‧澳洲遊記之一〉

　　此詩以誠心真情描繪出一個個深深被小企鵝的演出所感動
的表情；在思想的深化上，不失為一劃時代傑作。我們不禁感
嘆造物的神奇，這種美麗的畫面讓人無法形容，因為它是從詩
人心中有愛發出，其光芒足以掩蓋小企鵝表演動作上的笨拙或
蹣跚的步履的小缺憾，反而造成一種真正的美麗！一顆沉靜清
明的心靈、一個無邪純真的笑顏或一滴感激的淚水，都是難得

的，尤其在這個利益薰心的社會裡。現實的壓力下，對某些遺失閑情逸致的人們來說，已失去許多浪漫主義的色彩；如果能在忙碌時間的接縫中，與家人經過一番心靈的洗禮，恢復了赤子心，在旅遊中深知人間有愛，勇於付出關懷，方能擁有更多喜悅。看那上帝的造物，是如此的美好！這是從小企鵝身上所得到的啟示。

　　非馬在退休後轉向美和藝術，從中獲得審美體驗與觀照。〈橋〉這首富於哲理的七行小詩，即將被收錄於英國牛津大學出版部出版給國際學生使用的英文課本裡；暗喻惟有聯繫兩岸的橋，才能無遠而弗屆：

　　隔著岸
　　緊密相握

　　我們根本不知道
　　也不在乎
　　是誰
　　先伸出了
　　手

　　這首小詩令我愛不釋手、反覆思量，其內涵的意義是，國際間，不論來自何方，真正友誼的橋樑，建構在愛與被愛中；如能關愛別人，也將得到別人的關懷。每個人的心中，都存有一座心橋，只要先誠摯地伸出友誼之手，連結心橋，愛，不分彼此，不分先後，不分遠近，也不分種族膚色；我們所需要的是，能先釋出一份

暖暖的溫情,來拉近彼此距離。因為我們同是地球的一份子,每個
生命體,渺小而短暫,更應緊密相連,本著互助的襟懷去愛朋友
或鄰國,這個世界將顯現更光明的一面。愛,可以轉動世界,這
也正是詩人最真誠的告白與期待;如能達到這個境界,心靈的交
流,就能暢通無阻,人類社會和諧方有可期。

〈黃山挑夫〉是一首令人熱血澎湃又不能忘卻的好詩,抒
發的盡是詩人向人們展示黃山挑夫的辛勞、身臨其境的體察,
真正形成了非馬人格與詩作的大氣魄:

每一步
都使整座黃山
嘩嘩傾側晃動
側身站在陡峭的石級邊沿
我們讓他們粗重的擔子
以及呼吸
緩緩擦臉而過
然後聽被壓彎的腳幹
向更深更陡的山中
一路搖響過去
苦力
苦哩
苦力
苦哩
苦力
苦哩……

在黃山頂上看挑夫從一階階的雲梯爬上來，本來不是奇事；但是我們注意到詩人本身充滿了博大的愛，對大地的愛、親友的愛、民族的愛、小市民的愛，對挑夫的悲憫之情抒寫得淋漓盡致，更增添了一種令人咀嚼回味的辛酸。

黃山是中國數一數二的風景勝地，也是世界遺產之一；參差林立的怪石，千萬株丘壑之間的蒼松，隨著山風洶湧翻騰，雲海如白浪滔天，在群峰中乍隱乍現，堪稱為三大奇景。而黃山挑夫的工具有三：扁擔、叉子和繩索，每個挑夫幾乎挑起近九十公斤物品；如果是雨霧來臨，山路崎嶇不平難行，挑夫根本無浪漫可言。他們一步一腳印，恰像一匹馬駝著重載般，拚命地、吃力地往上爬；晨光照著他們充滿皺紋的臉龐，肩擔一生的風雨與蒼涼，映照出一幅力與美交織的畫面……誠然，命運總是以多樣化的形貌磨練人心，挑夫雖然汗流浹背、辛苦地養家糊口，是一輩子勞累的宿命，但也因其擔當，儘管責任越沉重，他們的腳步卻越穩健；而沿途搖響的腳步聲，吶喊出挑夫內心的精神力量，讓詩人與天地為之動容震撼。在多數遊客無視於挑夫的勞力、只在乎拍攝眼前的美景的映照下，詩人的關懷之心在我們心中產生另一種滋味，另一種激盪，也使我們對生命的體驗大大加強了。

畫境新奇　風雅高遠

西方醫學之父希波克拉底（Hippocrates）曾說：「藝術是永恆的，生命卻是短暫的」。研究非馬藝術創作的源起可回溯到去年自己開始對詩藝的興趣，特別是在進一步鑽研後，平日我寫詩之餘，也喜歡繪畫，而這些經驗在在都加深了我對非馬的

醉漢，12.7×17.8 cm，
丙烯，2006

認識與瞭解。

　　比如這幅〈醉漢〉，構圖簡約俐落，視覺傾向於空濛雅緻的現代主義色彩。靜態的月影與詩人的永不停息的生命動力達成了某種契合；從畫中的原型情境不難看出非馬的情感體驗，能強烈地喚起詩人的精神故園。其真正有力量的是隱藏在詩人心靈深處的審美知覺，將對祖國鄉愁與徬徨，結為記憶，形成具有雙層意蘊的象徵。這樣造成的孤寂，富於無以倫比的悲愁，也能給人一種江流浩淼、空曠中的恬靜的感覺。

　　非馬畫風自由活潑、喜歡有生命力的感覺，也不模仿各門派。雖然這些原來在我們生活中常見的事物，經過他的描繪，好像忽然有了更深長的意涵。〈貴妃醉酒〉是很有突破性的創造，也是女性構圖其中最為突出醒目的一幅；很輕易地觸動觀者潛在意識的感動力，顏色之間的彩度，極具微妙之處。可能有意以暗示畫中女子醉後的千姿百態，造型很特別、大膽，神情也十分有趣，使人看了有一種栩栩如生的感覺，開發出特殊的藝術趣味，也帶來歡暢的氣氛。

貴妃醉酒，30.5×40.6
cm，混合材料，2007

誠然，藝術只有存在於創作者處於清明、沉潛的心靈，方能自然地呈現強有力的意象。非馬追求的既不是女子青春時期嫵媚的表象，而是注重藝術最深切的功能，在於表現一種切近生活的情感詩韻。〈青春燦爛〉喚醒了詩人潛藏的記憶，畫中女子熱情親切，這幅畫被選為非馬散文集《凡心動了》的封面，最奇異之處在強烈的色彩交織、有某些特殊的美國風情，顯出女子甜美高尚的微笑，讓人感受到女子散發出的智慧，潛藏在畫的底蘊中。

青春燦爛，35.6×43 cm，丙烯，1991

詩藝奇崛與美的發現

迄今，非馬仍馬不停蹄地勤於創作，完全是因為他個人的學養以及擁有一股年輕人的積極奮鬥精神。去年底花城出版的《非馬藝術世界》，是結合詩藝圖文翻譯的晚年力作，彩色印刷、內容豐美。除了作者做出生動的旁白描述，使藝術效果大為增強外，其優美獨特的意象也層層疊現；詩人內心澎湃的情懷，使讀者產生強烈的感情共鳴，在會心的一笑之後，也深深進入思索。

非馬也是位優秀的翻譯家‧藝術家‧作品多呈現出天趣盎然與自在的風貌，流露出他獨特的藝術魅力，故而能在芝加哥

及海外展覽中結成豐碩的果實，連同詩藝受到人們的推崇。他對現代藝術帶有濃厚的興趣，除了繪畫，也製作了一些雕塑，造型抽象中有一股親切的質感與沉潛的風格。我認為，非馬藝術有兩重意義：其一，它代表了追求身心和諧、完美人生的具體典範；其二、它象徵了崇尚自然的美的創新表現。人們只要有機會接觸到他的作品，必會被吸引而進入他的藝術世界，共享他辛勤創作的成果。

2012.1.1作

刊登北京市朝陽區文化局主辦《芳草地》季刊，2012年，第2期，
　　總第48期，頁50-57。此刊文另刊登林明理畫於封面內頁彩色畫。

在觸物興懷中找尋歸宿
——淺釋林莽的詩〈一條大江在無聲地流〉

其人其詩

　　林莽（1949- ），在北京上小學、中學。二十歲時，到河北白洋淀當兵，同年開始詩歌創作。著有詩集《我流過這片土地》、《林莽的詩》、《永恆的瞬間》，詩文合集《穿透歲月的光芒》。現為中國詩歌學會理事、《詩探索》編輯。

　　四十年來，林莽從來沒有真正放下筆，顯然地他一年一年走過來，總是不斷精進努力，以自身生命的粹煉，表現出詩藝真諦。他把寫詩當成一種自我生命的展現，詩作多鄉情的、觀賞自然的騁懷抒情之作。繪畫方面，也氣韻生動，常流露出民間的、生活的溫馨情味。換言之，他的詩畫，既散發出自然氣息，又是清雅的，而得以尋求心靈的歸宿。

詩畫交融的共同感覺力

　　林莽的詩歌多是抒情的，詩人也能透過細微的感受，適切地把心中的畫呈現出來，使情成體，化為詩中的投影。可以這麼說，其詩畫意境的蘊藉動人，均賴於情景交融。比如詩人這首近作〈一條人江在無聲地流〉，可從兩方面角度探討詩畫交融的共同感覺力：

如霜的月色／江南的黑與白／流水中的倒影／／有一種
濕潤／有一種觸動／是初夏的風／流過五月／流過籬牆
／流過瓦頂／還有歲月的髮絲／梅子的暗香／微涼的肌
膚／／把影子疊入影子／把感傷疊入風／幼鵲展翅　飛
過煙柳／／細雨濛濛／泊著的烏蓬船／在苔跡斑駁的院
牆外／／一條大江　在無聲地流

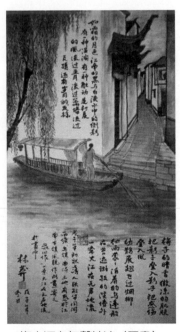

一條大江在無聲地流（國畫）
48×95cm

從詩畫的創作角度看，林莽
的美學思想歸根結底是其樸實真
誠人格的產物。此詩情以景生，
詩中所描寫的江南村景，其實是
詩人對這塊土地的凝塑過程，其
中的籬牆、幼鵲、煙柳、細雨、
烏蓬船等等景物亦令人感受到詩
人主觀的感性，經由畫作，進入
詩畫合一的境界。畫中，小船與
垂柳、斑駁的院牆相輝映，產生
了一片寧靜、詩意效果；不僅表
達了視覺的語言，更傳遞了豐富
的想像及清新的觸覺。而這種親
切的感情，更透過詩畫聯繫使歷
史上的江南鄉土與今日無間。

從意象構思的角度看，詩人以情迎景，林莽的夢幻並非超
現實的真實，而更接近於理想主義的真實。他將自己的理想（夢
土）和歲月存在過的痕跡的善意串連，有某種象徵的美感氣質，

而讓讀者可以「碰到」對江南的鄉愁價值，而不是表現藝術的幻境。林莽將所繪的江水，流過初夏的夜、流過籬牆、流過瓦頂比喻為是歲月的烙痕，就是浪漫主義對待藝術「移情」（empathy）的構思；而由題詩所導出的藝術感知，即在強調「自然」才是造就詩人心中不斷出現的「鄉愁」的主因。

結　語

我不禁覺得林莽畫中喜用極端細膩的詩境去描繪攝影微粒所無法達到的精緻世界，此詩，我們看不見幼鵲展翅在何處，卻可以透過畫面聯想出綺麗的江南風景。詩人也沒有指出細雨如何輕拂綠柳，卻使人聯想到一個孤空寂寞的泊客的殘景。同樣地，這幅詩畫作品的言外之意：陳舊的院牆、如霜的夜色、客舟的人影等物件組成片斷的景緻，也創造出畫外之境。對於五月梅樹的暗香與通往一條筆直又孤獨的旅程……讓人感覺夢幻又感傷的氣氛。另外，把影子疊入影子的強調，可能有意以之暗示詩人的心境，以及對人生的繁華與沒落的感事抒懷。至於畫中那泊著的烏蓬船，則彷彿是黎明前、緩緩划過黑暗封鎖線的一道曙光，有著單純寧靜的詩意，能撫慰人心，讓心神像江水般平靜。

林莽主要想透過詩畫的表現方式來開拓或深化讀者的視覺經驗，讓藝術創作達到更持久、更深邃的藝術境界。在許多意義上，由於他為人處世謙和的信念，賦予這幅詩畫有一種淡雅、流動中的靜謐的風格，也可能造成一些持久性的影響。總之，這是幅充滿詩意的構圖，林莽將　些個別的繪畫元素匯聚在自己的詩中；讓讀者觀賞時，覺得外在世界彷彿是一些虛無

縹緲如過眼雲煙。林莽為詩藝創作提供了一種新的自由，出人意表的展現其抱負與創作不懈的精神；其藝術之溪流亦將不斷地擴展，因而使作品呈現出成熟與自在的風貌。

2010.4.22

原載高雄市《新文壇》季刊，2011.04夏季號，第22期

轉載山東蘇東坡詩書畫院主辦《超然詩書畫》2011.12，

總第3期，頁131-132

王潤華和他的新詩創作研究

王潤華其人其詩

　　王潤華（1941- ）生於馬來西亞，係東亞地區才華橫溢的學者，其於藝術上的表現亦然。自幼勵志苦學，學生時代負笈臺灣讀書，25歲獲政治大學文學士，受業於漢學宗師周策縱教授。三年後再獲碩士學位後出國深造，1972年獲得威斯康辛大學文學博士。曾任美國愛荷華大學研究員、新加坡南洋大學教授、人文與社會科學研究所所長；北京大學、華中師範大學等校客座教授、柏克萊加州大學、倫敦大學訪問學者、元智大學人文學院院長，2012年返回馬來西亞擔任南方學院資深副院長，著作豐富。著眼於比較文學、中國現代文學、新馬華文文學、唐代詩學等四個領域上都有建樹。撰述之餘，常以詩自娛、聊寫胸襟；也寫散文與其他古典抒情小說之創作及研究，四十五歲時榮獲新加坡最高榮譽之文化獎等殊榮。

　　本文試圖研究王潤華熱愛新詩創作之因，據作者自述，他是自中學時期開始，就有自覺性地收集作家簡報，閱讀相關文章，一點一滴地累積。於新加坡大學退休後，原本有機會成為新加坡駐大陸外交官，卻因為對研究工作的熱情，來到臺灣的元智大學任教，繼續為他所熱愛的寫作貢獻心力。他出生後日軍占領馬來半島，因此隨母親逃難到熱帶原始森林深處。小學時，每天都需要穿過熱帶雨林；南洋的叢林遂成為他日後寫作

的重要題材。我所探索的不是對他的學術著作論述，而是以他豐富的南洋生活，高深的學術基礎，探究新詩創作的意圖，以及讀者的心理反應的認知來評論其作品。

思理澄澈　清剛雅勁

王潤華的詩，傾注真切感受或抒寫情懷；其藝術格調高雅脫俗，立意和新貌方面也體現了溫儒與沉潛的共性。《王潤華詩精選集》的書中分為十一輯，共一百零五首詩。範圍涵蓋著「紅毛丹與琉瑯婆」、「患病的太陽」、「高潮」、「內外集」、「橡膠樹」、「南洋鄉土集」、「山水詩」、「地球村神話」、「熱帶雨林與殖民地」、「人文山水詩集」、「科學詩鈔」等單元。其中，他四十四歲在新加坡任教時，寫下一首經典之作〈面具小販〉：「我每天站在街邊／一邊捏造，一邊販賣假面具／我的三輪車上／掛滿了英雄、奸臣、兇手、或美人／你可以自由選購／各種你崇拜或痛恨的典型人物／／我用粗糙的草紙或舊報紙／和廉價的漿糊／模仿著每天街道上眾人的形象／製造了各式各樣的臉孔／有男有女／有的高貴，有的卑鄙／有的性感，有的豪放／不過都流著一樣的血統／／小孩子和外國遊客最喜歡看／誕生前的一刻／三角臉、馬臉、小頭銳面／被我任意的玩弄在掌上／我的手指有時溫柔，有時粗暴／結果小白臉、大麻臉便在手指間出現／隨著愛和恨，富貴或貧窮的影響／他們臉上無奈的／呈現著喜怒哀樂／／像播種前的種籽／我將一個個臉孔放在太陽下曝曬／而且塗抹上虛偽的顏料／再貼上便宜的價格／／小孩子，你會辨認嗎？／黑色表現剛正／藍色是陰險的性格／白色後面藏著奸惡和卑賤／左邊

那個是淫婦／右邊那個是貴人／／但是／笑容並不象徵高興／哭泣並不表現悲哀／因為它們都是假面具／我隨時隨意抄襲自／勻勻走過的行人的容貌」

　　這首詩展現在畫面上的內容，深具意義。不僅包括都市中的小人物生活的悲苦，也許還摻雜著一些無奈的感覺。小販周圍人物所呈現的不是一種雜亂，而是一種牽致和平衡；對於小販受壓抑氣氛的醞釀引出了一種貧窮無原罪的完美，但他的內心都是不安的。作者並不像其他之矯飾主義者那般的喜歡塑造迷惑，相反地，他在建構上風格大抵是一致的。詩人的靈感源自本身純淨的靈思，並逐漸滲出他詩作生命中的甜汁。接著推介這首〈棄園詩抄之一：掃落葉記〉，詩風清剛雅勁，足以樹立為後代詩藝之楷範：

　　　　聽說我離開棄園十二年
　　　　每年的落葉都留到第二年的春天
　　　　讓驚蟄後的野兔和松鼠去辨認
　　　　每一片葉子落白那一棵樹
　　　　讓白楊和橡樹上的綠葉看看
　　　　年老後的自己的顏色

　　　　當我們花了一個美麗的黃昏
　　　　打掃去年的落葉
　　　　我發現很多是我十二年前
　　　　告別棄園時踐踏過的
　　　　難道它們忍著腐爛等我回來掃？
　　　　於是我們將前六年的落葉

用來燒飯煮茶
近六年掉下的
留到晚上燒火取暖

突然主人放下懷素之筆
掃落葉的聲音使他感到不安
推開柴門，他驚訝的發現
原來覆蓋著秋葉的庭院
一片綠草像他的草書
有勁的鬚根在大地上
在秋風中飛舞

──寫於1985年美國愛荷華

　　此詩落筆瀟灑，有一種自由放逸的風格。王潤華六十三歲赴美國講學，見過周策縱老師家中附近「棄園」後，心境獲得更大的開闊，似乎周遭的塵事紛紜，均已化為微不足道的身外雲煙。這可能是受異域的自然奇景與視野開闊之感悟相關。他早年即厚植東方的人文學養，一生喜於遍讀海內外書籍，更得接觸西方現代文學之啟發，此為其詩風滋養來源的重要契機。

　　王潤華在四十五歲時又寫下〈訪上海魯迅故居〉佳作：「1.整整一個下午／我站在且介亭門口／等待魯訊／踏著滿街的落葉回家／／2.／吶喊之後／我開始感到彷徨／因為我疲倦的影子／吵著要離我而去／／3.／路邊一株野草抬起頭／很有耐心的說：／這就是上海山陰路大陸新村九號／魯迅在這屋子裡／翻譯過『死靈魂』／寫了『花邊文學』、『且介亭雜文』／編選『中國新文學大系』小說二集／又寫完『故事新編』／在

一九三六年十月十九日清晨／咳嗽、抽煙之後／便披衣出去散步／／4.我突然聽見／魯迅在樓上咳嗽／便立刻上一樓尋找／瞿秋白沒有匿藏在客房裡／魯迅臥房書桌上壓著一篇未完成的／『因太炎先生而想起的二三事』原稿／煙灰缸還發出美麗牌香煙的煙味／那枝傾斜立著的毛筆／聆聽了五十年樓梯的聲音／等待著魯迅回家寫完它／／5.／我匆匆走進附近的內山書店／正在聊天的不是魯迅和內山完造先生／而是中國人民銀行的職員／他們正在點算鈔票／門口那棵法國梧桐告訴我：／它認識魯迅／如果他從山陰路回家即刻通知我／／6.／我沿街向每一棵法國梧桐樹查問／它們都說／常常看見阿Q、閏土、祥林嫂等人經過／短鬚撇在唇上的魯迅／五十年來卻未曾出現過／／7.／下午五點／在靜謐的虹口公園／我終於找到魯迅／他沉默的安坐在園中的石椅上／草木都枯黃了／只有他身上的綢袍還是那樣綠／／註：一九八六年十一月一日訪上海魯迅故居、內山書店及魯迅墓之後作。魯迅自／稱這故居為且介亭，瞿秋白曾居樓上客房。內山書店原址目前已改成銀行。」

　　魯迅一生共翻譯十四個國家，近百位外國作家的兩百多種作品，字數達五百萬之多；他能讀精深的日、德、英語，此外，還能讀俄羅斯文學，其中最偉大的功績，是文學創作。其故居是幢紅磚紅瓦的三層樓房，在這裡，魯迅從事了大量創作，翻譯及編輯工作，還組織了「中國自由運動大同盟」和「左聯」活動，屋內現陳列著魯迅生前用過的珍貴物品和寫作用具。王潤華是近二十多年來少數研究魯迅作品的詮釋研究的學者，對親眼目睹魯迅故居的緬懷之情自難掩飾。此詩造境幽深濃郁，更徹底地整理出一套奇特的視覺語言，包融他的寄慨

與才情。力求新意感動的苦思，不可謂不大。值得注意的是，他將魯迅精神適應時代之創生力量揭起，可謂是突破傳統文化之生命義理的典範。

結語：詩藝的深沉撼力

　　王潤華也是個有自主性的詩人，他擁有超卓的藝術敏感，其意識常能自由自在的、任意地在心靈的任何的角落找到詩的題材，所呈顯的沉思純粹而令人感動。比如詩集裡提及的「魚尾獅」是Merlion Park的一隻獅子，是新加坡的標誌，也是歷史的一個神話。榴槤是Esplanade，是熱帶水果之王。詩的形成是新加坡這文娛中心的景點，建築較有歐陸色彩，因為它曾是英國殖民地，作者希望能建構一種純東方美學的思考模式，以使畫面逐漸轉回屬於本土的現實的生活層面的典範。另一首〈吞吃熱帶雨林的怪獸──鐵船寫真集〉詩中前段裡：「一群銀色的大怪獸／低頭拚命翻動泥土／尋找地下的食物／它鋼鐵堅銳的口齒／每咬一口／土地便出現一個又深又大的洞」。喻意是作者從童年回憶中去透視過去西方殖民主義霸權，直視亞洲人邊緣化的悲哀。這也就促使他思索到現實生活環境中某些常被忽視的角落，他的詩提出對本土文化的危機感的警告。又比如這首〈橡膠樹〉，是首極富哲理的小詩：

　　　橡膠樹最怕熱
　　　橡膠樹最不害羞
　　　　　從新年開始
　　　　　就把外衣內褲

一件一件脫個精光
一絲不掛的站在山坡上
赤裸著並不性感的身體

穿衣裳的橡膠樹
每一棵都是瘦骨嶙嶙
而且身上刀痕累累
我知道它正在盼望
雨水回來熱帶叢林
替它換上綠色的新衣裳
替它戴上淡黃色的小花……

　　作者創作新詩的動機，不但注入了自己的人生體驗，也採擷了新時代生活的浪花，使其詩作呈現出許多具有南洋風土的藝術風貌。他注意到馬來西亞的橡膠樹與滿地的落葉，它象徵華人在本土扎根生長，也注意到歷史留下的古老建築與早期用樹葉蓋成的亞答屋、地上的細沙、掉落的枯枝等……這是在宣示其人民應向熱帶雨林認同。早期的馬來西亞華人，就是被英國殖民主義統治者移植的橡膠樹，銘刻著新馬土地上的記憶。他反覆地嘗試呼籲，新馬殖民與後殖民社會的華人，如何在當下建構出鄉土語言、文學與文化的現代性；作者透過新詩的啟示是顯而易見的。

　　綜上而知，我們只能下一個概括式的總結，在當代華人詩界中，能將中國文人多雅緻的傳統，包括詩、文同時做最徹底精粹的推展者並不多；而王潤華可謂是一個異數。詩往往可

以表達到某種社會或時代的反影及詩人的思維，其內在的真誠性，才是藝術創作之源。王潤華是位感情綿密又富思索、愛鄉土的詩人；他也是用生命為詩的歌者。當三十六歲寫下〈皮影戲〉於新加坡教學期間時，他在詩中第二段〈影子的家庭背景〉裡，為自我靈魂的超越下了一個這樣的詮釋：

> 我從不在路上
> 　留下一個足跡
> 我卻常唱動聽的歌
> 　卻沒有用自己的聲音
> 我在家的時候只是半面的側影
> 　在舞臺上卻表現立體

　　我們看到的是，作者在溫儒的儀表外，有鐵錚錚的硬骨，和不向惡環境低頭的毅力。莎士比亞曾說：「詩人的眼。做一種優美狂熱的溜轉，從天一瞥到地，從地一瞥到天；猶如想像，使未知的事物成形出現，詩人的筆，使它們的形象完全。」在這裡，王潤華所追求的心靈自由，並非脫淨一切的束縛，而是要揚棄高雅華麗的語言，透過創新的手法，以真樸純粹的語言呈現。他的詩常懷有偉大的愛心，能讓歷史的傷痛從苦難中清醒地走出來。在日益純熟的詩藝下，未來相信他的思維必能更寬廣、更深厚地伸展他新詩的領域。他將日常平凡角落賦予詩美的表現，無疑提供了自己簡筆人生的可能，形成東方藝術的情韻。細讀《王潤華詩精選集》，在畫面中，由現代藝術呈現多層次的韻律感，所帶給我們的愉悅，我由衷地感佩。

附錄： 王潤華著作書目

1. 華裔漢學家周策縱的漢學研究　北京　學苑出版社　2011年　ISBN 9787507737202

2. 王維詩學　臺北縣永和市　花木蘭文化　初版 2010年9月　ISBN 9789862543191

3. 上海太陽島詩選　王潤華，陳逢坤編選　臺北市　文史哲　初版 2010年7月　ISBN 9789575499068

4. 王潤華詩精選集　臺北市　新地文化藝術　2010年4月　ISBN 9789868615120

5. 重返集　臺北市　新地文化藝術　2010年1月 ISBN 9789868370739

6. 海外新詩鈔　徐訏等作；周策縱，心笛，王潤華合編　臺北市　新地文化藝術　2010年1月 ISBN 9789868370722

7. 周策縱之漢學研究新典範　王潤華編　臺北市　文史哲　初版 2010年1月　ISBN 9789575498801

8. 盧飛白詩文集　王潤華編　臺北市　文史哲　初版　2009年12月 ISBN 9789575498788

9. 胡說草：周策縱新詩全集　王潤華，周策縱，吳南華編　臺北市 文史哲　2008年7月　ISBN 9789575497996

10. 魚尾獅、榴槤、鐵船與橡膠樹　臺北市　文史哲 初版　2007年12月 ISBN 9789575497569

11. 全球化時代的中文系　王潤華主編　臺北市　文史哲　初版　2006 年6月　ISBN 9575496817

12. 魯迅越界跨國新解讀　臺北市　文史哲　初版　2006年12月　ISBN 9789575496982

13. 人文山水詩集　臺北市　萬卷樓　初版　2005年　ISBN 9577395260

14. 亞洲的綠　王潤華，陳祖彥主編　臺北市　黎明文化　初版　2004年　ISBN 9571606847

15. 越界跨國文學解讀　臺北市　萬卷樓　初版 2004年　ISBN 9577394698

16. 黑暗的心　康拉德著；王潤華譯　臺北市　志文　重排版　2004年　ISBN 9789575450311

17. 榴槤滋味　臺北市　二魚文化　初版　2003年　ISBN 9867642007

18. 華文後殖民文學：本土多元文化的思考臺北市　文史哲　初版　2001年　ISBN 9575493540

19. 鄉下人放的二把火：沈從文小說《貴生》解讀　新加坡　新加坡國立大學　2001年　SBN 9789810439255

20. 熱帶雨林與殖民地　新加坡　新加坡作家協會　1999年　ISBN 9789810408336

21. 沈從文小說理論與作品新論：沈從文小說理論、批評、代表作的新解讀　臺北市：文史哲　初版　1998年　ISBN 9575491483

22. 潘受詩書藝術論文集　王潤華，唐愛文主編，新加坡　UniPress 1998年　ISBN 9789810402242

23. 沈從文《菜園》中的白色恐怖　新加坡　新加坡國立大學　1997年　ISBN 9789810099671

24. 世界華文微型小說論：首屆世界華文微型小說研討會　王潤華等主編　新加坡　新加坡作家協會　初版　1996年　ISBN 9810078803

25. 把黑夜帶回家　臺北市　爾雅　初版　1995年　ISBN 9576391539

26. 老舍小說新論　臺北市　東大　初版　1995年　ISBN 9571917494

27. 王潤華文集　廈門　鷺江出版社　1995　ISBN 7806101519

28. 創作與回憶：周策縱教授七十五壽慶集　王潤華，何文匯，瘂弦編

香港　中文大學出版社　1993年　ISBN 962201609X

29. 魯迅小說新論　臺北市　東大　初版　1992年　ISBN 9571914428

30. 從司空圖到沈從文　上海市　學林出版社　第1版　1989年8月
ISBN 7805103208

31. 司空圖新論　臺北市　東大　初版　1989年 ISBN 9571900206

32. 山水詩　馬來西亞　焦風月刊　初版　1988年4月

33. 中國文學比較研究　新加坡　國立大學出版社　1988年

34. 秋葉行　臺北市　合志　1988年

35. 王潤華自選集　臺北市　黎明文化　初版 1986年

36. 郁達夫卷：郁達夫妻兒敵友關於其晚年之回憶錄　王潤華編　臺北
市　遠景　1984年10月

37. 象外象　新加坡　新加坡作家協會　1984年

38. 訂婚記　阿格農著；王潤華譯　臺北市　遠景 再版　1983年

39. 比較文學理論集　王潤華編譯　臺北市　國家[初版]　1983年

40. 南洋鄉土集（2卷）　臺北市　時報　初版 1981年

41. 橡膠樹　新加坡　泛亞文化出版社　1980年

42. 比較文學理論集　雷馬克等撰；王潤華譯　臺北市　成文　1979年

43. 內外集　臺北市　國家　1978年

44. 中西文學關係研究　臺北市　東大　1978年

44. 黑暗的心　康拉德著；王潤華譯　臺北市　志文　1970年

45. 高潮　臺北市　星座詩社　1970年

46. 大哉！蓋世比　斐澤磊撰；王潤華，淡瑩同譯 臺南市　中華　再
版　1969年

47. 秋舞　（美）柔諾·卜納德作；林綠，王潤華，淡瑩譯　臺北縣
星座詩社　初版　1966年

48. 異鄉人　卡繆撰；王潤華譯　臺南市　中華 1966年

49. 夜夜在墓影下　臺南市　中華　1966年

50. 患病的太陽　臺北市　藍星詩社　1966年

51. 大學生詩選　王潤華等撰　臺北縣木柵鄉　大學生　1965年

2012.5.4作

刊登臺灣「國圖」《全國新書資訊月刊》，第161期，2012.05

真樸的睿智
——狄金森詩歌研究述評

其人其詩

一個多世紀以來，生於麻塞諸塞州的阿莫斯特（Amherst）且幾乎不曾離開故鄉生活的艾米莉・狄金森（Emily Dickinson,1830-1886）始終是美國文學史上偉大的女詩人。她擅寫短詩、情感細膩，意象深切；一生大部分的詩都在她死後才被發現，結集出版後才重現光芒。

狄金森求學時曾就讀於阿莫斯特學院，和一年時間讀聖尤奇山（Mount Holyoky）神學院。而她深鎖在盒子裡的詩篇，能展現純真、聖潔、簡樸、有深刻思想的美德。她為世人留下了一千八百首詩，凝聚著深厚的情感和創造性的智慧。在她二十八歲後七年，這段期間，可說是狄金森詩歌創作生涯的巔峰時期。尤以三十二歲前後是創作的高峰，在此期間她大量創作出反映死亡、永恆、自然與愛情等主題的詩歌，能夠揭示詩人在經歷了心靈創傷、掙扎於精神崩潰邊緣之際，如何以詩歌藝術逐漸實現心靈的「自我救贖」的過程。她的秘密日記寫下了自己一生的生死愛恨，在她去世二十多年後，才被一位整修她舊居的木匠發現，但因其私心作祟，再度埋沒了近八十年才輾轉問世。

狄金森是個優雅、擁有高遠的理想，愛追求自由和夢想但個性強烈的詩人。即便是年華已逝、深居簡出的她，也散發著

清純氣韻，性格易害羞，卻始終保持著少女的純真，但對感情
方面較為敏感。有很強的獨立精神和豐富的想像力，在平凡的
生活中，安於孤獨自由的和靈光乍現的機智，常會使讀者驚歎
不已。本文從旅美非馬博士的幾首譯詩[1]中，嘗試探索狄金森詩
歌的藝術表現；其天真和孤獨精神的靈思，常可發現不為人所
理解的多層意義與智慧。壓抑在內心深處的「自卑情結」，在
表現自我的層面上，也從而獲得了對現實的超越和自我拯救。

狄金森詩歌的意象與內涵

詩美意識是形而上的藝術直覺，是以人的靈性去體驗到
的一種本原的、悠遠的意境之美；從而展現出詩人獨特的審美
理念和藝術開拓。如何凸顯審美觀是詩發展需要反思其深度根
源與現代含義的一項創新的視域。更為重要的是，必須揭示出
詩的意象及心理學解讀，才能昇華當代新詩的審美體驗，藉以
反映出詩人的精神本性，探索其內心的情感世界。艾米莉‧狄
金森是個感覺經驗強烈而靈敏的詩人，儘管外界事物多變與永
恆不變的理型相區別；然而，在狄金森的詩歌中，其心靈恆處
於嚮往真理的狀態，因之，思想之船槳常能與心志相契合。接
著來看她的這首〈懸宕〉，強調語言的精巧，也反映出作者對
「生死」的世間法則，有種恢宏氣勢的感覺：

---

[1]　《讓盛宴開始──我喜愛的英文詩 Let the Feast Begin》，英漢對照，非馬編譯，
　　書林出版社，1999年6月一版。

　　天堂遙遠得有如
　　到最臨近的房間，
　　要是那房裡有一位朋友在等待

　　何等的剛毅，
　　使靈魂經受得了
　　一隻來腳的重音，
　　一扇門的開啟！

　　在第一個詩節，作者質疑自己所處的困境，她想從人類的制度的束縛中解脫出來，在現實中，無疑是不可能的；但這種對神的反抗導致了心靈的痛苦。因此，她試圖將世間所有懸而未決的人事物都歸於平靜；但又不禁期許博得上帝的垂愛，得到寄望中的生存空間。接著，她發現生死的關鍵不在上帝，不在遙遠的夢土；而是淳樸的生活裡試煉的心志。有了這個認知，她不再畏懼死亡或紛歧是非；並能心悅誠服地突破生命的鐵門，接受自己命定的一切。

　　接著，這一首柔美的〈以一朵花〉，注重整體的抒情而非細節的描述，以打造愛情的想像空間：

　　我躲在我的花裡，
　　你，把它當胸戴起，
　　不提防地，也戴著我——
　　天使們知道其餘。

> 我躲在我的花裡，
> 那朵，在你的花瓶裡褪色，
> 你，不提防地，摸索我
> 幾乎是一種落寞。

　　詩句滲透了狄金森自己個性的傾向，感情色彩與主觀的想望，每一句都從心底湧出，且自然而然地融入了作者孤寂的情緒。彷彿驟然顛覆時空在我們也曾回眸一瞥百合時，這樣的美麗是隱而未現的脆弱、衝動、夢想、善變……其間的滋味迴腸盪氣。狄金森如愛神丘比特般的童真，將思念的憧憬鉅細靡遺地描繪出來；讓愛情的糾結悵然面貌及落寞的底蘊，呼之欲出，呈現出不一樣的生命姿態，也見識到作者嚮往超凡脫俗的愛情的悲傷。

　　這首〈我是個無名小卒！你呢？……〉，成功地創造了一個虛擬的世界，藉此表達她對世人追逐名利的想法和其不同流俗的心胸：

> 我是個無名小卒！你呢？
> 你也是個無名小卒？
> 那我們可成了對——別說出來！
> 你知道，他們會把我們放逐。
>
> 做一個名人多可怕！
> 眾目之下，像隻青蛙
> 整天哇哇高唱自己的名字
> 對著一個呱呱讚美的泥淖！

　　狄金森也是位常保赤子心的詩人，因真感情，才有真境界。在這裡，她成功地找出一個具體意象，鼓勵人盡可能地享受大自然的美好時光。所要闡述的，是在一片搶當名人的爭戰聲中，請讓出心靈的空間吧。而人們所爭求的到最後都是由單純變複雜，此詩則延伸了這一幅諷刺的縮圖：人類因好勝心而爭個死去活來，不過只增多旁人的譏笑罷了。如果不是狄金森的詩才超群，那麼她也不可能有感觸即興迸出，涉筆成趣了。

　　〈屋裡的忙亂…〉作者以一種敘事的語調，來表達生命的強度，冀望著愛是「永恆、無限、純一」，讓人重新感知這個世界：

　　　　屋裡的忙亂
　　　　在死亡過後的早晨
　　　　是這塵世上
　　　　最最莊嚴的勞動，——

　　　　把心掃起，
　　　　把愛收拾藏好
　　　　我們將不再用得著
　　　　直到永遠。

　　在宗教領域裡，狄金森保持著更多自由。她一直希望找到一條出路，從而自痛苦的樊籠中擺脫出來。在這裡，可明顯地感受到作者將生與死的莊嚴與忙亂的家人的意象並陳；以探究愛情的深度與價值，進而說出內心深處的憂鬱，以彌補過去對

宗教方面失落的態度，情味綿緲。暗喻生命終有結束的一天，因為我們知道它有盡頭，才會更積極把握現有的……曾經擁有是幸福的，否則，那一切的一切盡都惘然。當我們身臨其境，作者所能喚起的，就是在我們心中激發起連我們都不曾料想的情感或某段經歷的記憶。這樣，過去，現在，未來，幻想與時間的距離就串聯在一起了。

狄金森思想的深刻性不僅在於能一針見血地指出現實社會的弊病，而且還在於能在詩中把相互對立的情景組合在一起，出人意料地取得了某種特殊的意蘊。比如〈兩個泳者在甲板上搏鬥……〉就是首哲理的小詩，試圖解決人與人之間的敵對問題：

> 兩個泳者在甲板上搏鬥
> 直到朝陽東升，
> 當一個微笑著轉向陸地。
> 天哪，另一個！
>
> 路過的船隻看到一張臉
> 在水面漂蕩，
> 在死亡裡依然舉目乞求，
> 雙手哀懇地伸張。

無論這畫面是真是假，這裡作者的意識與外界的物象相交會，形成一種生命風貌的展現。它讓讀者感受親歷其境的一刻，既是作者個人對生之尊重所展現的風姿，也是讀者透過意象的圖騰所體悟的風貌。作者繼以擬人手法，描繪死亡的恐懼，既凸顯了不當的搏鬥所帶來的傷害後遺症，甚至使萬物之主也望之興歎。所以，清醒

是很重要的。這種調侃式風格在她身上產生了創作的動力，是偏於幽默性的舒緩愉悅的審美風格，非常自然又意趣橫生。

接著，〈如果我能使一顆心免於破碎……〉這首詩在平凡之中鋪陳出不凡的喻意，浪漫的筆調，能喚起情感的亮度：

> 如果我能使一顆心免於破碎，
> 我便沒白活；
> 如果我能使一個生命少受點罪，
> 或緩和一點痛苦，
> 或幫助一隻昏迷的知更鳥
> 再度回到他的窩，
> 我便沒白活。

成年的狄金森羞於表現自己的幻想，並且也向其他人隱瞞自己的幻想。她常運用自己的奇異感去凝視這普通又多情的世界，賦予簡單的生活中醇厚的詩味。在這首詩裡，視覺已鋪墊了愛戀的氛圍，充分展現了詩作的自由性與聯想力。一方面，作者表達出她對愛情孤獨的悲嘆，一方面道出她所關心的是對人類的愛、自然的愛，鮮活地刻劃出作者心境的變化。再由知更鳥的「昏迷」與作者的呵護回「窩」串聯的意象，化靜為動，更添一種詩的興味。其詩心的靈巧，令人咀嚼。

最後介紹這首〈有某種斜光…〉，羅織出作者心靈圖象，意味深長：

> 有某種斜光，
> 在冬日午後，

壓迫，如教堂曲調般
沉重。

它給了我們天大的戕害；
我們找不到傷痕，
除了內部的差異
標示意義所在。

沒有東西能教給它什麼，
它是封緘，絕望，──
一個龐大的痛苦
由天而降。

當它來到，山水傾聽，
陰影屏息；
當它離去，就如死亡
凝視的距離。

　　詩中，作者所流露的孤獨與感傷有別於其他浪漫派詩人，
她解釋愛情與失去間如何妥協，理出她對自然界特殊的敏覺與
感性。詩人面對坎坷人生的智慧，讓我們瞭解到，希望中的快
樂是比實際享受快樂更有福的。此詩暗喻作者勇於孤寂的生活
時心中的悲嘆，而人生到處是死亡、變化的意象，亦充滿著內
心情感的寄盼。其實，愛情是一種等待的時間越長久，在記憶
中的痕跡就越活躍和清晰的莫名思緒。當我們在她詩歌意象的
聯想中流連時，就能喚起了我們的期待。

孤獨的精神：艾米莉·狄金森

　　無疑，對一個詩人來說，憂鬱是很自然的。狄金森對藝術美學的感知，源自於求學期間的汲取及天賦的智能。當她用豐富的想像力喚醒自我靈魂的時候，在那裡精神也獲得了生命。誠然，生命是短促的，然而在她孤獨的靈魂裡頭，深藏著美好的精華，也有一顆勇敢的心靈。儘管當時外界批評之語有些混亂，她還是帶著一種清新、平和的心情醒過來了。她的智慧越是遮掩，越是明亮；其無言的純樸所煥發出的情感，是純真的，也是詩歌藝術最大的遺產之一。

　　事實上，狄金森對世間萬物的一切，從未棄擲，她創作時的思考重點已經轉移到新近獲得智慧的意識之流，正義與真理才是她高尚人格的真實標誌。當她在隱居中，仍保持最純潔的德性，以避開外界的誹謗之音。狄金森成功地讓感情屈服於創作上的支配並且發揮詩歌的自由表達。在她的潛意識中，她仍然被帶有自閉或自卑心結的色彩的批評眼光繫在她的身上。對此，一個感情的動機導致她寫下了這些日記，它使得那些詩歌的背景的意義清晰了。也唯有透過她遺留的秘密日記的進一步探討，或可瞭解她孤獨的精神的可能性變為確定性。但這並不是試著從她的微小弱點或個性的孤僻出發，來解答她的精神生活中的問題。

　　狄金森童年時生長在優渥的家庭，既聰明又清純。她的父親為名律師及議員，但將其興趣都投注到他的事業上，且偏愛於狄金森的哥哥奧斯汀。由於家庭因素，她在少女時代就必須照料生病的母親；長期的不安與父母兄妹間的關係變得敏感

而疏離。因此,在她心靈投下了痛苦的陰影。加以二十五歲時,她暗戀著一位有婦之夫的牧師。雖未有結果,然而此痛苦經歷,招致周遭眾人對她的不解與誤會。在精神打擊下,遂而選擇遠離生活,遠離人群。她對外界的記憶變成深沉的遺忘,但她似乎也明白,當她被壓抑的情感復甦時,詩歌就在壓抑力量中誕生了。

以心理學論,人類在心理生活中,唯一有價值的是感情。因此,一首詩的力量如不具有喚起情感的特徵,那麼它就無任何意義了。狄金森生前在詩歌的舞臺上,並不是一個悲劇的英雄;其創作的目的,是為了通過需要有精神痛苦的環境來認識精神痛苦,而企圖完成靈魂的自我救贖的。人生其實不複雜,也沒有任何規則;它只是一場追尋,凡事都有可能,沒有人會永遠完美的。狄金森在人格的一二缺陷,也無法掩蓋住她的全部優點。上天是公正的,在她逝世後,她唯一留給世人的一張照片,是端莊又素靜的容貌,隱藏在她詩一般的微笑下,她的詩歌的美卻隨著時間而變得更有價值。或許,正是這個不尋常的、有獨特魅力的神秘步態,引起了詩界的興趣。我彷彿看到一個淡淡的影子、自覺地生活,消失在湖畔盡頭,而雕像捕捉的正是她沉碧如湖的眼睛,正靜靜地坐在那兒的姿態。以上似乎是筆者從非馬博士對狄金森翻譯的詩歌資料中得出一個不夠充分、卻很大膽的結論。但我深信,研究狄金森的意義會隨著我們繼續深入的研究而增加。

2010.10.12作

刊登湖北省武漢市華中師範大學文學院主辦《世界文學評論》〈集刊〉／《外國文學研究》〈AHCI期刊〉榮譽出品,2011年5月,

2011年第一輯〈總第11輯〉,頁76-78

在詩中找尋歸宿
——淺釋胡爾泰的詩

其人其詩

　　胡爾泰（1951-　），本名胡其德，筆名胡爾泰、秋陽，臺灣臺南人，三十九歲於國立臺灣師範大學取得博士學位，四十六歲升任臺師大教授。三十八歲起至五十六歲期間，曾四度赴法國高等研究院、德國波昂大學、荷蘭萊頓大學等地研究，專長於蒙古史、道教史及文學史。退休後目前為清雲科大教授，2009年榮獲教育部文藝創作獎。

　　胡爾泰是臺灣學界中優秀的學者詩人，一生與詩密不可分。他寫詩是以自身生命的淬煉，表現出藝術的真諦，透過詩的創作從宰制走向解放的路，在自我放逐中，得以尋求自己心靈的歸宿與自由。《白色的回憶》是2010年孟秋出版的新詩集，內容收錄六十首詩，處處流露出作者深思熟慮過的技巧，其懷舊情緒，顯示詩人身為都會生活的縮影，對遠離大自然的簡單生活所生的緬懷，也反映出為政治加上哲學的冥思，更傳達了他對愛情的孤獨悲嘆。詩人不僅以自身經驗，創造出美的樂音，並透過描寫外在景物來傳達情感，從而激起讀者深刻的印象。

筆花靈妙　意蘊博深

　　劉勰的《文心雕龍‧明詩篇》曾提到：「人稟七情，應物斯感。感物吟志，莫非自然。」

　　胡爾泰早期的詩表現的是抒情浪漫的風格，強調人與自然和諧的關係；他把自己的夢想、希望、悲傷注入作品，使之有獨創性。在遊歐期間，更獲得了許多與自然接觸的實際經驗，也汲取許多鄉野記趣或史蹟典故，這些都成為他日後寫詩生動的思想所在。要欣賞胡爾泰的詩，我們得先了解他如何從浪漫的想像，轉變到具體的構思醞釀，進而走進奧妙的詩世界。比如〈獨處〉，這首詩產生了一個雙重視野，同時呈現詩人對生命中的愛與孤獨的憂傷：

　　　可以聽到沙漏
　　　或蜘蛛上網捕捉消息的聲音

　　　可以穿越發黃的紙
　　　看見蝴蝶和莊周不斷地變把戲

　　　可以飲喝幾首太白
　　　或者消化一棵村上春樹

　　　可以寫一封不想付郵的情書
　　　或一首只能感動自己的詩

> 獨處的夜晚並不寂寞
> 連蟑螂都變得親切起來
> 渺小的一顆粟
> 也在人海中找到了存在的理由

　　詩人一開始先發出寂靜中聽覺的感受，那沙漏聲、蜘蛛的身影，卻輕飄飄的，彷彿慢慢地沉澱在讀者的心底。夜的形象、詩人的筆觸與孤獨，就如同音樂一點一滴地滲入詩人的生命，宛若一修行的苦思者。也即是，詩人的頓悟，了解孤獨的本質，以及產生的自我意識，從而引起了美感的作用。誠然，時間的快慢，是由每個人的心緒決定的；然而，是人，任是誰都免不了心裡憂傷的時候。此詩末段裡有句「蟑螂都變得親切起來」，也許正是如此，胡爾泰的純真才特別令人激賞；也表現了高度的寂寞及人與自然的冥合。

　　接著，另一首〈潮音〉，是作者思想與語言同時產生的佳作，思索著愛情「來」與「去」之間的糾葛：

> 遠方海潮的迴音
> 從回憶的澒洞響起
> 昔日的調子
> 敲打著寂寞的心堤
>
> 一夜的浪潮
> 能引發多少的風騷
> 一時的銷魂
> 能留下多少的印痕

春天的雨
已凝成秋日的憂鬱
蝕骨的愛
只剩下微溫的死灰

拍打著海岸的浪
凝咽不住的秋聲
小提琴的啜泣
隨著迴音的海潮
一路蕩漾回去……

岸邊的浪花岩啊
只有風化沒有哭泣
也不能回歸

　　所謂愛終極的關懷是什麼？我以為，意指我們對於與其交
往過程的存在意義或反省。也就是說，愛是一種在記憶寶盒中
的「認同」意識。一如詩中，作者關於愛情的印痕，偶爾予人
產生憂鬱的迷思；儘管如此，作者仍力求跳脫此迷思的蔽障，
秉持勇往直前的精神，進入這個時空中探索其特殊的詩藝風
格。我以為，追逐真愛，原是可遇不可求；倘若最後能得到圓
滿的結果，又何必顧慮眼前的挫折？我相信，無論黑夜如何悠
長，黎明總會到來的。愛情有一種魔力，它如亙古長明的燈塔，是
不受時光的撥弄的。作者最後一段的喻意，這或許是無盡的岸邊甜
美的呼喚，我不禁循著岸邊諦聽著，那模糊中的浪花岩沒有哭泣，

只有白的夜，比它更稠密的水，顫顫地在夜裡迴旋。而遠方的潮音，也將被刻痕、被羽化、被消杳的愛情壓印。

　　最後介紹〈野百合〉，這是首感物吟志的政治詩，散發深重意蘊：

> 總是以
> 傲然的姿勢
> 天使的喇叭
> 向寒風宣示溫暖
> 向圍籬宣示自由
> 向污泥宣示純潔
> 一直到
> 春天變質白玉粉碎
> 跌入往昔黑色的回憶裡

　　此詩的背景，發生在1990年春天，臺北中正紀念堂廣場上，由各大專院校學生帶動發起聚集數千人的抗議靜坐運動，他們支撐起了巨大的野百合花，又稱為「野百合學運」。當年的訴求主張是，「廢除動員戡亂時期臨時條款」、「國會全面改選」、「召開國是會議」等。〈野百合〉詩中，作者刻意傳達的意念是，他是支持學生為催化民主憲政改革的勇氣的；但是如果再回頭站在歷史的起點，宏觀到各層面，是否會修正抗議運動的方式表現，已不得而知。所幸，在學生抗議一五〇小時後，終能在平和中暫時落幕。閱讀此詩後，我也不禁提出幾許期許，希望民主憲政可以真正從此站起，但是抗議的學子也要樹立清純的角色，盡量避免受到政客的思想影響。過去民主

改革的傷痕，唯有從反省的歷程中才得以成長。

胡爾泰：追逐心靈自由的修行者

　　莎士比亞語錄裡有一句：「無言的純樸所表示的情感，才是最豐富的。」胡爾泰求學的過程十分刻苦艱辛，時至遊學歸國，其詩藝才華的顯露便已透出訊息。雖然只是四次的遊學及二十多次短暫的出國遊歷經驗，卻對日後的創作有著深遠與持久的影響。創作詩的反應較傾向真實而內在的感受，如思念的形象，被緬懷的風景、重生的冀望、似曾相識的遺跡……他對現實的感應很少一觸即發的，時而描繪山水叢林、鳥獸蟲魚；時而寫自由的情感，無非如是寄意。在動與靜的轉換中追求一種「無執著」的意境。平均而言，構思醞釀的時間比較長，在他的想像裡自在地營造他的空間世界。

　　然而，身為一個學者詩人，他的感性與知性總是引導我們嘗試去解讀其詩裡的涵義，無論是透過寫實、超寫實……的方式；常如海底羅盤針，難以推計其思想的深度。但單看其新詩作品，並不能以管窺豹，還需要配合古詩的傑作，形的，色的、筆觸的、結構的、取材的、技術的、圖像……這些所有構成要素的融合成

　　為詩人作品的有機關係。比如這首〈關山落日〉：

　　　　彩霞絢爛滿天隅，一片歸帆有若無。
　　　　滄海多情銜半日，不教鷗鳥晚來孤。

　　此詩與南宋愛國詞人辛棄疾:「我見青山多嫵媚,料青山見我應如是。」意旨類似,即寫出詩人的自負情趣。這樣的意念直現畫面——單純、生動、直接又樸拙妙趣的靈思,不僅是美感的永恆凝聚,也是一種精神的沉醉。再如另一首〈平溪天燈〉:

> 九色天燈飛夜空,萬千宿願上蒼穹。
> 繁星隕落平溪外,殘念猶存心宇中。

　　明朝謝榛是研究詩體詩格的重要學者,他曾說:「詩乃模寫情景之具,情融乎內而深且長,景耀乎外而遠且大」。時至今日,詩人吟誦古詩仍以寫景題材居多。而寫景的心情與胡爾泰的見解及別出心裁,由作者筆端流露出來的,可見其性情氣骨;此詩在讀者朗誦的瞬間,就自然而然覺得是清新感人的。

　　總之,胡爾泰的想像藝術是一種有關愛情與生命的深刻體會,希望能傳達有關美感的、真理的,以至某種感悟的綜合內涵,這才是胡爾泰藝術語言所涵蓋的邏輯。他擁有一顆貴重的心,決不會屈躬俯就於鄙賤的世俗。那永不斷的創作熱度,從未夢想過成名與富有,只想成為一個真正的詩人。如同他自己所說:「詩是『心靈』筆管自然流露出來的。」或許人生不過是一個行走的影子,但有幸閱讀胡爾泰的詩,不得不讚服,他始終能夠把感情和理智都調整得那麼適當、睿智。

2010.11.4作

刊登臺灣「國圖」《全國新書資訊月刊》,第162期,2012.06,頁34-37

追尋深化藝術的儒者
──楊牧詩歌的風格特質

博達深沉的精神內涵

　　楊牧（1940- ）名王靖獻，是臺灣著名的現代詩人、散文家。生於花蓮，獲美國柏克萊大學比較文學博士，曾任華盛頓大學教授，羈美多年，現任教於東華大學等校，2000年曾獲國家文藝獎。作者擅用滄桑的筆調探觸現實與理想的關照，以深化自己藝術生命為基點，自詩裡散發令人揮之不去的心底烙印。他的作品風神獨具，著重在精神意境的感悟，一方面源自中國古典文學的賦予，另一方面則是西方文化之生命義理；經過心靈形式的統合整理，將情感轉化為抽象的質素結構中，不僅給予具傳奇性的詩想空間，也同時飽蘊愛情的夢幻聯想與孤獨感。

　　楊牧的詩歌，給我的感覺是，優柔善感的線性之下，夾著悵惋凝重的沉澱色彩；能敏銳的捕捉生活經驗與想像溶入創作，從而建構出以詩去解讀生命的現象，或記述與時間歷史的抗衡，去呈現自己在外在環境所禁錮下的各種情境的心理張力。其實，他的許多作品都深刻地去提揭詩藝創作的企圖：營造一個靜默、超塵、極度精誠和完美的真境。看得出，在凝望著時間和生命交互作用的記憶中，他在努力地以自身生命的焠

煉，表現出對追求超自我的崇高性。或者說，楊牧的詩來自心靈國度之美，無論是自然的或是抽象的，他都坦率地給讀者提供了一個「富有空間的穿透性」的想像空間。

以自然為師

楊牧三十二歲以前的筆名為葉珊，之後，改名為楊牧。在他身上，有著許多浪漫主義的人格基因與兼含人文關懷的理想主義。自1972年後改用楊牧作為新筆名後，其作品風格越來越富於理性和關注社會寫實的論述。他的胸懷由孤獨沉鬱轉而向批判社會、追求真理敞開。楊牧曾說：「變不是一件容易的事，然而不變即是死亡，變是一種痛苦的經驗，但痛苦也是生命的真實。」他開始直面人生，將現實性的理想渴求當是一種高精神，對生命本真的抒寫裡，質樸而靈敏，意象語言幽微而堅毅，更將他轉化為崇高人格的象徵符號。楊牧晚年，回歸花蓮鄉土，在這裡，山海充沛的詩意，引領著他在藝術追求的道路上，傾向探尋自然之序，再次獲得更單純、更撼人心魄的精神力度。我們不妨先摘引一首楊牧早期的詩〈雪止〉看看：

> 我不能不向前走
> 因為我聽見一聲嘆息
> 像臘梅的香氣暗暗傳來
> 我聽見翻書的聲音……
> 你的夢讓我來解析
> 我自異鄉回來，為你印證
> 晨昏氣溫的差距，若是

> 你還覺得冷，你不如把我
> 放進壁爐裡，為今夜
> 重新生起一堆火

此詩顯示出雪止與新火兩個意象的結合，構成一種沉靜幽深的白色與熾熱的爐火及光焰對比作為抽象背景，以襯托楊牧側身回首戀情的形象。當思念如潮，詩人的困境便在矛盾的兩難之中了。一時覺詩人發出的種種感情信息，就在遙遠的夢土傳來臘梅的暗香下，觸及得更深些。

楊牧在《楊牧詩集》「自序」中說：「此書包括1986年至2006年間的作品。物換星移，荏苒數十寒暑，偶爾有些陌生的警覺，但也不乏因為體會到其中一些雖不能盡知，卻多少也諳識有餘的奧秘，關於時間和空間，心靈的假象和神志的真諦之類，一些屬於嚴謹縝密的詩的奧秘，所以招致的感慨，何曾忘懷。」我想，他所強調的是，像一切純情的藝術家，詩是楊牧抗拒現實的工具；在詩中他的生命之流得到了更多地自由釋放，是心靈的反芻，它介乎孤獨與沉默意志的微妙頃間……，亦是美學範疇最純粹極致的實現。

比如我喜歡的〈雷池〉，楊牧以清新淡雅的筆風，將「時間──影像」凝止凍結在回憶的某個瞬間，正因為靜止，所以才能直接逼顯出愛情在時間的幻化中，只有詩的見證使不可見的時間成為可見。此詩畫面單純而意蘊雋永，有戀人間的真性羞澀的意趣：

> 我們像
> 擱淺的小舟被吹在一起

羞澀地招呼著卻不敢相識

怕——怕潮來時又把我們

送回那失去方向的大河

思念於憂傷怕不如淡忘於

孤獨的航行，於風波的隱喻

於一生的期待，一點驚喜

於一次不可能重逢的遭遇

當然這些浪漫主義的情詩，從《水之湄》到《花季》到《燈船》，在楊牧藝術生涯初期就已認定。在《有人》的後記，楊牧做了這樣的告白：「我對於詩的抒情功能，即使書的是小我之情，因其心思極小而映現宇宙之大何嘗不可於精微中把握理解，對於這些，我絕不懷疑。」然而，楊牧成熟後的詩風，主要體現在他對家國情感的心緒至現實社會的黑暗有更直接的悲愴之痛，從對家鄉的想望到書寫生命圓融、族人簡樸、閑適的意趣，正是他晚年心境趨於平靜淡泊的一種反映。

楊牧：詩人經典中的圖像

楊牧詩歌的特質是以「抒情沉靜」的基調來昭示藝術在韶光流逝中的片刻，它寫盡俗世間最沒有矯飾的「詩生態」，晚期作品更顯得面貌多樣，倒也頗吻合時代節奏性，而構成一種清冷純淨的氣質，更積極於詩歌藝術之「純粹性」的探求。楊牧曾說，花蓮是「我的秘密武器」，他對生長土地的情感與關懷，是楊牧在一步一履痕的耕耘歷程中，既不刻意於鄉土的歌頌，也不以表現於詩論之成就為滿足；而是以更沉潛的色彩、

溫情而平和的生命內涵，表現出一個為詩歌開拓藝術者的文人
風範，也表現於他的逸筆下。比如這首〈花蓮〉，就是品嚐楊
牧詩歌以往未曾有過的美感：

> 你必須
> 和我一樣廣闊，體會更深；
> 戰爭未曾改變我們，所以
> 任何挫折都不許改變你

　　這首詩在畫面中更趨自如，或許楊牧在緬舊的感懷之中，
讓我們重溫到浪遊異國的漂泊心事與對花蓮部落的悲憫的那種
情思蘊藉。詩人已將生命的精美片斷，以詩歌作為最終的心靈
歸宿與完成；而我從中也感受到閱讀其詩歌的喜悅與豐足。

2010.12.21作

刊登臺灣「國圖」《全國新書資訊月刊》，第160期，2012.04

靈魂與神秘的偉大交匯
——淺釋歐德嘉詩三首

克努特・歐德嘉（Dr. Knut Ødegård）小傳

　　歐德嘉（1945-　），生於挪威茂德，早年在奧斯陸大學攻讀神學和語文學，五十四歲獲得劍橋大學文學博士學位，在歐洲詩壇頗享盛名。他溫和親切，浪漫、愛自由。著有《夢想者，流浪漢和井》、《彌撒》、《司蒂汶森之家》、《看守》、《極端愚蠢的裝飾》等詩集；也寫散文、小說和戲劇；詩作曾被譯成二十六國語文。自1984年後成為冰島居民，2002年起迄今擔任國際文藝節主席，每年回挪威住一段時間，他的太太是世界著名的聲樂指揮；1987年冰島總統頒給歐德嘉獵鷹勳章，2003年當選挪威王國文學院院長等殊榮。

詩風超逸　呈現自然之光

　　2010年12月初，第三十屆世界詩人大會於臺灣舉辦，歐德嘉在典禮上發表新書，由楊允達博士代譯為中文；而理事長愚溪博士也頒贈「鶴山文化藝術勳章」給他，特為表揚其貢獻。細細賞讀《歐德嘉詩選集》，發現作者常將生命的悸動注入詩中，從自然中實際感受到的經驗轉化為圖像，結合音樂、

或戲劇、浪漫想像等情感表達模式，將心靈的樣貌刻劃得淋漓
盡致，讓作品顯現一種神聖的自然之光，既純潔又溫雅。比如
〈鄉村的夏夜〉，我們感受到的是畫面的自然與質樸，表現出
作者對鄉村老人的關懷：

　　　滿負悲傷的村落
　　　　　　　低著
　　　他們的頭
　　　迎向
　　　從孤寂海面
　　　緩緩吹來
　　　　　　無助的
　　　風中的呼喚

　　　鄉村的夜
　　　在空曠的碼頭上
　　　一盞昏暗的
　　　孤燈

　　　　　遠遠的
　　　照著那個老人
　　　嘰嘰嘎嘎的
　　　走啊走

　　歐德嘉的美學成就在於，他強調寫實意義與情感同時存在
的特性，並置寫入詩中。此詩所營造出的偏僻鄉村裡普遍存在

的孤獨老人的景象，正反映出作者的純真與經驗的意象，是藝術創作中難得成就的造詣。接著這首〈老詩人〉，更是運用優雅的音韻技巧，表現老詩人的特徵，風格不僅新穎，創作有清新的潛在趣味：

>——再見，我必須
>想從頭來說這個老故事：
>我在太陽這個字眼上面燒手指，在乾燥的
>岩石上用風這字眼吹臀部
>兒童這個字眼使我重生
>在不到七分鐘之內站起來
>成長像小孩兒
>像碼頭上穿工作服的男人
>像公園裡顫抖的老頭兒
>像泥土，像塵垢
>像風吹到我臉上的
>拋棄物

　　此詩不是一種主觀的具象表現，而是一種客觀的抽象格式。作者將老詩人一生貧困與坎坷的影像片斷不斷重疊，反覆的播放，營造出影像的節奏感。希望我們都能掌握詩裡那位老詩人最是真實的寫照。社會上也許有些晚年落魄的老詩人，但他們對社會的功勞仍是不可抹殺的。最後推薦一首感人肺腑之作〈他八十六歲時游泳〉，它會長留在我心中，可以印證一首好詩，是讓靈魂與神秘的偉大合而為一的奧妙：

我的祖父是村裡唯一拒絕
安裝電器設備者,他活得很自在。
他不是守舊的男士,他蓄八字鬍
花白得很神氣
他八十六歲那年下海游泳,我
清楚記得一個夏天黃昏時分,打雷之前,
堆砌乾草時,他的捲髮和汗濕的八字鬍。
汗水淋濕了乾草堆上的長柄叉。

在田野裡他想起早年
在油燈的昏暗光線中抄寫的詩句。
我坐在寫字檯旁,桌面上有泛黃的紙
上面的字跡已模糊不清。不知不覺中
慢慢地褪色。
我知道來日已經不多了。

　　此詩是作者將自己祖父蓬勃旺盛的生命力及固執與單純地愛讀詩的一面,描繪出一幅勇者的畫像;如細心咀嚼,使它深入靈魂深處,就能豐富讀者的思想,感受得到歐德嘉失親的浩嘆了。

歐德嘉:國際桂冠詩人中的詩人

　　歐德嘉曾被斯洛伐克的國家筆會邀請,於2007年十月參加Jan Smrek詩歌節;2009年8月又獲得馬其頓共和國邀請,參加Struga詩歌節,這兩個文藝節是世界最具權威的詩歌活動,2010

年，楊允達博士把他的詩歌翻譯成書，介紹到中文世界，北歐
的藝文網站日前已有報導，足見他在世界文壇的重量。著名詩
人愚溪也為歐德嘉新詩集序文寫下一段讚語：

> 諦觀北極光下的浪漫詩人
> 踩山
> 踩海
> 踩在永恆的歷史時空中

　　由上述，我們可見他的詩，十足地展現出韻律感、深富暗
示性，時而帶有甜美的趣味；不僅理智而且心思細密，常能流
露出一種高貴的情操，也為當代詩歌藝術增光不少。事實上，
歐德嘉在臺熱情的表現令人印象深刻，其個人的榮耀在未來國
際間被推崇是可以預見的。

2010.12.27作

刊登臺灣「國圖」《全國新書資訊月刊》，第164期，2012.08

湧動著一泓清泉
──讀麥穗詩集《歌我泰雅》

《歌我泰雅》的思想內涵

　　麥穗（1930- ），本名楊華康，原浙江省人，出生於上海市。任職於林區管理處三十餘年、烏來觀光臺車站站長等，現為詩人。曾獲中國文藝獎章等殊榮，著有詩集《森林》、《孤峰》、《麥穗詩選》（北京版）、〈麥穗短詩選〉（香港版）、《追夢》、《山歌》等著作。

　　2010年參加了文協詩會，麥穗拿來一本新詩集，有種說不出的詫異；我在返家車上複誦著他的詩句，更多表現出來的卻是驚喜。《歌我泰雅》是麥穗的第九本詩集，在描寫泰雅族的三十六首詩歌中，他透過語言專家陳勝榮校長的協助，記錄下泰雅文化的許多真貌，如文面、編織、祭祀、漁獵、歌舞、飲食甚至出草等等；詩思綺旋，包孕著濃厚的原住民關懷的色彩和個人學養的結晶。所有這些詩的表面上看似與麥穗無直接關係，暗中卻構成了他生命的一部份；詩語湧動著一股稀有的豪情，如清泉滋潤一片綠洲；展示出泰雅族重信諾、開墾的艱辛、生存環境丕變與傳統祭典、部落信仰等文化內涵。

　　從詩歌情感的內質或草根的價值立場來看，見證者們提供了泰雅生動鮮活的生活細節；時而噴薄著對原住民文化的絢爛，時而書寫出歡樂與悲哀的交錯。詩人則是在湧動的聲濤

中，一陣陣沉重而紆緩地敲響了他們生命之歌，也為泰雅文化研究者提供了重要的思路。此書可謂比較詳盡地解釋了麥穗詩歌的意識型態與美學思想的基本含義，更重要的是，以詩記錄烏來泰雅生活形態的史實，來喚醒相關單位重視部落文化與文史的意識。

採用sgulyag泰雅語發音，情真意切

泰雅族（Atayal），原意指「勇敢的人」，估計約在五千年前來臺定居，分佈於北部中央山脈兩側，東至花蓮太魯閣，西至東勢，北到烏來，南迄南投縣仁愛鄉，是臺灣原住民中分佈面積最廣的一族，人口約九萬多人。泰雅以狩獵及山田燒墾為生，以祖靈的信仰為主，並以文面及精湛的織布技術聞名。而位於烏來區內有為臺灣原住民泰雅族設立的博物館，於2005年9月開館運作迄今。作者有感於光復後，外來文化對原住民生存的衝擊，便以落腳一甲子的烏來為在地觀察，書寫泰雅生活型態的變遷，卻在詩界獲得不少反響。

由於泰雅沒有文字，幾年前，烏來國民中小學遂請專家結合地方人士等編輯了一套「泰雅母語教學教材」；但因地域語言仍有些差異，《歌我泰雅》書裡的所有泰雅語發音係採用sgulyag發音。此詩集主要體現在情感真摯、意象鮮活；它的共鳴是來自大地胸膛的深沉之聲，比如七十二歲時寫下感人肺腑的〈阿抱〉（abaw，泰雅語，原指樹葉，後亦指茶葉，喻為賣春者的代名詞）：

集
雲的飄逸　霧的迷濛
山的壯麗　林的靈秀
成
片片鮮綠　葉葉清純

怎忍得將其採摘
置於粗俗的筐簍

受盡
曝　揉　烘　烤……
扭曲乾癟得不勝憔悴
還要施以
水深火熱的煎熬
連最後一絲原味
都被吸盡喝光

　　這樣的哀婉的詩，寫盡了泰雅無辜的純真少女淪為紅塵
的痛苦心聲。我無意給麥穗的詩強加上一層額外的意識型態的
色彩，然而，詩人無形地揭露色情黃牛橫行高處的姿勢加以嘲
諷。不僅證實了鄉土文體氣氛是麥穗個性最鮮明的標誌，同時
相繼引起許多迴響的是，對於因貧苦而被迫賣身的「阿抱」，
此詩有了一種更內在的悲憫和澄清之力，也顯示出了詩本身具
有樸素的力量。另一首是七十五歲時寫下的〈馬來回來了〉，
描述另一嚴肅的主題，讀來令人鼻酸。詩人把光散射在離鄉背
井的原住民勞工在塵世所擁有的生命及用血淚奮鬥的一生：

用爬山岩峭壁的功夫
爬鷹架
用打山豬獵水鹿的力氣
搬運水泥
馬來　把工地當作獵場

用搭蓋額啊散（泰雅語，家或屋）的技術
釘模板
用架設陷阱的智慧
紮鋼筋
馬來　把工地當作部落

白天他拚工作
透支大量體力
夜晚上卡拉OK
盡興高歌狂舞
欲尋回一些祭典的狂歡

紅標加維士比
五加皮對雪碧
酒精一杯杯地進入肚子
家鄉的父母妻兒
一個個被擠出腦際

醉了
馬來醉成一隻龐大的山鷹
棲息在鷹架上的雲朵裡
腳下高低錯落的高樓大廈
被瞄成一片茂密的森林
腳一浮升
山鷹展翅了　俯衝
衝向日夜思念的叢林裡

離開雜亂的三等病房
接受張開萬道金臂
來自部落的陽光
歡迎他回返
捕過竹雞抓過松鼠
跳進溪間射過苦花的老家

可憐跛了腳的馬來
已無法上山下水
曾經把青春砌進
一棟棟豪宅華廈的他
更無能力
營造一間屬於自己的
家

　　烏來泰雅族做粗活時，習慣與酒共生是習性，飲酒的確為
影響原住民失去健康的重要問題，不容輕忽；但在詩裡山鷹、

森林、竹雞、溪間、松鼠等「思鄉」的意象中，麥穗藉由馬來的不幸遭遇以突顯出泰雅男人在都市叢林中成弱勢族群的命運與悲涼，像是城牆又增添幾多皺紋。詩人的筆頭似魔杖般，輕描出崇尚山林與自然共存的泰雅男人在現實社會中的競逐與無奈。值得注意的是，其天人交感的宇宙觀，能從荒漠中喚出閃爍的春天，一逕地載記了自己的思考與感受，這點是勇毅的。我想其中一個原因是，詩人對泰雅「愛的哲學」。他寫作的歷史語境，為當代臺灣研究原住民文史帶來了希望。最後推薦一首力作，是詩人七十六歲寫的〈魯布〉（泰雅語，口簧琴）：

　　從悠達斯（泰雅語，祖父）被祖靈招去後
　　每當月圓時刻
　　雅戈伊（泰雅語，祖母）就會掏出魯布
　　噠噠騰————噠噠騰————地
　　彈奏起來
　　空氣中就飄起一股
　　古老的哀怨

　　魯布聲是他倆定情的媒介
　　一個仲秋的月圓夜
　　部落的曬穀場上燃起熊熊篝火
　　月光灑在成堆的粟、藷、菜、果上
　　火焰灼烤著鹿、羌、飛鼠、苦花
　　老人家大口大口地
　　嚼著達麻麵（指泰雅族醃魚、肉傳統美食）喝著小米酒
　　婦女們使（泰雅語，指孩子）追逐嬉笑

部落民以高歌狂舞
營造一個狂歡的豐年夜祭

青春美麗雅戈伊彈奏魯布聲
引起青年強壯悠達斯的注意
拿起別在腰帶上的嘴琴回應
他們開始腳勾著腳臀撞著臀（係泰雅族正宗的舞蹈）
圍繞著篝火跳起傳統的求偶舞
如柔情的月光
陪伴著熾烈的火焰
在長老們的掌聲歡呼中
他們牽起了手

哀怨的魯布聲在山谷
飄浮著　起伏著
深藏的回憶在雅戈伊心中
起伏著　飄浮著
此刻
遠山傳來隱約的回音
雅戈伊臉上展露出一絲微笑
深信

　　這是悠達斯在彩虹橋（泰雅族認為人死後要經過彩虹橋回到祖靈之家）那頭的回應這裡，意味著整個豐年夜祭的樂趣和麥穗沉潛的美學思想。在泰雅人的生存環境中，他們深信跨過彩虹橋是通往祖靈國度的印記。詩人盡力去伸展內心那水晶般

的清晰度，如春雪在靜夜中紛紛的飄灑，而山谷的回音也越來越輕……。書中的故事多半源自口述歷史或報導及想像力的延伸。不過，通過這種敘史詩的描繪，在逐漸引導讀者的精神追尋去重新演繹泰雅文化的歷程中，詩人終究完成了對泰雅人的客觀審判。

麥穗：悲憫的自然詩人

　　記得法國二十世紀名詩人保爾‧艾呂雅（Paul Eluard, 1895-1952）曾說，「我以我所有的睡眠孤注一擲，去換一個偉大的夢。」麥穗的詩真樸無華，擅於從感官切入，把讀者的精神家園提昇到更高的層次。這本書給我們熱愛詩學的人，帶來了嶄新的視野。而泰雅最開始是從未開化的「世外桃園」的建立、發展，後來受到外來文明的侵蝕，演變到現代的文化斷層或消融或被置換成了都市人為娛樂而改變其風土的滄桑史。詩人基於對泰雅傳統的關注，於退休後始終堅持著最初的夢想，除書寫出原住民家鄉最淳樸的氣息外，眼看著泰雅青年逐漸漠視自己文化的根和歷史，也承受著幾許憂心。

　　雖然歷史是過去與現在的對話，於今，泰雅族失去了以往的寧靜，外來文明的浮光掠影的確帶來了些負面影響，讓靈秀的家園變成一棟棟鋼筋替代品。其實，撰寫《歌我泰雅》這條路多有坎坷，問題是時移世易，口語研究者在不同時代對泰雅的認知不盡一致。但麥穗書寫時，是幸運的，他獲得了烏來地方長老、學人的鼓勵與祝福。整體而言，他使我在陌生的泰雅領域逐漸熟悉，有所啟迪。

　　捎帶著大霸尖山（係泰雅族的發源地）的壯麗風光，與跟著想像一個老人家口含嘟督（泰雅語，意指煙斗），眺望著遠

方的眼神……或是再翻一次「莫那魯道」（係霧社事件的泰雅族原住民）抗日英雄的故事，準把讀者們看得眼眶濕濕。

　　誰又能否定地說，麥穗不是著力提示「重視泰雅文化」的深林守護者？詩人如此旺盛的寫作熱情和相應的成果，的確是年輕輩遠難相比的。

2011.3.20作

刊臺灣「國圖」《全國新書資訊月刊》，第159期，2012.03，頁80-83

簡論米蘭・里赫特《湖底活石》的
自然美學思想

米蘭・里赫特：飛升天堂羽翼的詩才

　　米蘭・里赫特（Milan Richter, 1948- ），生於斯洛伐克共和國布拉提斯拉瓦市。性溫儒磊落，思想豐富；熱愛寧靜與自由，是個以詩歌救贖人生的詩人，具有藝術的靈魂。2010年世詩會中吟誦時，那份憂鬱、那份無言的悲慟、自然的肢體語言，都深深地打動了我。由於其文學創作上的卓越表現，於以色列的海法榮獲世界詩人大會授予名譽博士學位、瑞典科學院翻譯獎及奧地利共和國貢獻勳章和挪威王國一級勳章。目前是《斯洛伐克文學評論》總編輯、世界藝術和文化學院第一副院長。2000年建立了楊・斯莫雷克國際文學節，出版過《晚上的鏡子》等八本詩集、還寫了兩個話劇，翻譯了七十本書。

　　作者在去年（2010）臺灣普普出版的《湖底活石》書裡自述，「對於我關於猶太人命運和大屠殺的詩歌，我把他理解成通過基因遺傳下來的對不幸的命運、不利的環境和粗魯的社會多數人的力量的平衡調節。我想，這個平衡調節從來不是什麼英雄式的，然而，大多數卻是深刻的，生存本質上的，家族中世代相傳的。深陷於恐懼和焦慮中。……」由此可以看到他對自然人生的深刻體驗以及他身為猶人後裔詩人的生存哲學，使他的詩呈現一種遺世獨立、純淨無塵的情懷，如水的月色。這

或許也是他對世事洞明的心魂書寫，從而映現出一種自然、具思辯深度的氛圍。他以自由的意志去面對族親遭遇的困境，以詩豐富了命途的無窮；時而壯懷激越，氣宇雄渾；時而抒寫個人情懷、柔曼憂思。可以說，米蘭‧里赫特靈魂裡有某種飄逸與靈動的品格，詩本身的純粹確立了其在國際詩壇重要的地位。身為猶太人，他也常在詩中調適自己的心境，以救贖祖先苦難的心靈，以睿智的思考涵養身心，在大自然的運行中求得安逸舒坦地生存，表現猶太民族不屈不撓的韌性及哲人般的精神。

救贖：靈魂深處的吶喊與憧憬

德國古典浪漫詩人的先驅荷爾德林（Holderlin）曾高聲唱道：「人生充滿了勞績，但仍可以詩意地棲居在大地上。……」由此而知，詩性心靈的胚育，也是關係到自我生命品質的問題。米蘭‧里赫特的作品本身就充滿詩意，他積極參與世詩會等活動，深入了生活、思考了人生，也揉入了靈魂深處的吶喊與憧憬。誠然，在第二次世界大戰期間，猶太人曾被納粹黨有計畫地毀滅，所以作者對德國人有種難以言喻的情結，雖然年輕一代對於過去也稱不上仇視，只是米蘭‧里赫特還是很難像對其他國家般親近。這種內心苦處反而激活了作者勇敢的創作衝動，比如這首〈空氣中的根〉，是對1942年猶太人在波蘭距克拉科夫（Krakow）西南六十公里的小城奧斯威辛（Oświęcim）慘遭滅頂約百萬人的集體大屠殺行動的一種痛絕的吶喊聲。其塑造的猶太人遭劫形象中所蘊含的歷史背景及被不人道的毒殺等迫害，殃及子孫命運的浮沉與生者的恐懼，仍時時懸宕作者心中：

——您去哪兒，工程師先生？去哪兒？您去掃墓嗎？

——是的，鄰居先生。我的母親、哥哥還有

　　妻子的姪女在那裡安眠——去年我們和告別了，

　　據說是白血病，才十七歲。您呢，鄰居先生？

——我回家去。天馬上就要黑了。

　　這個時候我最想待在家裡……

——您去掃墓了嗎？

——我沒有墓。妻子跑了，已經很久了，

　　兒子們，您知道，雖然還活著，

　　卻是在遙遠的加拿大，正是，在加拿大……

　　我沒有墳墓……

——那麼您的媽媽、爸爸、兄弟還有

　　祖父母，他們葬在哪裡呢？

——在奧斯威辛的空氣中，在那裡，

　　在空氣中沉睡。

　　作者從故事的真實角度揭示當年納粹黨冷酷本質，更多強調的是猶太民族意識的覺醒與團結意識的萌動再現。他毫不掩飾這種深沉地控訴的情感，幾度跨越時空的隔閡，尋求對祖靈的庇護與哀悼之音。米蘭·里赫特也是個思想深邃、學識淵博的翻譯家。他一面熱心於詩文和話劇創作，另一方面他也同時擔任過駐挪威大使館（同時兼顧冰島）的參贊和臨時負責人。自1995年起大部份時間負責於總編輯及自己出版社等工作。他的詩藝實踐和人文精神對斯洛伐克產生了深遠的影響。他可以讓讀者在一瞥間，同時見到一幅逼真的景象，如同自然本身一

般。這應起源於作者與生俱來的美學思想相關，亦即將詩人心靈變得和天使的心相彷彿。正由於此，他追隨自然，並強調自然和諧對於人類有不可忽缺的重要作用。

　　米蘭・里赫特既是作家詩人、也是思想家。他的藝術創造和美學思想都具有一種純潔的靈魂。在我看來，他的自然美學思想是一個新的、富有生機的、與人類歷史及生活相關的獨立的思維。詩的美感是超越現實利害又遺世獨立的意象世界，詩境的形成有賴於意象的創造且須感動於他人為先，否則，不能算是好詩。因此，他的詩往往是情景相生、是有情有性的生命主體所創造出的語言藝術。比如他四十七歲寫下〈從你母親的墳墓邊走過〉，就是首感人肺腑的力作：

　　　　午夜前片刻，
　　　　當地女歌手的慶祝結束以後，
　　　　傾盆大雨過後墓地極其的悶熱⋯⋯

　　　　新墳上的燭光輕搖，
　　　　像嬰兒的靈魂，
　　　　你心裡面母親弱啞的嗓音，
　　　　耐心地撫平
　　　　被未知世界的流行曲和
　　　　瞌睡孩子的哭泣聲弄皺的
　　　　回憶的天鵝絨。

從你母親的墳墓邊走過，

不打擾

自然和瘦弱的自然之手堅持不懈的工作，

那雙手像天使的翅膀一樣

在給你超越生死的擁抱中

一刻也不離開你。

　　此詩的背景有段史實，1993年1月1日斯洛伐克宣布脫離捷克斯洛伐克社會主義共和國，成為一個獨立的國家，史稱「天鵝絨分離」（Velvet Divorce）。這裡包含著作者幽深的審美思想，大量與歷史的滄桑緊密相連的；它包含了斯洛伐克人根深蒂固的精神追求、自由理想與親情關懷。米蘭‧里赫特從回憶中的哲思出發，以其兼具倫理的單純人性為基點，在憶母思鄉情結的回眸中可以看到，作者自然美學思想的樸真方向，而這一方向是始終在此詩集中被作者所堅持著的。每個人生命中都有一段歷史，觀察米蘭‧里赫特的詩，便可以用近距離的猜測，那詩的萌芽早已潛伏在他靈魂的胚胎之中。比如他在四十八歲寫下〈消失的世界〉，是首歌頌自然與親情的詩歌，有著解放了身心的詩人必然的坦率情懷：

在深深的新雪中你沉重地

走到了林中的空地。被砍斷的橡樹椿邊，

在闊葉和黑莓樹的陰影下

八月那是蘑菇生長最好的季節。

雪原上印上了上百的腳印，
一層層依次堆積的腳印就像是
遠古動物的墳墓。好像一會兒前
那些應該生存下去的生物剛登上了諾亞方舟。

這裡有雙足和四足的動物，它們
微小的掌窩留下的痕跡，好像這些動物觸到了
大地如同觸到了天空。在淺淺的火山口中，
神秘地冒著煙霧。

這裡一個人也沒有。輕輕地哨聲，彷彿
遙遠的世界飛過了這塊土地。樹椿上的唱片
自己開始播放被遺棄的寂靜。

慢慢地你回來了，回到了森林的邊緣，
那裡等候著你的女兒。身後，
你沒有留下一絲痕跡。

　　詩裡提到的「諾亞方舟」，喻旨《希伯來聖經‧創世紀》
中的故事，傳說一艘根據上帝的指示而建造的大船，其建造的
目的是為了讓諾亞與他的家人，以及世界上的各種陸上生物能
夠躲避一場上帝因故而造的大洪水災難。在一個彷若與世無爭
的世界、一片荒涼的雪原上，作者認為只要有家人等待歸來的
溫暖、即使被砍斷生柴的橡樹椿邊，那怕只有上百個大大小小
動物的足跡一路相伴，在作者看來，只要有自由的新鮮空氣，
都是安身立命的樂土。世間的任何事物如過眼雲煙，在此地已

沒有了羈絆。米蘭・里赫特的想像鳴鳥正為他奏著音樂，離家已近的行步中都是愉快的舞蹈；這靜謐的雪景，也讓他感到心靈的平和，這是自然包容人類痛楚的關注，從而使詩人筆端彈撥出一首動人的生命之弦。詩人的達觀、超脫與怡然自得也就盡入眼底了。

結語：尊重自然原生態的美學思想

雖然達・芬奇（Leonardo da Vinci）曾述及，繪畫藝術是一切藝術中最高尚的藝術。他認為，「在表現言詞上，詩勝畫；在表現事實上，畫勝詩。」但我以為，詩歌才是靈魂契合的知音，它需依靠馳騁的想像外，詩人還必須在心靈上回歸、融入自然，感受它的靈氣、喚起自己的善根和性情，也喚醒人類愛好和諧、自然生態的心性。

而米蘭・里赫特認為詩是自己靈魂的救贖，他從生活中發現生命的真義與詩意，在於與自然的情感互動中實現經久不變的真理循環；他生動地將所思所見保存了歷史片斷中曇花一現的美。法國思想家盧梭（Jean-Jacques Rousseau）曾說，「在人做的東西中所表現的美完全是摹仿的。一切真正的美的典型是存在大自然中的」。米蘭・里赫特童年生活是清苦的，卻於大學畢業後全心投入詩文創作。他用直率反應的心去觀察自然和感受生活的真諦，最後發現，擁有淡泊的心，是幸福的。雖然此書裡的詩，有的具有強烈而苦澀的嘲諷，但，他語意深重地認為自己到死都會害怕類似的種族大屠殺還會重演。他深情而灑脫地詮釋自己生命的本質關係，原是尊重自然原生態的．份純真。他以自然為本，以悲憫之情對待世界萬物的興衰與榮

枯，其充滿想像的作品，獲得了詩人的讚賞及國際所推崇。

綜觀作者的全部詩歌，可以看出，親情與民族情感及社會批評是其重要主題。他以周邊的人為中心，構築著自己靈魂的想望圖景，張揚沉潛的人道主義精神。在一定程度上，《湖底活石》裡的五十八首詩與作者精神上是一致的，深具有民族意識的批判思想。在行為上，他整潔的鬍鬚，深邃的眼睛，多似純真又誠摯的天使！他的生存不是為照亮自己，而是普造詩壇；他的智慮與勇氣，憑著詩保全了猶太祖靈遺留下來的血證。雖然在陽光底下，各種自然生態依舊輪轉不停，可是，在那遙遠的奧斯威辛的空氣中，曾帶給所有猶太人深陷的恐懼，在時間的審判之後，依然痛楚於詩人的緬懷之中。而天空偶有片刻的寧寂，是否也跟作者一樣的思緒，期待世人有一顆美好的靈魂，讓其祖靈在死亡的恥辱中能獲得永恆的寧靜，讓人類明瞭：唯尊嚴與自由是世間最純粹的珍寶！這或許是米蘭・里赫特的自然美學思想的初衷。

Brief Analysis on the Aesthetic Thoughts of Nature in Milan Richter's *Zive Kamene z jazerneho dna*

◎Li Ming-li, Taiwan

Abstract: Milan Richter is an important Slovakian writer. This essay tries to use one of his poem collections as a main text to explore aesthetic thoughts of nature in his writing.

Key words: poet, Slovakia, aesthetic thoughts, Jew, salvation

● Milan Richter: a Genius in Poetry, with Wings Ascending into Heaven

Milan Richter (1948-) was born in Bratislava, Slovak Republic. He has gentle, open and upright manner and is rich in thoughts. Preferring to live in tranquil environments and loving freedom, he is a poet with soul of aesthetics regarding poetry as salvation in life.

In 2010, in the World Congresses of Poets, when he read his poems, his melancholia, silent sorrow, and natural body language affected me deeply. Owing to his excellent achievement in creative writing, he was awarded an Honorary Doctoral Degree at the World Congress of Poets taking place in Haifa, Israel; Translation Prize in the Royal Swedish Academy of Sciences; Décoration de contribution in the Republic of Austria; and the First Order in the Kingdom of Norway. Currently, he is the chief-editor for *Slovak Literature Review* and the First Deputy Director of the World Academy of Arts and Literature. In 2000, he set up Yang Simoleike International Literary Festival. He has had eight poetry collections, including *Mirror at Night,* two stage plays, and seventy translated books published.

In Richter's *Živé kamene z jazerného* dna published in Pop Publisher, Taiwan, there is a self-account:

> For me, about poems of Jewish people's destiny and holocaust, with carrying *genetic inheritance*, I regard them as a balanced adjustment of power combining unfortunate fate, unfavourable environment, and majority of rough people in society. In my view, such a balanced adjustment is never heroic. Instead, most of time, it is profound and has, in surviving nature, been carried on from generation to another in family. It deeply falls into fear and anxiety......

From the above, what we can see is his in-depth realization toward nature and life and his survival philosophy of being as a Jewish poet — the elements make his poems demonstrate a sense of loneliness and spotlessness, just like the moon reflected upon water. This heart-and-soul writing resulted from clear insight toward the world thus leads to illuminating a kind of natural aura with depth of speculative thinking. He employs free will to face difficulties that his ethnicity has encountered and enrich the future's infiniteness by using poems. Sometimes, his poems are full of intensive and excessive passion and heroic forceful bearings; sometimes they are personal feelings and soft and gentle sorrow. It can be said that Richter's soul has some kind of elegant and intelligent characteristics. The degree of purity in his poems has made sure of an international important status. As a Jew, he often adjusts his own state of mind in poems. He searches for a tranquil and comfortable way of survival in law of nature with heart and soul of redemption of forefathers' suffering and by using sagacious thinking to nurture body and mind. Such an attitude indeed shows Jewish people's unyielding endurance and philosopher-like spirit.

● Salvation: Screaming and Longing of Soul-Depths

Friedrich Hölderlin, who was a German lyric poem pioneer associated with the artistic movement known as Romanticism, once sang loudly: "Full of merit, yet poetically, man. Dwells on this earth..." Therefore, cultivation of poetical heart and mind is also connected to a question of quality of life. Milan Richter's work is brimming with poetic rhythms. Having positively attended events of the World Congress of Poets, he digs out the deeper side of life and thinks about life philosophically by being integrated with scream and longing of soul-depths. During the Second World War, the Nazi regime planned to destroy Jewish people. Naturally, Richter has psychologically developed an unspeakable complex. Although the younger generation don't see the past history as hatred, it is still hard for him to be close to any other countries. Such an inner pain has triggered and activated him a motivation for making a creative writing with courage. For example, this poem "Root in the Air" deals with a kind of painful scream because of the massacre in which in 1942 around one million Jewish people were murdered in a small city Oświęcim in Poland, which is sixty kilometers south-east of Krakow. The catastrophic image of Jewish people, its historical background, inhuman killing and persecution, fate of bringing disasters to descendants and constant fears of survivals always remains in his heart:

  —— Where are you going, Mr. engineer? Where are you going?
   Are you going to graveside?
  —— Yes, Mr neighbour? My mother, brother and
  Wife's niece rest there — who last year made farewell to us.
  It is said that it was leukemia. Only seventeen years old. And
  you? Mr neighbour?
  —— I am going home. The sky is turning dark soon.
 At this moment, what I want to do the most is to stay at home...
  —— Have you gone to graveside?
  —— I have no tomb I need to see. My wife has run away for a
   long time.
  My sons, you know, although being still alive,

Are in Canada far away from here. That's right, in Canada...
I don't have any tomb I need to see....
—— Then your mother, father, brothers and
Grandparents. Where are they buried?
—— In the air of Auschwitz, there,
Sleeping in the air.

From the story's true angle, Richter reveals the Nazi party's cool and crude nature and emphasizes Jewish people's ethnic consciousness and awakening and triggering and reappearance of a sense of unity. He never conceals such deep feeling of accusation. He also crosses time and space several times to pursue ancestors' protection and mourning voice.

Richter is also a learned and knowledgeable translator with in-depth thinking. On the one hand, he is enthusiastic on creative writing of poems and stage plays; on the other hand, he also worked as a counselor to the Norway Embassy (also Iceland Embassy) and its temporary director. Since 1995, he spent most of his time on being a chief-editor and working in his own publisher. His practices on poems and humanistic spirit have a profound impact on Slovakia. He can let his readers see a vivid and true-to-life scene at a glimpse, just like nature itself. This originates from his inherent aesthetic thinking. His heart becomes like an angel's. For this reason, he pursues nature and emphasizes the indispensable significance of nature's harmony toward humans.

He is both a poet writer and a thinker. His artistic creation and aesthetic thinking have a kind of pure soul. In my view, his aesthetic thinking of nature is a fresh and vital independent way of thinking related to human history and life. His aesthetic feeling of poems is an aloof imagery world which exceeds gain-or-lose situation of reality. For him, how to form a poetic artistic conception relies on creating imagery and making people feel moved first. Otherwise, a poem cannot be called "distinctive". Therefore, his poems are a kind of art of language because of blending of feeling and setting and life entity of emotion and spirituality. For example, when being 47, he wrote "Walking by Your Mother's Tomb", a powerful piece which touches the chords of our heart:

Moment before midnight,
After local female singers' celebration ends,
After pouring rain, the graveside is extremely hot...

Candlelight above new tombs is gently weaving,
Like a baby's soul,
Mother of your heart has slightly mute voice,
Patiently smoothened
By unknown world's popular music and
Dozing-off children's crying sound crumples
Recollected velvet.

Walking by your mother's tomb,

Not interfere

Natural and fragile hands of nature insists on indefatigable working

That pair of hands are like an angel's wings

In embrace of exceeding life and death,

Do not ever leave you at a moment.

This poem has a historical background. On January 1, 1993, Czechoslovakia was broken up and Slovakia became an independent country. It is historically called "Velvet Divorce." With Richter's deep and serene aesthetic thinking, the poem is largely connected with ups and downs of history in an intimate way. It includes Slovakian people's in-rooted spiritual pursuit and concern for freedom and familial affection. Here, Richter's philosophical thinking starts from his memory and combines ethical and pure human nature as a foundation. What can be seen in recollection of mother is straightforwardness and truthfulness — the orientation of his aesthetical thinking of nature which is insisted in the poem collection. Everyone has history in his or her life. Observing Richter's poems, we can in a short distance make an assumption — the poem's source has been hidden in embryo of soul long time ago. For example, at 48, he wrote a poem "Disappearing World." It is a song for praising nature and familial affection. Such frank revelation is an inevitable result of a poet with emancipated body and mind.

In deep new snow, you heavily

Walk into an empty space of forest. By chopped oak trees,
Under shadow of broad-leave and blackberry trees,
August, that is the best season for growing mushrooms.

Snow land has over hundreds of footprints printed.
One layer after another footprints are accumulated in order, just like
Tombs of animals in the ancient world. It seems that a while ago,
Those species which should survive just now mounted Noah's Ark.

Here are animals with two or four feet. Their
Minute heart of palm has traces left. It seem these animals touch
Earth as much as they do sky. In shallow volcano mouth,
Smoke is mysteriously emitted.

Here is no one. Sound of a whistle is gently blown. It seems as if
Remote world has flied over this piece of land. Gramophone records over threes
Start playing in deserted silence.

Slowly you come back, come to the edge of forest,
There, wait for your daughter. Behind,

You don't leave any trace.

This poem mentions "Noah's Ark" whose story is from "Genesis" of *the Bible*. It is said that according to God's instruction, a large boat was built. Its purpose was to let Noah and his family and all kinds of species of the land stay and help them escape gigantic floods — the disaster which God created. In a tranquil world, in a desolate snow land, Richter thinks as long as there is warmth from family waiting for members' returning and also free fresh air, a paradise for settling down and getting on with our own pursuits is formed, although accompanying all along are hundreds of animals' footprints by chopped oak trees. Things in this world are ephemeral and no longer cause any fetter. Richter imagines birds' singing is just like playing music for him. Footsteps near home make a delightful dance. The tranquil snow scene also makes him feel peaceful, but this is a painful concern: how nature tolerates humans. This affecting string of life is subtly plucked from the poet's literary quill-pen. His broad perspective, detachment and contentment are all disclosed.

● Conclusion: Aesthetic Thinking Respecting Primitive Ecology of Nature

Leonardo da Vinci once wrote that painting is the noblest among all arts. In his view, in expression of languages, poetry exceeds painting; and in expression of facts, painting does poetry. In spite of this, for me, poetry plays a role as a soul-mate or confidante. Not only does It rely on wild imagination, but also a poet needs to return soul and be integrated with nature and to receive its spirit and evoke his or her goodness and character and also to awaken humans' nature of loving for harmony and the ecology of nature.

Milan Richter thinks poetry is a salvation for his own soul. From everyday life, he discovers that true meaning and poetic quality of life lie in realizing everlasting truth loop in a state of emotionally interacting with nature. He vividly preserves what he has thought and seen in fragments of history which come along and disappear quickly. The French thinker Jean-Jacques Rousseau once said that the beauty that man-made things represent is entirely imitative. The model of all real beauty exists in nature. Richter in his childhood led to a simple and austere life. Since graduating from university, he has devoted to creative writing in poems. He uses frank response to observe nature and sense essence of life. Finally, he realizes having a mind of simplicity is the way to happiness. In this collection, some of poems have ridicules with a strong and bitter manner. He doesn't deny that he is still afraid to witness reappearance of such an ethnic massacre before he dies. He interprets his own nature of life affectionately and straightforwardly — which is a sense of innocence of respecting primitive ecology of nature. Regarding nature as a basis, he looks at the rise and fall and prosperity and decline of all beings with sympathy. His work is full of imagination has won international praise and esteem.

In an all-round view on Richter's poems, we can see familial and ethnic affection and criticisms on society are the main theme. He uses people surrounding him as the center to construct a landscape of his own soul-searching aspiration and to spread hidden humanitarian spirit. The 58 poems in *Zive Kamene z jazerneho dna* are consistent with the poet's spiritual level — having a critical mind of ethnic consciousness. In his appearance, he has tidy beard and profound eyes and looks like an innocent and sincere angel. His existence is not for promoting himself, but for a wider world of poetry. His wisdom and courage entirely comes from evidences of murdered Jewish ancestors. Although under the sun, all kinds of ecology of nature still carry on its function without stop, in the air of remote Auschwitz, terror and fear have been fallen into all Jews. After trials through time, it is still in the poet's recollection. Is there same emotion in him as nature's tranquil and silent moments? He hopes that the world can hold a good and beautiful soul that ancestors can gain everlasting peace in disgrace of death and that humans can understand: only dignity and freedom are the purest treasure of the world. This is perhaps Milan Richter's initial aesthetic thinking about nature.

May 7, 2012

Authour:

Lin Ming-li (1961-), coming from Yunlin County, Taiwan, was awarded Master's Degree in Law and once worked as a lecture in National Pingtung Normal University. She is now a poct and writer.

Add: 813 12F, No.423, Anji Street, Zuo-ying District, Kaohsiung City, Taiwan

Li Ming-li 07-5590959

june122333@yahoo.com.tw

翻譯者：方秀雲，筆名墨紅，（1969- ），詩人兼譯家，英國愛丁堡博士

2011.1.12作

原載刊臺灣《新原人》雜誌，2011冬季號，第76期，頁214-220。

翻譯文刊登中國重慶市《世界詩人》季刊（混語版）總第68期，

2012年11月8日 頁50-53。

略論陳義海的詩歌藝術

其人其詩

　　陳義海（1963- ），江蘇東臺人，比較文學博士，現任鹽城師範學院文學院院長、雙語詩人。著有《傲慢與偏見》、《魯賓遜飄流記》、《苔絲》等譯書及獲得英國領事館英文詩歌競賽第一名等殊榮。主要著作有《明清之際：異質文化交流的第一種範式》、《被翻譯了的意象》、《在牛津大學聽講座》等。專於新詩創作、文學翻譯、教學與研究。

　　陳義海詩歌意境空間之美學特色，主要在於其思想穎脫不俗、物我情融、高遠秀逸、抒情和心理描寫都很細膩；意境結構之美學特色在於對自然事象的捕捉上，以寫意為主、渾厚的人生意蘊，能融入有恆的自然流程中，從而使其詩歌的思想和藝術得以昇華。從詩藝來看，他得力於法國作家、後期象徵主義[1]詩壇的領袖古爾蒙, R.de（1858-1915）的滋養；他們都堅守自然之性、也信仰自然，其才情在淺深、濃淡、雅俗之間，即目所見的自然景物上凝進主觀高遠的志趣，均渴望人與自然的契合。

　　古爾蒙生於諾曼底省一貴族家庭，學識淵博，《戴望舒語》，《西茉納集》是他的代表作。他留下的詩篇及奇巧、尖

---

[1] 象徵主義（Symbolism），偏愛現實的多方面的綜合，旨在通過多義的、但卻是強有力的象徵來暗示各種思想。

新、纖維的語言風格，充滿了浪漫和清麗的美感氣息，這與陳
義海的氣質是接近的，抒情性已成為他們詩歌創作中重要的藝
術特質與審美優勢；但他不像古爾蒙對情境的刻劃常常體現出
凝結詩意，而是萌生了一種新的審美價值觀：唯有學術研究能
夠使他忘記詩歌創作；唯有詩歌創作能夠使他忘記學術研究。
如作者在《迷失英倫》這部中英漢語的力作中有許多首詩，意
境渾融所帶來的一派天成化境，整部作品詩詞優美，有著秋菊
般閒遠的風韻，能彰顯出其特有的精神指向。因此，從審美視
角去挖角陳義海詩的恬美境界就構成一個象徵派的自然詩人的
重要底蘊。

詞朵精拔　獨起眾類

　　陳義海生活在中西文學交匯的現代時期，除教學研究外，
通過寫詩譯詩的獨創力；他以自然為魂魄，超越現實束縛為
手段，去追尋自我的意義和啟示。因而貫穿整本《迷失英倫》
詩集中以「尋找」主題呈現出精神求索的力量，其詩美的精神
在反功利，在意象力的組合是均衡狀態，在理想追求。他採用
樸素的形式來表達詩人富有濃厚的文化意蘊，言語清麗華絕，
有著絕妙地微妙，使我們體味到宇宙的靜穆美。詩人以平靜的
心寫出對待生活中的一切，每一首都有著很個性的音樂。全書
裡的「西茉納」是詩人通過想像，創造出能充分表現主觀的客
體。這個客體，經過作者的想像力的作用後，便不再是純粹的
客體，而是主客融合，亦客亦主了；而這些形象已由詩人的幻
想力來給予相應的位置和價值。在表現主觀與現實的客觀的關
係方面，陳義海把外部的一切都作為契機，引發出對自我微妙

內心世界的挖掘，藉以表現出心靈的最高真實。比如書裡〈相見〉的象徵意味是耐人尋味的：

> 西茉納，我們五百年相見一次
> 我們從遙遠的地方趕來
> 在陽光中匆匆相遇
> 匆匆的一吻
> 將溫暖五百個冬天
>
> 西茉納，我們五百年相見一次
> 你永遠像花一樣年輕
> 我永遠像樹一樣蒼老
> 你的年輕順流而下
> 我的蒼老逆流而上
>
> 西茉納，我們五百年相見一次
> 這就夠了，天上有雲
> 只要你站在雲的下面
> 我就不回去
> 看你怎樣變成雲，雲怎樣變成你
>
> 西茉納，我們五百年相見一次
> 極其簡單地笑笑
> 陽光便永遠記住了我們
> 所有的幸福
> 隨風飄來，又隨風飄去

　　陳義海是個思想活躍的詩人，這裡，作者的詩情完全是呈給讀者的神經，而五百年相見一次的隱者意象，其時空跳躍使詩頁中的空白昇華到純美境界，開掘出新的風采。在我看來，藝術是借助於客觀現實來表現敏銳心靈對外界的一種直覺，或者是某種情緒的反映，或者是某種觀念。〈相見〉詩中，這種觀點表述得更為形象；聽憑作者對「西茉納」的奇思妙想，在詩人象徵派筆下，所有的幸福隨風飄來，又隨風飄去的那份瀟灑與從容，已在動態現實中成為超越世俗生活的精神規範，而讓讀者找到了詩意棲居之所。但「暗示」才是詩人的理想，即「以物達情」或「以物寓理」。他認識到「西茉納」這符號的奧秘，以奇喻、比擬等為基本表現手法，認為事事物物的一切都有命運的力量。如「匆匆的一吻／將溫暖五百個冬天」滲透出詩人的愛意，「你的年輕順流而下／我的蒼老逆流而上」為宇宙注入了磅礡的生命與交會的期待，「只要你站在雲的下面／我就不回去」包含著愛情的執著與癡迷。這一點，詩人通過物象暗示某種情緒，已然迥異於現實主義[2]和自然主義[3]；也暗示了詩思澎湃著的是無限的自由，而其超現實的夢幻，正是基本的美學形式。

　　陳義海也努力追求一種「純詩」境界，並將深奧的哲理納入嚴格的形式之中；外觀上看似乎與古爾蒙的氣質相似，而內部卻是一個變化莫測的哲學世界。他的名詩〈山谷〉在藝術上

---

[2] 現實主義（realism），又稱寫實主義，認為在人類的認知中，我們對物體之理解與感知，與物體獨立於我們心靈之外的實際存在是一致的。

[3] 自然主義（naturalism），通常不探究自然界中超自然因素的哲學立場，其理論基礎認為所有現象皆可用自然理由的概念解釋。

具有創造精神，使用疊字的的結構技巧、奇特的隱喻，顏色與
四季配合和諧的抒情詞彙，展現了詩人的藝術張力：

> 西茉納，你唱著穿過了鮮花的山谷
> 你的歌聲是你臉龐的模樣
> 你的歌聲是你微笑的模樣
> 你的歌聲是你淚水的模樣
> 你的歌聲是三色菫的模樣
> 你的歌聲是紫羅蘭的模樣
> 西茉納，你唱著穿過了鮮花的山谷
>
> 西茉納，你唱著穿過了鮮花的山谷
> 山谷在你的歌聲裡蜿蜒蠕動
> 歌聲裡的羽毛，歌聲裡的雨聲
> 歌聲裡的星星，歌聲裡的孩子
> 歌聲裡的芬芳，歌聲裡的天空
> 落滿了路上的石頭
> 西茉納，你唱著穿過了鮮花的山谷
>
> 西茉納，你唱著穿過了鮮花的山谷
> 溪水在你的歌聲裡流淌
> 羚羊在你的歌聲裡長大
> 西茉納，在你的歌聲裡
> 月亮不再落下，太陽不再升起
> 你唱著穿過了鮮花的山谷
> 春天和我手挽著手在山谷的另一頭等你

　　這裡，主要表現有兩方面，一是從一首詩建造一個完美的世界中發掘美；二是從審美角度來追求絕對自由的某種自我理想的象徵。如：〈山谷〉中的「西茉納」有時象徵愛情超越了世俗，昇華成對自然的虔誠的心。有時在精神上如同在自然上，都是有意味的，交流的，應和的觀點；詩人從聲音中看到了顏色，又從顏色中嗅到了花香，從香味中看到了羚羊、聽到水聲等。詩人有意識地運用通感法更容易把讀者帶到一個幻想的世界中去。當我們讀到「春天和我手挽著手在山谷的另一頭等你」時，一種神秘的通感在夢幻的超現實的世界之間忽然建立起來。作者將自然看似回憶與思想的催化劑，正創造出精微的快樂；這種對神秘朦朧感的詩意追求，其精髓取決於和諧的修辭用語，有其重要的啟示價值。

　　另外，在〈晶瑩〉中，我們可以讀到詩人運用修辭手段相關聯的詩句，如「你的憂傷像露珠一樣晶瑩／石頭被你的憂傷照亮了」等。這些修辭手段的動用，不但增強了詩的形象性、生動性、而且使人感到十分新奇，印象十分深刻：

　　　　西茉納，你的憂傷像露珠一樣
　　　　晶瑩
　　　　石頭被你的憂傷
　　　　照亮了，西茉納

　　　　西茉納，你的憂傷像露珠一樣
　　　　晶瑩
　　　　柳樹被你的憂傷

　　照亮了，西茉納

　　西茉納，你的憂傷像露珠一樣
　　晶瑩
　　夜晚被你的憂傷
　　照亮了，西茉納

　　西茉納，你的憂傷像露珠一樣
　　晶瑩
　　草原被你的憂傷
　　照亮了，西茉納

　　西茉納，你的憂傷像露珠一樣
　　晶瑩
　　我被你的憂傷
　　照亮了，西茉納

　　此詩利用「西茉納」的憂傷，試圖求得人類與自然的完整性，藉以表達出作者無法言喻的心理狀態；其中心主題顯然詩人意圖讓心中的悲嘆淡化，讓愛與失去等矛盾之間尋求妥協，並以知性連結兩個世界。可以說是總結了人生的變化，比擬大自然的包容與生生不息。其中，最後一段話道出了奧秘：「我被你的憂傷／照亮了，西茉納」。詩人有別於散文和音樂的華美語言來詮釋靈魂可以洞觀憂傷後面的光輝，即是說，在大自然的幫助下，讀者可以洞觀那在大地的美或詩人描繪的夢幻世界。接著介紹這首〈頌詩〉，詩人為了含蓄地傳達出內心的某種情緒，某種人生哲理，

在詩歌創作中，採過象徵主義者所經常使用的、基本的創作方法
和技巧，出現了屬於象徵主義的成份：

> 我將一隻蝴蝶裝進我的筆管
> 我的筆便飛了起來

> 我將一條蚯蚓裝進我的筆管
> 我的筆便爬了起來

> 我將我自己裝進我的筆管
> 我的筆便哭了起來

> 我將地球裝進我的筆管
> 我的筆便瘋了

　　此詩運用新奇的比喻，深邃的意象，抒寫了心靈的波動；
以具有神話色彩的筆觸，抒寫了對詩的無比崇拜和熱愛。在詩
人心上，陳義海作品中的音樂美，特別是夢幻色彩，使他被看
成象徵主義的一個詩人。在《頌詩》中，作者把現實、回憶、
憧憬、夢幻以及自己的深思、體驗融於一體，為讀者創造了一
個詩美的境界。作品描述了詩人內心的感受以及與寫詩苦樂奮
鬥的過程。這些描寫，多種意象在詩中不斷反覆，無疑加大了
抒情的強度；在朦朧之中透出美感，極具難以盡傳的魅力。
　　最後介紹這首〈威士忌──愛丁堡街頭〉，詩人用用象徵
主義的表現手法來描繪愛丁堡街頭的現代生活畫卷。暗喻自己
在熱鬧的「人」境裡，也能找到安靜，其關鍵在於「心遠」。

全詩如下：

> 紅紅的玫瑰上的咖啡色的一滴
> 讓整個愛丁堡安靜下來
>
> 杯沿上還殘留著你的笑意
> 每一片花瓣都是故事
> 有的在盛開
> 有的在凋謝
>
> 輕輕的一滴，輕輕的
> 在血和雪之間徘徊
>
> 在紅紅的玫瑰上
> 一滴咖啡色的露珠
> 使孤獨晶瑩剔透起來
> 輕輕的一滴
> 總是那麼輕輕地
> 把我的夜晚輕輕地舉了起來
>
> Whisky，有一個咖啡色的名字
> 還有一個多情的後綴
> 花很紅，雲很白
> 尼斯湖的水很藍
> 我走在愛丁堡的王子大街上
> 很憂鬱，很彭斯，很Whisky

　　憂鬱

　　如果是咖啡色

　　就很幸福

　　陳義海雖從古爾蒙, R.de的作品得到啟發，但並不依靠主觀的想像而大肆雕琢，他更著重體現意象與事物本身的契合，因而詩意樸真自然，透露出一種「高尚、堅貞」，讓哲理入境，讓玄言具象。此詩在內容方面，自然界中的悲哀與人世間的悲哀相烘托，便產生了極強的藝術感染力。他的詩善於在歡笑中暗示出痛苦，一切依順自然，至少在今天，其高風亮節都在詩裡得到了體現；而以上幾首詩的淺釋，也可以看成其整體風範的代表。

小　結

　　十九世紀法國詩人、評論家馬拉美曾說：「對事物進行觀察時，意象從事物所引起的夢幻中振翼而起，那就是詩。」陳義海也是位才華橫溢的詩人，他懷著遠大的美學理想，詩作追求形式的完美，給讀者以超現實和夢幻的印象，值得推崇。他的詩歌理論以及對詩學有相當深的造詣，不但本身包含許多象徵主義的成分，並以全新的面貌出現在江蘇詩壇上，給中國詩歌帶來了一線新曙光。無論在美學觀上，還是在作品的題材、內容以及技巧上，陳義海均以自己的風格開了一代新風；以清雅的色彩描繪景物，雖有所象徵，但並不抽象。他成為古爾蒙, R.de的後繼者，蜚聲詩壇。

　　古爾蒙, R.de的詩始終以愛情為中心，時而沉醉，時而憂傷，表現出種種獨特的心靈體驗。〈雪〉是其中著名的一首，詩中寫道：

> 西茉納，雪和你的頸一樣白，
> 西茉納，雪和你的膝一樣白。
> 西茉納，你的手和雪一樣冷，
> 西茉納，你的心和雪一樣冷。
> 雪只愛火的一吻而消溶，
> 你的心只受永別的一吻而消溶。
> 雪含愁在松樹的枝上，
> 你的前額含愁在你栗色的髮下。
> 西茉納，你的妹妹雪睡在庭中。
> 西茉納，你是我的雪和我的愛。

　　詩人表面上看是在為我們描繪戀人思念的情景，以及美麗的冬天景色，但內裡包含深意，顯示了一個靈魂探索的虛幻意境，因此耐人尋味、咀嚼。在詩中，古爾蒙盡力鋪敘了各種具有馥郁松香與愛的唯美；使讀者彷彿置身於一個冰清玉潔的仙境；而當我們清醒過來，認識到這不過是詩境時，我們不得不讚嘆詩人想像力的豐富與奇特。就這種意義講，本詩表現的是對生命規律的理解；而愛情幻化與多變的輪迴，就構成了世界的演變，也構成了萬物的延續。

　　陳義海在其第一本個人英文詩歌集《西茉納之歌和七首憂傷的歌》於2005年在英國出版後，曾獲得英國汰里克大學四十周年校慶英文詩歌競賽第二名。之後，又創作不懈，去年出版

　　《迷失英倫》詩集裡有機地揉和了古爾蒙, R.de的詩與自己的詩歌創作中，為象徵主義的發展史增添了許多具有創造性的詩篇。他關於生與死，愛情的流逝與永恆、自然的生存等問題的思考，也包含著深刻的哲理，因而在現代中國詩歌的發展過程中產生了影響。另外，詩句的排列還富於自然的節奏感；能表現出對深深的愛的探索精神。我以為，陳義海的詩歌藝術是出類拔萃的。他的詩思無瑕，充滿感情，從而使詩歌具有一些新的特點，而詩裡的失落感與追求也是一種共有感情的抽象，是值得我們細細吟詠的。

2011.6.15作

刊登高雄市《新文壇》季刊，第28期，2012.07秋季號，頁54-70

刊登中國北京，2012年第二輯《詩探索‧作品卷》

書畫中捕捉純真
——讀楊濤詩選《心窗》

雲竹的象徵

　　《心窗》是楊濤（1930- ）從藝術自身、從自我本性出發，融合個人情感與具有現實意義的人文精神滲透其中的詩集；其中有不少書畫蘊含著生動氣韻的線條，詩句真摯，能反映出他對藝術追求的熱情和清雅的氣度。年輕時，工作勤奮，總喜愛奮筆著文，之後投入美術教學，大抵延續了中國山水的意象觀，更確立了簡潔有力的獨特風格。他胸懷磊落、才藝俱佳，如雲竹般單純、靜謐、古雅的性情。也正是這樣，年逾八十的他，閒暇之餘，除了繼續在文藝上投入了精力，肩上仍承擔著對真理的執著、對正義的使命，晚年籌立《新文壇》、開書畫展，更為自己人生添上光輝的一筆。

疏朗樸實　屬於東方的文人詩意

　　在高雄，楊濤是位受尊敬的前輩，不僅因為他是一位多才的書畫家，更是位溫儒的長者。晚年深居簡出，除非是重要的藝文活動才在公眾場合露面。他一生的生命樣態極為豐富多元。所謂「風格如人格」，我們從〈心窗〉這首詩，可以感受到詩人已能掌握住傳達思鄉的興味感懷，也有著東方禪學的思考方式：

閱盡千帆
天涯走遍
任──
萬壑崢嶸
繁花耀眼
心窗裡
永遠是故鄉
那片山水

　　〈心窗〉源於當下自我的真實性和思鄉意象的靈動感，雖是
新詩，卻如同精粹的絕句。若說「詩中有畫」，這詩就是幅精美
的彩墨畫，有其追求超自我的崇高性，其實也是楊濤澹泊的本性
使然。這一點在他五十歲寫的〈雪的懷念〉詩中得到了印證：

我是一個踏不到雪
　　　尋不到梅
就吟不出詩的詩人
每天總懷著一份
對雪的懷念
懷念白頭的山
　　流浪的雲
要從你的瞳孔中
尋找風景
尋找夢
尋找千里封冰的

　　銀色世界

　　詩句是這樣古樸，有著詩人主觀意識的感情反饋。楊濤
對時空的「獨自對話」過濾了生活中的雜音，詩語細膩感性，
載承著悠然的思鄉冥想。輾轉來臺迄今，也走過六十多個年頭
了，這過程或有風、有雨，但楊濤對文藝界熱情的參與，同時
也記錄了心路成長的軌跡。我們可以從他五十九歲寫下〈返鄉
探親有感〉詩中看出，他內心的冀望與傷感：

　　　　白髮歸來一夢中，鄉關已改舊時容。
　　　　親朋故友多零落，倚枕不聞古寺鐘。

　　楊濤出生於安徽省亳州市，是神醫華佗的故鄉，是中國
最大的中藥材交易中心，歷代人才輩出，如道家始祖老子、莊
子、曹操、曹丕、曹植等。這些歷史人物所留下的印記足以讓
墨客留連忘返；而故鄉的雪及親人，每一憶及，不禁神傷。然
而，儘管返鄉後親友多零落，古寺鐘聲已杳然；在詩人筆下，
因內在情感之真切，詩語任憑讀者的知性與想像優遊其間。而
我們也不難看出，思鄉主題是《心窗》的美學範疇更為純粹極
致的表現。再如〈冬日感懷〉，詩人致力於使不可見的時間成
為可見，更是個人與環境的相互交流與感慨：

　　　　幾番風雨笑談間，蒼狗白雲四十年。
　　　　海嶽巍巍升紫氣，心舟耿耿繫中原。
　　　　詩文狂放非關酒，書畫辛勤豈為錢。
　　　　伏櫪莫興嗟老驥，鬃騰千里我猶先。

　　楊濤的詩歌藝術相彷彿於十七歲年輕生命的開始，1947年即寫下〈搗練子〉、〈章臺柳〉詞作發表於上海「中華時報」副刊。檢視他歷來的詩歌，愛情詩似乎不曾出現在他的作品，大多是感事緬懷或憂國思情。他不會去計較一生獲得多少迴響與掌聲，畢竟生活的經驗總是多味的。晚年更為南臺灣的詩藝生態環境，注入一股清流。他的書法質樸而沉毅，能左右開弓，有所創新，且能夠自成面貌。在《心窗》的附錄書畫作品裡，其中，以詩聯「坐擁夕陽濤聲盈耳／臥吟山月松風滿懷」最受推崇。詩句中間還書寫了一幅王勃在〈滕王閣序〉裡的名句：「落霞與孤鶩齊飛」，用筆剛勁醇厚，字字露真意，可謂以書畫見性的典範；這或許也預示著楊濤在「莫問收穫，只問耕耘」的過程中的人生觀。

小　結

　　在藝術方面，楊濤是一位較全面的書畫家，詩文敏捷。他初、高中就讀於亳縣縣中及鼎銘中學。來臺後，警校第一名畢業，高考及格，曾任美術教師等職，獲頒教育部文化教育獎章，中國文藝協會南部分會理事長，新文壇雜誌社社長等職。著有《紀曉嵐外傳》等小說六冊，劇本十多部，《怒潮》獲教育部1958年徵集舞臺劇本首獎。詩歌類也屢獲教育部文藝創作獎、新聞局優良歌曲獎等殊榮。其中也有寫給臺灣省「國防大學」校歌並由音樂大師黃友棣為之譜曲數首，如「雲天遙望」，1990年假文化中心演唱；另有相聲腳本、藝術評論集、短篇小說、散文等多種，著作三十餘本，字謎與測字在文藝月

刊連載兩年。書畫展覽於社教館、圖書總館多次。他的詩歌不
諧流俗,還精通數來寶、相聲等才藝。由此可見,楊濤的筆性
墨情,剛直挺健,恰如竹之高潔。他在《心窗》中以詩畫為自
己立傳。一頁頁的細讀,詩人的一生如在眼前,他是高雄人的
驕傲,同時,也是亳州的。

2011.8.1作

刊登中國重慶市西南大學中國新詩研究所主辦,《中外詩歌研究》

2011.09,總第86期,2011.03期季刊,頁18-19

一支臨風微擺的青蓮
──淺釋莫云的詩

詩人素描

　　莫云本名宋淑芬，出生於臺中，臺大中文系畢業，中學教師，曾旅居美國多年，目前回臺定居。2011年夏天，她與友人創辦了《海星》詩刊，默默地開闢詩的園地，廣向詩壇名家邀稿，扶植新人，令人看到詩壇新的曙光。著有詩集《塵網》、《推開一扇面海的窗》、散文集《她和貓的往事》、《紫荊又開》，以及短篇小說集《彩雀的心事》等多種，曾獲教育部、中央日報、梁實秋、北美華文新詩等文學獎。莫云是「用心彈響心靈的豎琴」的詩人，在異域他鄉，她開始神思馳騁，遂以詩揭示內心的感悟；形象準確，聲籟含有新古典主義那種古色古香的韻味。不僅善以借用古典詩詞的藝術形式同現代詩的格律相融合，同時借古吟今。諸如旅遊的風土人情、花木山水的探尋，乃至精神世界所建立的形象的王國；她的詩用語豐富，彷彿是一支臨風微擺的青蓮，空濛而清麗，潛藏在所有的碧湖之中。我們固然可以傳統的意象撥見其敏思，可是潛藏其靈魂深處的秘密卻不易顯現。

詩選賞析

　　從藝術美上講，如果說莫云的詩中有許多優美雋永的抒情詩，這正是與詩人的審美感受有關。她借助於對各種客觀物象的想像及等待中的感情記錄，揉捻成色澤墨綠的茶香；從而創造出後韻回甘味強的藝術形象，給人一種形象美。如〈凍頂烏龍的滋味〉：

> 如晨風輕吻過
> 乍暖還寒的草原
>
> 那縷情愛初萌的清香
> 迂迴著，自杯底
> 氤氳昇華……
> 而萎凋了一整季的毛細孔
> 紛紛復甦的時刻
>
> 我知道
> 我已用一瀑熱水
> 喚醒了春天！

　　從詩的全意看，莫云頌美凍頂烏龍的滋味甘醇濃厚，形象性很強。首段兩句，既有時間藝術所獨有的美感，又有同繪畫相通、一種个可名狀的美感力量，凝聚成一種單純的美。按著，展示成一幅廣闊的畫面，詩人確如一個握有彩筆的畫家，把沖泡

的嗅覺及味蕾體驗都展現出來了。莫云也是個知覺精敏的詩人，
她的情思細緻，或稱以「靈視」去創造詩美。比如〈心鎖──寫
給一個愛畫寄居蟹的自閉兒〉，是詩人用全心靈投注於一客體物
象上，然後以暗示之筆來朦朧地揭示其弦外之音：

把心鎖緊，從門縫
怯怯伸腳──
觸探人情冷暖的水溫

屋外，眾聲喧嘩的風雨中
總是夾帶著刀利的眼
揮掃過劍快的舌
將你探頭的靈魂
一步一步
逼回脆弱的軀殼

那緊緊閉鎖的
你那稚真的心啊
從來不是荒蕪的異域
而是一方零污染的海洋
只容許人世最純淨的愛
點、滴、滲透……

　　所謂自閉兒應指「自我退縮行為和嚴重的社交、溝通行為
障礙的人」。約有50%的自閉兒不會說話，或答非所問，或只會
像鸚鵡一樣的仿說。他們經常是獨來獨往，並且活在自己的天

地中。此詩象徵著詩人渴求把這位愛畫寄居蟹的自閉兒能獲得自由、九天飛騰的開朗；然而，在自閉兒閉鎖的世界裡，又在詩人心頭憂愁地蟄伏起來，這又暗示著在現實中詩人對自己的無力感到失望。這帶來赫然有力的情感，這就使情象的流動，具有可感性了。 再如〈老屋〉，反映了詩人感性與懷舊的一面，也是詩人感情的催動下展現的力作：

　　無需解讀
　　那朵暈黃雨漬
　　曾曾紋記的
　　是你年復一年的滄桑身世

　　撢去歲月的塵灰
　　我驚見滿室漆色脫落
　　如雪片紛紛剝離
　　擴散的末期壁癌
　　一吋一吋嚙咬著
　　你繁華落盡的肌膚
　　阿爾茲海默氏的陰影
　　大口吞噬著霉濕的記憶
　　直到滿牆粉飾
　　再也遮掩不住
　　你垂垂老去的面皮

　　當青春終究絕決遠去
　　你的心，就此

塌陷成一片廢墟
滿地堆棄著
時間餘溫猶存的灰爐

詩人癡癡的環視一周，老屋的每一塊斑痕密縫，就像是回到那深層的記憶裡，對它仍有深深的懷念與不捨。詩裡抒發了對老屋的懷念外，也有對消逝的人生感嘆；但她仍向著陽光來處，回到兒時的希望以及對故土的鄉情。據詩人自述：「寫詩對我而言，有時索性全然拋開興觀群怨的牽繫，只是單純地抒發心底最私密、最幽微的感觸，只是誠實地和自己袒裸的靈魂對話──或者，只是閒坐林下，傾聽葉落花開的聲音。」觀蓮是詩人心中的最愛，也許從寫詩那刻起，詩人想學蓮的低調之美，它是任何花卉無法比擬的。蓮的靜然，時時在詩人心間盈盈繚繞。當她回頭看這蒼茫世間，心中自有穩重的怡然。

新詩理想的歌頌者

如今，莫云再度發揮生命的活力，以《海星》詩刊為起點，點描了臺灣詩壇的絢麗畫面。這海的精神，如大自然召喚著我們，也激起了許多年輕學子的夢想。彷彿有一種魔力，把她帶回到故鄉，帶到童年的歲月裡，帶到思親的睡夢中。極目時，遠山的夕陽鋪在雲彩之上，而她仍靜定地等待風中之蓮的綻開。塵世的一切，沉澱了記憶。在人生的心路上，不論病疾或偶來風雨的糾纏，她始終笑得舒展，似乎遺忘了新生的華髮在陽光下染成殷紅。尤其對創立《海星》銘刻了無悔的付出，如潺潺小河，日夜不息，煥發地迎向大海……詩人心裡也充滿

了光輝。她真是個新詩理想的歌頌者、傳播者。但願《海星》
別是一種風味，帶給讀者的不是興奮，而是脫俗的安恬。

2011.8.7作

刊登臺灣《乾坤》詩刊，第62期，2012.04夏季號

轉載山東省《超然》詩刊，總第17期，2012.06

時空的哲人
──淺析林亨泰的詩歌藝術

傳　略

　　林亨泰（1924-　），彰化縣北斗鎮人，國立臺灣師範大學教育系畢業，退休教師。日據時代就開始創作，戰後用中文寫詩；崇尚言簡而意賅，詩風有音樂性、繪畫和思想性，以及政治批判等性質。此外，他的詩論，中鋒重筆，獨具見解。著有詩集《靈魂の產生》（日文詩集，中文《靈魂的啼聲》）、《長的咽喉》、《林亨泰詩集》、《爪痕集》、《跨不過的歷史》；詩論集《現代詩的基本精神：論真摯性》，教育論著《JS布魯那的教育理論》，譯有法國馬洛所著的《保羅‧梵樂希的方法序說》等多種。詩作及評論對臺灣現代詩史影響深遠，從中反映出文學探索前進的鮮明足迹，也是記錄其思想感情的真實寫照。曾獲得「國家文藝獎」等殊榮。

　　在臺灣詩壇上，林亨泰是位有風骨又特兀的重要詩人，詩齡已超過六十年。早年白色恐怖時期，有過熱血青年的執著追求與悲哀；後來在民主意識普遍抬頭的推動下，他昂然奮起，善用巧思和擬人法來暗諷時政。於1948年加入「銀鈴會」、1955年加入臺灣詩壇「現代派」成員，1964年為笠詩社發起人之一，也是《笠》詩社首任主編。晚年，年逾八旬中風後，記憶開始退化，但仍熱切地夢想把臺灣的奮鬥史透過自傳式文體

記錄成書。這是林亨泰對臺灣文學發展的終極關懷，相應地增加了作品的社會意義；如彈響心靈的琴師，發揮著最高的效能和生命，因而贏得了許多讀者的掌聲。

詩選賞析

　　林亨泰性穎神澈，見識卓越；詩歌音調和諧，語言冷靜。其詩歌藝術的思想內容，大致有三方面：

　　其一，是在國民黨一黨專政時期的歷史關頭，他以詩的號角，挺身入世，向人民發出呼喚，寫下一段又一段跨時代的故事，如〈群眾〉[1]中的句子，正是時代的強音：

　　　青苔　看透一切地
　　　坐在石頭上　久矣
　　　從雨滴
　　　吸吮營養之後　久矣

　　　在陽光不到的陰影裡
　　　綠色的圖案從暗秘的生活中　偷偷製造著
　　　成千上萬無窮無盡

　　　把護城河著色
　　　把城門包圍把牆壁攀登

---

[1]　〈群眾〉寫於1947年228事件發生後不久的日文詩，當時並沒有立即發表，是連同其他三首同期所寫成的詩作〈黎明〉、〈想法〉、〈溶化的風景〉，一起刊登在1979年由日本北原政吉所編的《臺灣現代詩集》當中，後來由呂興昌教授以中文與臺語進行翻譯。林斤力著，《福爾摩沙詩哲林亨泰》，（臺北：印刻，2007），頁78。

把兵營甍瓦覆沒
青苔　終於燃燒了起來

　　二二八事件，曾伏下了社會與國家對立的狀態；詩人處在危
急關頭，切身的感受到，詩的神聖職責即是為真理正義而吶喊。
於是在悲憤下，描摹出官兵以強壓對抗民變，終導致臺灣人民心
中燃起反抗的怒火。林亨泰的詩，之所以能跨越時空的界限，晚
年仍有堅強的意志力；其原因就在於他是詩人真情實感的迸發，
對人民的苦難感同身受，這樣的現實書寫，自然能喚起讀者情感
上的強烈共鳴。而過去苦澀的回憶，終能迎接光明的未來。再如
〈一黨制〉中寫道：「桌子上／玩具鋼琴／／白鍵／黑鍵／／只
有／一音」。內裡以調侃的語氣，卻蘊藏著勇於批判國民黨的一
黨專政。林亨泰的潛意識裡有著改造社會的熱情和知識份子的良
知。他反對強權，冀望把自由、民主的理念傳遞給社會；他散播
詩的種子，期待公義得以發揚。詩人對白色恐怖時期的青年學生
的思想生活是比較瞭解的，因而，他的一些詩作是針對突發性的
社會事件而激發。如〈賴皮狗〉，是以現實主義的筆觸，暗諷當
時某些中央民意代表老而不退的行徑。這首詩一出現，震動了整
個詩壇，由於詩人是和廣大人民共同著呼吸，因而引起了迴響，
具深刻的現實意義：

樓梯的邏輯
只有
要上，就上去
要下，就下來

　　邏輯的樓梯
　　只能
　　不上，就該下
　　不下，就該上

　　可是這隻獸
　　只想一直在那裡
　　不上，也不下

　　林亨泰歷經1948年臺師大四六事件[2]後，他的詩作彷彿經過雷電轟出而更堅韌；詩作也隱藏著抗議之聲，更流露出一種逐漸成熟的睿哲。詩，是藝術。他曾說：「不論什麼時代，走過怎樣的歷史，『現實』並不是在無意義的時間中，漫無目標地飛蕩，任自漂流。『現實』是那內化成為自己的呼吸、感覺以及認識的總和。而詩，是透過這些現實的諸多事件，融會於自己的身體感官，而逐漸化形、成長。」[3]由此而知，林亨泰早期的詩藝概括出了臺灣人民充滿流汗的辛勤與韌性，或痛苦的蛻變，能展現出對社會現實的沉重憂患。

　　其二，以現代派思想為主流的林亨泰，善用西方美學的審美觀和用詩的語言突出表達現代性。詩中常夾帶著對人與土地的鄉土情懷，崇尚從細微中著墨，從自然界引發出對人生或社

---

[2]　四六事件起於以師大為主體，串聯臺大所發起要求提高公費待遇的「反飢餓鬥爭」為主題的學生運動，校園戒嚴也正式啟動。1995年，臺大與師大的八個改革派社團共同發起四六事件平反運動。直到2000年12月25日，《戒嚴時期不當叛亂暨匪諜審判案件補償條例》進行修正，將四六事件受難者列入適用此條例的對象，並由教育部向受難者家屬道歉。
[3]　林斤力著，《福爾摩沙詩哲林亨泰》，（臺北：印刻，2007），頁123。

會的感悟。如三十五歲寫下這首有價值的小詩〈風景之二〉，
理意暢流，所寓情趣甚多，自有一家的韻味：

> 防風林　　的
>
> 外邊　　還有
>
> 防風林　　的
>
> 外邊　　還有
>
> 防風林　　的
>
> 外邊　　還有
>
>
> 然而海　　以及波的羅列
>
> 然而海　　以及波的羅列

　　詩的創作背景是詩人在溪湖到二林的途中坐在巴士上完成
的。這裡，林亨泰運用了強烈的現代意識以及現代主義的一些藝
術手法相結合，為隱喻、通感和幻覺。而驚奇、意外也是詩的動
力之一；不但體現了一種空靈的寂靜，隱約可聞車窗外的陣陣
風聲。韻節也給人一種音樂美，呈現出中西文化合璧的風貌。其
中，詩人以一種超現實的藝術觸覺使防風林的物象得以變形而有
層疊複沓的林相景致；而後兩行海浪的空間疊景得既真切又有層
次感。此詩從防風林引起一系列心靈的變異感覺，旨在揭示戒嚴
年代臺灣人民渴求突破心靈禁錮和詩人內心深處那種對廣闊的馳
騁天地的一種隱祕的願望。另一首〈進香團〉，恰恰表現了林亨
泰的創作觀裡具符號詩、圖象詩等多姿的風格美的一個側面，詩
情澎湃，且形象性強，給人一種清新悅目的審美感受：

旗——
▼ 黃
▼ 紅
▼ 青

善男1　　拿著三角形
善男2　　拿著四角形

香束
燭臺
〜〜〜〜▬
〜〜〜〜▬

信女1　　拿著三角形
信女2　　拿著四角形

　　在臺灣諸多的民間信仰中，最主要的是媽祖文化，尤以大甲媽祖節慶文化對臺海兩岸居民生活、文化與精神層面上的影響相當的根深蒂固。從詩的全意看，詩人把對於信仰活動和祭儀的形象組成了雄渾的詩音，使人從視覺上的感受轉化為聽覺的意象。彷彿看到了繞境進香的一支支令旗的黃色方形旗幟，還有各種旗幟於長長的隊伍中，街道兩旁夾雜的當地民眾也擺設香案，恭迎神明的熱鬧。那哨角鑼鼓陣的壯容，充沛淋漓地再現了宗教信仰的威力，然而這威力或是詩人對於兩岸政治對峙、文化交流熱絡的反思；不僅象徵意味濃厚，畫面的藝術魅力，使景象的流動也叫人感動。

其三，林亨泰於笠詩社擔任首任主編之際，已走過現代派影響，並大量發表中文詩。由於詩人在中學以前完全接受日本教育，於臺灣師範學院教育系（今校名改稱臺師大）就讀時才開始接觸國語；故而，早期的詩都是以日文書寫。在銀鈴會《潮流》復刊後，他開始嘗試以中文寫詩。此階段詩人保持著心態的青春，更重視心靈的感受和意象的創造。他開始走向社會寫實、關懷本土路線，成為跨越語言的一代中，一個推展臺灣詩學的鐵軍。如〈日入而息〉，就洋溢著詩人以悲憫的眼光觀察當時的社會現實；它標誌著詩人的鄉土意識的新發展：

> 與工作等長的
> 太陽的時間
> 收拾在牛車上
>
> 杓柄與杓柄
> 在水肥桶裡
> 交叉著手
> 咯登　嘩啦嘩啦
> 嘩啦　咯登咯登
> 穿過　黃昏
> 回來
> 了

將早期的農業社會耕農辛勤的背影與忙於水肥糞便的桶子的村農單純簡樸的生活形象，成功地表現出本土化的詩歌特色。林亨泰對鄉土詩的藝術主張是在土地的依託與哺育下，而

對農民的質樸善良有了較深切的情感。他一方面肯定了鄉土精神的閃光面，唱出了一曲曲對土地的戀歌；一方面他的鄉土詩見證著早期臺灣農村生活多保留樸真、寂靜的歌頌。其對人生的感悟，也在抒情與敘事的結合上力求融合為一的境界。藝術上由寫實到寫意的聚變，也即是說，詩人從現實性描寫轉向一種永恆性追求。如〈小溪〉，寫得那樣深邃又空濛，深具哲思：

　　　　寂靜的日子
　　　　水清澄
　　　　河底砂上
　　　　水靜止

　　　　魚
　　　　和
　　　　魚

　　　　寂靜的日子
　　　　風透明
　　　　河畔堤上
　　　　風凝固

　　　　草
　　　　　和
　　　　　草

　　詩人以腳代筆向小溪步行而去……若雲水飄逸，尋求心靈

的靜音。詩中第二、四段，在韻律上音樂感是很強的；不僅是意象的跳躍，證明詩人思路和視野的開闊，而且是感覺挪移的好例證，它把詩人在自然的靜穆中，對時事的慨嘆等心理活動串在一起，造成一種神秘的美感。正如希臘詩人挨利蒂斯（Odysseas Elytis, 1911-1996）曾說：「我們所指的美，甚至在光明大放中也能只保持其神秘，只有它有這種惑人的光彩。」[4] 回顧林亨泰詩創作的歷程，他從大學時代便與詩結下了不解之緣；教書後，讀詩寫詩、寫詩論或譯作，都升騰出一種火一般的熱情，也閃爍著藝術個性的光彩。做為一個時空間的哲人與以現實主義思想為中心的林亨泰，晚年病中的他，仍為喜愛他的詩的許多讀者提供了可貴的啟示。

小結：林亨泰詩藝的美學價值

林亨泰才氣豪邁，詩尤敏捷，落筆立就，堪稱為才子。五十年代是林亨泰創作的成名期，他的詩具有豐富的歷史內涵，其早期之作中著重於現實批判是其詩歌的重要指向；然而，由於加入現代詩社後，時空的差異，使他對人民思想及文化有了更透徹的瞭解，以語言的機智和巧妙組合，造成獨特的藝術效果。後來又加入《笠》詩人的階段，決定以對本土文化的認同，寫出時代的滄桑變化。詩人的生命律動，是對土地與人民的愛，絕大部份也反映了他個人生活美學的哲思，這是對其人品詩品比較客觀的評價。筆者以為，林亨泰詩藝風格美的成因有二：

（一）審美價值。詩歌意象是詩人主觀情志的具象載體，一首好的現實主義詩歌能通過意象引讀者進入詩所描寫的客觀

---

[4] 楊匡漢、劉福春編，《西方現代詩論》，（廣州市：花城出版社，1988年），頁650頁。

環境中，讓人感受到當時的情況。林亨泰的諸多佳作，恰恰具備了語言美、音樂美、建築美及符號美的審美內涵；也正因有這些原素的有機組合才能打動讀者的心弦。

（二）歷史價值。林亨泰的部份詩作既是詩也是歷史的縮影或對社會現實的真實寫照。但他詩中的意象具有創新性，不用陳言，能把感覺化成鮮活的具象。不僅以詩言志抒懷，還善以暗諷手法記錄下事件的真相，無形中也提供了研究史學者有力的依據，詩行間隱含著對臺灣人民悲憫的感慨。

如上所述，從美學的角度加以分析，林亨泰的詩，有些是縱手而成的即興詩，有些是觸物興懷的「苦吟」，有些是對現實社會的控訴⋯⋯公平地說，其詩絕大部份是精闢而獨到的，才能卓然自成一家，有極高的參考價值。詩人的本性把詩藝的一切魅力和對臺灣人民的政治智慧及尊嚴結合起來，既能發人深思，又深具力量。細嚼其詩，同樣也是一種美的吹拂；其詩作受到文壇的高度肯定，這是毋庸置疑的。

林亨泰著作書目

1. 生命之詩：林亨泰中日文詩集　林亨泰著；林巾力譯　臺中市　晨星　2009 年6 月　初版　ISBN 9789861772929

2. 林亨泰集　林亨泰作；陳昌明編　臺南市　國立臺灣文學館　2008 年12 月　初版　ISBN 9789860160833

3. 林亨泰詩集　高雄市　春暉　2007 年9月初版　ISBN 9789866950117

4. 越えられない歷史：林亨泰詩集　林亨泰著；三木直人編譯　東京都　思潮社　2006 年12 月 ISBN 4783728690

5. 林亨泰全集（10 冊）　林亨泰原著；呂興昌編訂　彰化市　彰化
縣立文化中心　1998 年　ISBN 9570225459

9月號-全國新書資訊月刊.indd 34 2012/9/21 下午 02:41:31

全國新書資訊月刊35 民國101 年9月號第165 期

6. 臺灣詩史「銀鈴會」論文集　林亨泰主編　彰化市　臺灣磺溪文化
學會　1995 年

7. 新生代臺灣文學研究的面向論文集　林亨泰主編　彰化市　臺灣磺
溪文化學會　1995 年

8. 找尋現代詩的原點　彰化市　彰化縣立文化中心　1994 年　ISBN
9570041153

9. 見者之言　彰化市　彰化縣立文化中心　1993年　ISBN 9570026685

10. 跨不過的歷史　臺北市　尚書　1990 年　初版ISBN 9789579062039

11. 爪痕集　臺北市　笠詩刊社　1986 年　第一版

12. 林亨泰詩集　臺北市　時報　1984 年　初版

13. 創造性教學法　彭震球，林亨泰同撰　臺北市　國立臺灣師範大學
1978 年

14. 創造性教學法　彭震球，林亨泰著　臺北市　臺北市政府教育局
1978 年

15. 保羅・梵樂希的方法序說　馬洛著；林亨泰譯　臺北市　田園
1969 年

16. 現代詩的基本精神：論真摯性　臺中縣豐原鎮笠詩社　1968 年

17. JS 布魯那的教育理論：PSSC 等新課程的編制原理　林亨泰編　臺
中市　新光　1968 年

18. 靈魂の產聲　〔臺中縣北斗鎮〕　銀鈴會編輯部　1949 年

2011.9.1 作

刊登臺灣「國圖」《全國新書資訊月刊》，第165期，2012.09

引人注目的風景
——淺釋白萩的詩三首

白萩小傳

　　白萩（1937-　），臺灣臺中人。畢業於臺中商專，經營廣告美術設計公司。十五歲即開始接觸新詩，早期曾加入紀弦「現代派」、《藍星》詩社、接任《創世紀》編委。1964年與林亨泰等人共同創組《笠》詩社。曾獲中國文藝協會第一屆新詩獎、吳三連文藝獎、榮後臺灣詩獎等，並數次擔任「吳濁流文學獎」等評審委員。著有詩集《蛾之死》、《風的薔薇》、《天空象徵》、《白萩詩選》、《香頌》、《詩廣場》、《風吹才感到樹的存在》、《自愛》、《觀測意象》及詩論集《現代詩散論》等多種，詩作曾被美、日、韓、德所譯介。

　　白萩是具有藝術天分的詩人，「意象」是其詩歌的靈魂，寫詩善於靜觀、深看、直觀，去透視具象層次之後的難以知覺的精神層面；使其成為由外部世界通向詩人內心世界的一座橋樑。他的詩既有現實性的內涵，又有形而上的意義；尤以比擬式意象結構來激發出一種新的情緒和思想，藉以反映出飽受風霜的練達與批判意識的視域。年輕時，他曾說：「我還要去流浪，在詩中流浪我的一生。我決不在一個定點安置自己，我的歷程就是目的。在地平線外空無一物，我還是要向它走去。」這句話似乎已成為一種經典性的論斷，它也創造了自我獨特的

「雁」的意象，更是完整而準確地象徵了詩人一生起伏的境遇
與一次次超越自我的覺醒。

詩美的意象

　　白萩的語言風格與一般的浪漫主義詩篇不同，詩情張力的形
成主要得之於詩人對種種理性化表現手法的巧妙運用；而其意象的
結構，由於它與電影中的蒙太奇類似，偏重於事件、心理過程的敘
述，給人視覺畫面的同時，時間的連續性很強，形象地表現了他不
倦的毅力及耐人尋味的哲思。比如〈流浪者〉這首詩，白萩把流浪
者的孤單意象與絲杉的意象串聯起來，去折射出自己知覺的經驗世
界，可視為白萩存在之思的一個深化：

　　　　　望著遠方的雲的一株絲杉
　　　　　　望著雲的一株絲杉
　　　　　　　一株絲杉
　　　　　　　　絲杉
　　　　　　　　在
　　　　　　　　地
　　　　　　　　平
　　　　　　　　線
　　　　　　　　上
　　　　　　　一株絲杉
　　　　　　　　在
　　　　　　　　地
　　　　　　　　平

線

上

他的影子，細小。他的影子，細小，

他已忘卻了他的名字。忘卻了他的名字。祇

站著。　　　　　　　　　　祇站著。孤獨

　　地站著。站著。站著

　　　　　站著

　　向東方。

　　　　　　孤單的一株絲杉。

　　詩人把流浪者在曠遠的地平線上和看到一株絲杉孤零零地站立的這兩個形象並置在一起，就會使讀者將二者疊合起來感受，從而產生流浪者孤獨命運的寫照。詩歌的核心意象把流浪者失意或者希望破滅後的那種迷惘，那種不知何從何去的心境渲染得十分鮮明。全詩排列的圖像可能是受到1924年法國興起的超現實主義（Surrealism）的影響，詩人嘗試將自己潛意識的孤苦繪出，讓讀者想到的並不僅僅是絲杉的自然屬性，而是聯想到它暗含的理性意義和內涵。絲杉是一個象徵符號，前段暗示流浪者在孤獨中仍在尋找希望，後段是詩人的自我意識記述流浪者的幽愁孤獨隨之而生。末節則以「向東方」伴有方向性的力的活動，意象的轉換幅度大；暗喻詩人越是感到個人的渺小和孤寂，其精神的困境因此而生，那種與絲杉共同成長的想望，已傳達出白萩思想情感上的激烈動蕩。

　　吟讀白萩的詩，我們總覺得面對著的是一個不多言、喜歡思考的理性的思想者。

　　事實上，詩人曾有過坎坷的童年，其父經商失敗，經濟一度陷入困頓；初中二年級時，母親已病故，形成他日後不多言、勤於思考、獨立的性格。而國民政府二二八事件及戒嚴時期的經歷，使他早期的詩拒絕情感的裸露，而是採取較理性化的藝術手法來增加情感的深度與力度；雖然他的心靈對社會有過質疑與不平，但白萩敢於自我反省，反映了他作為詩人的勇氣。中年後，他經商之餘，不僅進行詩理論的倡導及編輯，而且也努力創作了許多詩集。基本上形成了臺灣文學的一個重要的詩學範疇。無論是寫現實生活中的情感抒發，或是涉入政治的題材，都適合用來表現詩人的深沉感情，使人感受到在表面冷靜中深藏著一股揭示出人性的本質的感情力量。比如這首〈臨照〉，顯示出了深刻的現代意識與通過他對詩的艱辛探索、執著追求與不懈的背影：

　　　臨照九月的晴空

　　　在稿箋上漫描著心事

　　　為誰忙碌在謀生？

　　　一隻蝴蝶不打招呼

　　　就翻過牆去了

　　　今日風吹明日雨下

　　　一生翻翻覆覆

　　　滿腔主意

　　　為誰謀算

　　　且登臨赤嵌樓

> 與歷史為伍
> 看落日漠然運作
> 看夕暉與陰影分割臉部
> 領略家國的興衰

　　詩的背景可能是他經商不得意，舉家遷移臺南那一段時期的作品之一。情隨象動，目隨象移。雖是詩人潦倒又想力圖振作的心聲，但他努力提煉和昇華出豐富而深刻的社會人生蘊涵，且從而以夕暉勾勒出朝代更迭與家道沒落相交織的複雜情感。白萩中年以後生活酸甜的寫作中，他摒棄西方象徵主義詩歌感傷、萎靡的內涵，而取其藝術手法來抒發日漸強烈的愛國情緒。沉潛之後，他回到出生地，如巨人般，再度站起來，終於活躍於廣告美術設計商界，更熱心投入他所熱愛的詩歌，成詩壇之風雲人物。近年來因繁重事務加以中風，才真正沉靜下來、淡出詩壇。白萩的愛情詩，其實也寫得靈動跳脫，比如最為人稱道的代表作之一〈昨夜〉，語言簡約自然，我們都可以讀到詩人對愛的執著以及他像月光般朦朧而純美的愛情理想：

> 昨夜來去的那一個人，昨夜
> 述說著秋風的淒苦的
> 那一個人，昨夜
> 以水波中的
> 月光向我
> 微笑的
> 那人
> 以落葉

　　的腳步走過
　　我心裡的那一個人
　　昨夜用貓的溫暖給我愉快的
　　那人

　　唉，昨夜來去的那一個人，昨夜
　　的雲，昨夜來去的那一個人。

　　　此詩從語感上說，看似白描的相思情懷烘拖出詩人銘刻於
心的私密意象語。在第一個詩節，白萩就已點出因愛情所生的
幻影，在其心靈深處杳無人跡之處是多麼地孤寂悲嘆。詩句所
呈現的美感在於，白萩把愛情植入特定時空之中，是以超越感
官和知覺世界為目地。正如詩人席慕容說過：「時間是無敵的
君王。」白萩獨自在月色與風聲中體味愛情的存在與徬徨，慢
慢去感覺時間的流逝；也許這又是一次記憶的收藏，亦或痛苦
的昇華。詩人已將自己停格在時間的那一個層面上，如何讓愛
永駐於心，這也許是白萩與不敗的時間君王戰鬥的開始吧。

小　結

　　　白萩詩歌筆調和諧而深刻，敘事方式具有魔術般的風韻、
敏銳的現代意識和冷靜觀察的詩藝才能。由於熟悉廣告美術
文藝的創作經驗，又吸納中西美學領域與反傳統束縛的特兀風
格，因此他的作品具有感性的張力與對時代的感喟。白萩也是
當今臺灣詩壇少數能於創作時透徹深入「意象先於意念」、又
富有活力地嘗試各種詩的變奏或迴旋的詩人。由於他最初創作

的詩作筆觸和諧而緊湊，繪畫性強，常賦予讀者引人注目的視覺幻想效果。中年以後更是醉心於詩的堆砌描繪與超越「自我存在的孤絕」的創作中。他最突出的詩藝特色：其一、是詩藝與風景調和在一起與詩歌裡蘊含著高度的音樂技巧；其二、是具有極大的連貫性、鮮明的對置及結構上的活力。這使白萩成為臺灣詩壇無可混淆地標誌著這位詩人的藝術元素，應源自於其本身洞悉生存的意義及重要性，而不是生命的延續。晚年雖健康欠佳，但他已從自然界蘊藏的神秘力量中重新獲得了生存的狀態了。

2011.9.5作
刊登臺灣《海星》詩刊，第4期，2012.06夏季號

一棵挺立的孤松
——淺釋艾青的詩

心鏡澄澈、蕩以遠思的歌者

　　艾青（1910-1996），浙江金華人，是中國詩壇最重要的詩人之一。十八歲入杭州西湖藝術學院，翌年赴法國勤工儉學；習畫期間開始接觸到西方現代派詩歌。二十二歲回國，因參加中國左翼美術家聯盟，被打成右派流放到北大荒勞改；二十五歲出獄，四處流亡。在重慶，因受到國民黨特務監視，接受周恩來的建議和資助，於三十一歲時奔赴延安；同年11月當選為陝甘寧邊區參議員。1942年6月，參加延安文藝座談會，後到魯迅藝術學院任教，兼《詩刊》主編。抗戰勝利後，曾任華北聯合大學文藝學院副院長，華北大學副主任。解放後，參加軍事管制委員會，接管中央美術學院。主要作品有《歡呼集》、《新文藝論集》、《寶石的紅星》、《黑鰻》、《春天》、《新詩論》等。不料，四十七歲那年，在反右運動中，被錯劃為右派。四十八歲時又流放到東北、新疆勞動了近二十年，直至六十九歲才徹底平反。一生心鏡澄澈，恰如冰痕雪影中，蕩以遠思的歌者。曾任中國作家協會副主席、全國人大常委會委員等職，八十六歲病死於北京。出版過詩集、散文、譯詩、論文集等數十多種，呈現了他詩藝的種種面向，也獲得中國作家協會全國優秀新詩獎、法國文學藝術最高勳章等殊榮。

　　艾青最可貴之處，是他悲愴的命運竟激發起鐵一般的意志力，鞭策他在獄中寫下了不少詩；可以說是詩人生命與心靈歷程的總結性觀照。不僅對國家民族的誠摯關心、以悲憫心為人民請命；他控訴罪惡，又能搖起希望之旗幟，為無數被壓迫人民的靈魂所遭受的苦難而謳歌。他嚮往幸福，朝向光明。其中，〈大堰河──我的保姆〉就是在獄中翻譯比利時詩人（Verhaeren, 1855-1916）的詩時寫下的長詩而聲名遠播。三、四十年代出版的詩集主要有《大堰河》、《北方》、《他死在第二次》、《向太陽》、《獻給鄉村的詩》、《反法西斯》、《曠野》、《黎明的通知》、《雪裡鑽》等。早期作品深受古典詩歌的浪漫主義與現實主義傳統的影響，其特色是「沉鬱而感傷，文筆疏放而流暢」；浩瀚的氣勢，如一棵挺然自立的孤松。抗戰以後，血液裡流淌著更熾烈而自然的詩行，詩風逐漸轉向悲壯、激昂。長詩〈向太陽〉和〈火把〉就是這一時期的代表作，顯示了革命的現實主義的特點；也採用民歌體，其激越的愛國思想，引導他去為廣大的勞動百姓的疾苦而獻身。

　　五十年代詩作，顯得平淡，詩的表現方法寫實與象徵互滲，仍保有真樸、凝練、想像豐富、意象獨特的格局。七十年代末復出後，文思泉湧。1978年4月，上海《文匯報》發表他沉寂後第一首詩〈紅旗〉，繼而陸續發表了長詩〈在浪尖上〉、〈光的讚歌〉等詩作。正如他所說一般，「在汽笛的長鳴聲中，我的生命開始了新的航程。」他已從歷史的迷霧中放射出異彩，至此，其風格轉為注重在具體物象中把握超越物象的意蘊，呈現出深沉的哲思。晚年主要作品有：詩集《艾青詩選》、《艾青敘事詩選》、《歸來的歌》、《雪蓮》、《彩色的詩》、《抒情詩一百首》、《艾青短詩選》等。論文集《詩論》、《艾青談詩》。長

篇小說《綠洲筆記》。詩人先後出訪了西德、奧地利、意大利、法國、美國、南斯拉夫、日本、新加坡等國,為促進中西文化匯合而努力,其作品被收入各種選本,也被譯成多種文字。

詩美的意象與內涵

艾青的作品充滿了原始、大膽、鮮明、沉雄等各具其態的藝術形象,與他強烈的個人風格相關,這點是無庸置疑的。他詩文創作的根深深地扎在中國文學傳統的沃土之中,在詩藝上,他留法期間也汲取了西方象徵派詩歌的藝術營養。因此,詩歌裡不只是單純而抒情地吟誦,而是融入了一種深沉的思想力,顯得凝碧而有生命力,自成一家的風格。他一生經歷過成名的輝煌,也遭遇過政治的磨難。然而,在命運的顛沛中,更可以看出一個人的氣節。出現在三十年代的他,如閃耀於冬季的燦星,其詩歌情緒的節奏較悲切、感傷,由內斂而奔瀉,試圖敲響讀者的思想回音。異國求學,自然思鄉情切;尤其是當時中國正籠罩在「一·二八」戰爭的炮火裡。當艾青返國時,目睹了處處瘡痍的山河;他直想用自己的畫筆投入戰鬥。可是不久,他遭到逮捕。也就是在那個時期,他寫下許多力作。其中最著名的一首詩是1933年春天,在上海監獄裡,青年詩人蔣海澄初次使用「艾青」這個筆名寫下了〈大堰河──我的保姆〉。詩歌清新雋永,令人憾動,並珍藏在廣大的人民的心田。它以真情形象地把其乳母的慈愛與中國千千萬萬村婦傳統的勤勞美德與犧牲精神相融合,細膩地描摩出大堰河──艾青的乳母勞動的情景;其間浸透出詩人滿腔的愛憐與同情:

大堰河，是我的保姆。
她的名字就是生她的村莊的名字，
她是童養媳，
大堰河，是我的保姆。
我是地主的兒子；
也是吃了大堰河的奶而長大了的
大堰河的兒子。
大堰河以養育我而養育她的家，
而我，是吃了你的奶而被養育了的，
大堰河啊，我的保姆。
大堰河，今天我看到雪使我想起了你：
你的被雪壓著的草蓋的墳墓，
你的關閉了的故居檐頭的枯死的瓦菲，
你的被典押了的一丈平方的園地，
你的門前的長了青苔的石椅，
大堰河，今天我看到雪使我想起了你。
你用你厚大的手掌把我抱在懷裡，撫摸我；
在你搭好了灶火之後，
在你拍去了圍裙上的炭灰之後，
在你嘗到飯已煮熟了之後，
在你把烏黑的醬碗放到烏黑的桌子上之後，
你補好了兒子們的為山腰的荊棘扯破的衣服之後，
在你把小兒被柴刀砍傷了的手包好之後，
在你把夫兒們的襯衣上的蝨子一顆顆的搯死之後，
在你拿起了今天的第一顆雞蛋之後，
你用你厚大的手掌把我抱在懷裡，撫摸我。

我是地主的兒子，
在我吃光了你大堰河的奶之後，
我被生我的父母領回到自己的家裡。
啊，大堰河，你為什麼要哭？
我做了生我的父母家裡的新客了！
我摸著紅漆雕花的傢俱，
我摸著父母的睡床上金色的花紋，
我呆呆地看著檐頭的我不認得的「天倫敘樂」的匾，
我摸著新換上的衣服的絲的和貝殼的鈕扣，
我看著母親懷裡的不熟識的妹妹，
我坐著油漆過的安了火鉢的炕凳，
我吃著碾了三番的白米的飯，
但，我是這般忸怩不安！因為我
我做了生我的父母家裡的新客了。
大堰河，為了生活，
在她流盡了她的乳液之後，
她就開始用抱過我的兩臂勞動了；
她含著笑，洗著我們的衣服，
她含著笑，提著菜籃到村邊的結冰的池塘去，
她含著笑，切著冰屑悉索的蘿蔔，
她含著笑，用手掏著豬吃的麥糟，
她含著笑，扇著燉肉的爐子的火，
她含著笑，背了團箕到廣場上去
　　曬好那些大豆和小麥，
　　大堰河，為了生活，
　　在她流盡了她的乳液之後，

她就用抱過我的兩臂，勞動了。
大堰河，深愛著她的乳兒；
在年節裡，為了他，忙著切那冬米的糖，
為了他，常悄悄地走到村邊的她的家裡去，
為了他，走到她的身邊叫一聲「媽」，
大堰河，把他畫的大紅大綠的關雲長
貼在灶邊的墙上，
大堰河，會對她的鄰居誇口讚美她的乳兒；
大堰河曾做了一個不能對人說的夢：
在夢裡，她吃著她的乳兒的婚酒，
坐在輝煌的結彩的堂上，
而她的嬌美的媳婦親切的叫她「婆婆」
……
大堰河，深愛她的乳兒！
大堰河，在她的夢沒有做醒的時候已死了。
她死時，乳兒不在她的旁側，
她死時，平時打罵她的丈夫也為她流淚，
五個兒子，個個哭得很悲，
她死時，輕輕地呼著她的乳兒的名字，
大堰河，已死了，
她死時，乳兒不在她的旁側。
大堰河，含淚的去了！
同著四十幾年的人世生活的凌侮，
同著數不盡的奴隸的悽苦，
同著四塊錢的棺材和幾束稻草，
同著幾尺長方的埋棺材的土地，

同著一手把的紙錢的灰，

大堰河，她含淚的去了。

這是大堰河所不知道的：

她的醉酒的丈夫已死去，

大兒做了土匪，

第二個死在炮火的煙裡，

第三，第四，第五

而我，我是在寫著給予這不公道的世界的咒語。

當我經了長長的飄泊回到故土時，

在山腰裡，田野上，

兄弟們碰見時，是比六七年前更要親密！

這，這是為你，靜靜的睡著的大堰河

所不知道的啊！

大堰河，今天你的乳兒是在獄裡，

寫著一首呈給你的讚美詩，

呈給你黃土下紫色的靈魂，

呈給你擁抱過我的直伸著的手，

呈給你吻過我的唇，

呈給你泥黑的溫柔的臉顏，

呈給你養育了我的乳房，

呈給你的兒子們，我的兄弟們，

呈給大地上一切的，

我的大堰河般的保姆和她們的兒子，

呈給愛我如愛她自己的兒子般的大堰河。

大堰河，我是吃了你的奶而長大了的

你的兒子

　　我敬你

　　愛你

　　詩語的意象和節奏的掌握功力是一首詩的重要特質，艾青
寫這首詩時，大堰河早已離開人世。他以此詩引領讀者進入一
個理性與感性交融又帶有悲愴色彩的世界。首行即凸顯了「大
堰河」的主角地位，點出大堰河悲苦的身世；詩人因吃了大堰
河的奶而長大，所以對她自然充滿了特有的深情，故觸目所及
皆是對乳母悲苦的經歷與思念。詩人別出心裁地塑造出舊中國
勞動婦女勤奮、健壯、仁厚溫良的大堰河保姆的崇高形象。

　　第二段以下，情思細膩，詩人透過冰冷的鐵窗，在悲泣
中，特別想念起他的乳母被雪壓著的草蓋的墳墓；加上畫面上
象徵著淒涼的一系列形象，怎能不動人心眼而對大堰河悲慘經
歷產生哀傷悼念之思。詩人繼以八個排比句式，描摩出詩人自
幼在自己父母家裡的「忸怩不安」與對大堰河情感之彌堅，也
鮮明塑造出自己心靈萌發著叛逆思想和反抗精神，無矯飾雕章
的痕跡。接著，又連用六個排比句式，描述了大堰河怎樣「含
著笑」，透過移覺把視覺印象轉換為聽覺，精確地反映出現實
的勞動面，也充分表現了大堰河樸實的美。末節道出詩人獻給
大堰河的輓歌和讚美，令孺慕之情帶來赫然有力的情感。此詩
內涵之美，在於詩人對大堰河溫柔且深情，才能打動讀者的
心。而艾青善以最真實的影象折射出最現代的敏感，且用語豐
富，形象準確，在平凡之中鋪陳出不凡的聯想。這便使此詩的
主題的社會意義有二：其一、如實的描繪，都是對現實生活準
確的提煉和凝聚；其二、是真情實感的迸發和流淌。詩裡無論
是對往事的追懷，對乳母的讚揚，對人生的慨嘆，對世界的憤

憑，均能溶和在他思想感情之中，且蕩氣迴腸。或許大堰河的
痛苦時代已成為歷史的追憶。但艾青經歷一次次痛苦的磨難，
卻始終能堅強地活下來為人民繼續謳歌。

在1937年，「七七事變」後，艾青成了逃亡的難民，先是
從杭州逃到老家金華，然後帶著妻子，從金華逃往武漢，中華
民族確實到了最危急的時刻。詩人於12月28日，一個嚴冬的夜
晚。他悲痛地寫下了〈雪落在中國的土地上〉這首震撼人心的
詩歌。搖吶出中國土地被侵略戰爭無情的破壞與為苦難的底層
百姓發出哀號：

> 雪落在中國的土地上。
> 寒冷在封鎖著中國呀……
> 風，
> 像一個太悲哀了的老婦。
> 緊緊地跟隨著
> 伸出寒冷的指爪
> 拉扯著行人的衣襟。
> 用著像土地一樣古老的
> 一刻也不停地絮聒著……
> 那從林間出現的，
> 趕著馬車的
> 你中國的農夫，
> 戴著皮帽，
> 冒著大雪
> 你要到哪兒去呢？

告訴你

我也是農人的後裔——

由於你們的

刻滿了痛苦的皺紋的臉，

我能如此深深地

知道了

生活在草原上的人們的

歲月的艱辛。

而我

也並不比你們快樂啊

——躺在時間的河流上

苦難的浪濤

曾經幾次把我吞沒而又捲起——

流浪與監禁

已失去了我的青春的最可貴的日子，

我的生命

也像你們的生命

一樣的憔悴呀。

雪落在中國的土地上，

寒冷在封鎖著中國呀……

沿著雪夜的河流，

一盞小油燈在徐緩地移行，

那破爛的烏篷船裡

映著燈光，垂著頭

坐著的是誰呀？

——啊，你

蓬髮垢面的小婦，
是不是
你的家
──那幸福與溫暖的巢穴──
已被暴戾的敵人
燒毀了麼？
是不是
也像這樣的夜間，
失去了男人的保護，
在死亡的恐怖裡
你已經受盡敵人刺刀的戲弄？
咳，就在如此寒冷的今夜，
無數的
我們的年老的母親，
都蜷伏在不是自己的家裡，
就像異邦人
不知明天的車輪
要滾上怎樣的路程？
──而且
中國的路
是如此的崎嶇，
是如此的泥濘呀。
雪落在中國的土地上。
寒冷在封鎖著中國呀……
透過雪夜的草原
那些被烽火所囓啃著的地域，

> 無數的，土地的墾植者
>
> 失去了他們所飼養的家禽
>
> 失去了他們肥沃的田地
>
> 擁擠在
>
> 生活的絕望的污巷裡；
>
> 機遇的大地
>
> 朗向陰暗的天
>
> 伸出乞援的
>
> 顫抖著的兩臂。
>
> 中國的痛苦與災難
>
> 像這雪夜一樣廣闊而又漫長呀！
>
> 雪落在中國的土地上
>
> 寒冷在封鎖著中國呀……
>
> 中國，
>
> 我的在沒有燈光的晚上
>
> 所寫的無力的詩句
>
> 能給你些許的溫暖麼？

　　就詩的結構而言，首先從視覺起筆，雪聲、風聲、馬車聲交織成蒼茫的底色，凸出油燈、烏篷船及監獄裡雪夜的心情，最後再以想像之筆蕩開詩意，再次傳達出詩人為人民痛苦生活和對政治的迫害，感到極為失望，其滿腔的憤懣和控訴日本侵略者的蠻橫行徑，在詩人銘人肺腑的筆下，終於發出了時代沉重的強音。全詩的意象生動、明朗又口語化的語言，能喚起人們感情的共鳴；此外，詩的內在節奏加強了，而響亮的音韻與直抒胸臆的形式，也形成此詩具體可感的藝術形象。

再看這首1938年初寫下的〈手推車〉，艾青就特意的安排了映入眼底的手推車，個別形成「象」，凸顯出中國東北人民在戰事陰影下貧窮的身影，這些由近及遠的景物〈象〉，對詩人來說，每一觸及，就足以增添他的一份愁。寫的是詩人情寓景中，與祖國土地深密不可分割的悲痛：

在黃河流過的地域
在無數的枯乾了的河底
手推車
以唯一的輪子
發出使陰暗的天穹痙攣的尖音
穿過寒冷與靜寂
從這一個山腳
到那一個山腳
徹響著
北國人民的悲哀

在冰雪凝凍的日子
在貧窮的小村與小村之間
手推車
以單獨的輪子
刻畫在灰黃土層上的深深的轍跡
穿過廣闊與荒漠
從這一條路
到那一條路
交織著

北國人民的悲哀

此詩情感沉鬱，語言質樸平白；採用隱喻、象徵的表現手法，似睹其容。藉「手推車」形象來表達抽象事理，以「北國人民的悲哀」形成「意」，由「情」轉化為「理」，以達到象徵的作用，來拈出主旨；是為寄託江河受外敵污染，乃世之悲哀。意象的轉換，使詩歌節奏極為迅速。由黃河到北國，由山腳到荒漠，時空在急速轉換，傳達出詩人激蕩的心潮。詩句的感人正來源於詩人深刻的感思，當時外侮的侵略，戰火的燎原，彷彿只一瞬間。唯有北國人民因動亂年代所帶來的恐懼，讓詩人真實地表現了對北國人民的憂患和複雜的心態。回顧1939年7月，為了紀念「七七事變」兩周年，當時中國許多地方掀起了抗日宣傳的高潮。艾青的熱血頓時沸騰起來了，也加入浩大的抗議隊伍中，不久之後，他便寫下了氣魄恢弘的長詩〈火把〉，以自己的反思觀照一個時代的反思。之後，艾青在四十年代初期，由於延安「整風」遭受打擊，直到1949年作品創作量並不多，但仍有一些值得注目之作。

如1941年12月寫下〈時代〉這首力作時，艾青剛抵達延安不久，仍抱著對關懷苦難人民的理想與抨擊黑暗的浪漫情懷。然而，為奔赴延安，他風塵僕僕抵達後，感受的卻是相當地鬱悶，詩裡更痛切地說著：

我站立在低矮的屋檐下
出神地望著蠻野的山崗
和高遠空闊的天空，
很久很久心裡像感受了什麼奇蹟，

我看見一個閃光的東西
它像太陽一樣鼓舞我的心，
在天邊帶著沉重的轟響，
帶著暴風雨似的狂嘯，
隆隆滾輾而來……

我向它神往而又歡呼！
當我聽見從陰雲壓著的雪山的那面
傳來了不平的道路上巨輪顛簸的軋響
我的心追趕著它，激劇地跳動著
像那些奔赴婚禮的新郎
——縱然我知道由它所帶給我的
並不是節日的狂歡
和什麼雜耍場上的哄笑
卻是比一千個屠場更殘酷的景象，
而我卻依然奔向它
帶著一個生命所能發揮的熱情。

我不是弱者——我不會沾沾自喜，
我不是自己能安慰或欺騙自己的人
我不滿足那世界曾經給過我的
——無論是榮譽，無論是恥辱
也無論是陰沉沉的注視和黑夜似的仇恨
以及人們的目光因它而閃耀的幸福
我在你們不知道的地方感到空虛
我要求更多些，更多些呵

給我生活的世界

我永遠伸張著兩臂

我要求攀登高山

我要求橫跨大海

我要迎接更高的讚揚，更大的毀謗

更不可解的怨讟，和更致命的打擊——

都為了我想從時間的深溝裡升騰起來……

沒有了一個人的痛苦會比我更甚的——

我忠實於時代，獻身於時代，而我卻沉默著

不甘心地，像一個被俘虜的囚徒

在押送到刑場之前沉默著

我沉默著，為了沒有足夠響亮的語言

像初夏的雷霆滾過陰雲密佈的天空

舒發我的激情於我的狂暴的呼喊

奉獻給那使我如此興奮，如此驚喜的東西

我愛它勝過我曾經愛過的一切

為了它的到來，我願意交付出我的生命

交付給它從我的肉體直到我的靈魂

我在它的前面顯得如此卑微

甚至想仰臥在地面上

讓它的腳像馬路一樣踩過我的胸膛

　　這顯然是藉神思所見動亂時代的寥落景象（象）來襯托出
「憂國意緒」（意）。詩的美感總是附著在　定的事物上的。
隨著時間不斷的流逝，幾千年以後，我們該用什麼樣眼光去看

待我的祖國？土地，雖在我們的腳底，卻承載著中國人全部的
生命。詩人因為這片土地的脈搏，時時在他的血液裡湧動，更
增強了詩的情味力量；而願意獻身於時代的艾青，說出熱愛祖
國「勝過我曾經愛過的一切」時，情韻便格外深長，令人咀嚼
不盡。但總觀全詩，無疑是表現了詩人對動亂時代的沉痛之
聲，也是對一種渴望美好未來的更廣闊的追求。詩裡跳躍著對
國家民族赤誠的心、對政治不平的憤慨，也交織著詩人的希
望、憧憬和迎向永恆的光明。晚年的艾青，詩歌更為深邃，意
境更為宏闊。對祖國深沉的愛與為真理而勇於獻身的精神終於
獲得廣大的禮讚與迴響。如1979年年3月於上海寫下〈盼望〉，
可以說是艾青重新復出的代表作之一：

> 一個海員說，
> 他最喜歡的是起錨所激起的
> 那一片潔白的浪花……

> 一個海員說，
> 最使他高興的是拋錨所發出的
> 那一陣鐵鏈的喧嘩……

> 一個盼望出發
> 一個盼望到達

　　艾青有句名言：「人民的心是試金石。」他終其一生的
創作都在為揭示生活現實的典型意義，為世界的光明而貢獻一
切的思想感情。此詩具有強烈的內在節奏感，藉以表達一種雀

躍、熾熱的情緒。詩人情感的昇華，同浪花、同海、同希望一起出航，情感和形象得到了完美的結合；彷彿中，詩人心靈展開翅膀輕柔地邀遊於時空了。

艾青詩歌的藝術美

無疑的，艾青詩歌豐富了中國詩歌藝術的寶庫，但在過去的許多評論文章中，也有對其批評之聲。比如名詩人聞一多在肯定艾青的成就的同時，也曾指出他詩的弱點：「用浪漫的幻想，給現實鍍上金，但對赤裸裸的現實，他還愛得不夠。」。諸如這些見解，或許忽略了艾青在藝術上多方面的追求，或認為他的詩在表現上，感情的直接宣洩大於詩的形象美。凡此，雖然無法減滅艾青詩歌對文學藝術發展的貢獻，但從詩美的角度探討其美學意蘊及藝術特徵，卻不多見。下面，試圖在這一方面做一嘗試。

（一）感情注入物象的形象美

從審美心理規律上看，以〈大堰河　我的保姆〉為例，此詩不為詩律所困，它是出於「性靈」的，是從形式上尋求不到的。詩中所表現的由哀而至傷的強烈情感與孤單的思緒，是經過回憶、沉思、再度體驗的情感。對詩人來說，不僅是令人蕩氣迴腸的舒洩，往往也是一種刻骨銘心的感受；然而，並不會因情感過分強烈，而被迫走出心中的藝術世界。那麼，艾青又何以情感能控制得當？原因就是他在回憶，而不是在單純的痛哭；其藝術情感的快適度，是符合藝術實際的，既精闢又獨到。再者，詩語的具體含意之外另有寄託，大堰河反映出中國勞動婦女的傳統美德，這是此詩「氣勢開闊、以傳不朽」的特點。

（二）對現實主義詩作的建樹

　　一首優秀的詩歌是時代之明鏡，也是鏗然的強音。在體現艾青詩另一種風格美的作品中，從宏觀的角度看，艾青是當代中國詩歌中具現實主義代表性詩人之一。四十年代詩歌大眾化已成為抗戰時期壓倒一切的頭等大事，因此，絕大部份的詩人傾向於詩歌的「運動」。即詩話文體本身應像標語口號那樣富有鼓動力量，使讀者在詩裡能清楚地感到與勞動人民生活的脈搏。然而，當時所朗誦詩和街頭詩也引起了批評家的指責，認為街頭詩過於激進而帶來了「粗糙」感。這時，延安時期的艾青，已拋棄了理想化的浪漫想像，而主張「最偉大的詩人，永遠是他所生活的時代的最忠實的代言人。」詩裡以對題材的理解與感知、做準確的描述，也包含了東西文化中的許多藝術思潮為特徵。據此，〈雪落在中國的土地上〉、〈手推車〉等力作的確率直地反映了當時的時代生活。其詩情如火，人物的典型性、豐富性、情節性等，給人深刻的思想啟迪。此外，艾青也注重把藝術的魅力和智慧的全部尊嚴的結合起來，這種將主觀的圖式加以投射機制的運用，可以說是艾青詩歌創作的奧妙處。

（三）藝術表現與東方文化精神 （spirit of Oriental culture）的回歸

　　艾青詩歌的藝術表現中，早期最主要的特徵是「沉鬱、凝重」，以率真、熾熱的直覺構成了獨特的藝術風格。這是由於詩人富有無與倫比的同情感，並善於把心中的創痕從正面望去，進行高貴的聯想。其面對命運挑戰的生存勇氣能夠使他多次轉危為安，成為當代值得崇敬的詩人。他吸收東方文化中的

人文主義理想，並把它同西方現實主義及美學結合起來，以便取長補短，相得益彰。可由〈時代〉到〈盼望〉的詩路歷程，使我們深信，真正勇敢的人，應當能智慧地忍受屈辱，不以身外的榮辱介懷。晚年的艾青，依然以「抒真情、說真話」為詩生命；至死猶對祖國深沉的愛不變。我深信，其勇者的塑像已贏得了歷史對其評價的尊嚴。

2011.9.12作

刊登西南大學中國新詩研究所主辦《中外詩歌研究》，

2012年第01期，頁17-24。

一株輕巧、潔白的海桐花
──讀李若鶯詩集《寫生》

　　李若鶯（1950-　），生於高雄縣，高雄師範大學文學博士。
退休教授、《鹽分地帶文學》主編。她不僅有一顆童心，而且
有正直不畏權貴的精神；因而她的詩作富有誠摯的詩情與明朗
的風格。這本詩集有寫愛情的、親情的、還有一些敘事詩、旅
遊詩等，皆寫得情趣盎然，兼具了知性美及心靈與自然的和
諧。早期作品以描寫愛情和對自然景物的感受為主，後期的內
容和風格發生很大變化，愛鄉土及人文關懷成為作品的基調，
包括對九二一大地震與女童被凌虐錯失救援的悲吟、對選舉改
革不力與拆遷紅毛港等事件的無奈等抒發，相應地增加了作品
的社會意義。如四十五歲寫的〈暮春十一行〉，生動地流露出
懷舊的情緒與時晴時雨的熱情：

　　　一株小草　行經我多風雨的窗口
　　　一隻灰鳥　掠過我多陰晴的眼睫

　　　柳絮等待東風
　　　歸帆等待夕陽
　　　我的心　等待
　　　一聲輕扣異樣
　　　一點顫抖堅強

是春天　花就要開放
是晴空　雲就來著妝
有人看見或沒人看見
都一樣

　　在這柔美的詩節裡，也表現出女性與自然的意象，除了說
出內心深處的憂鬱，也刻畫等待的悵然。若鶯知覺精敏，其文
學主張散見在她的部分新詩、散文、小說、評論之中；力求清
新自然、意境深遠，以臻於傳神的藝術效果。如這首〈除了愛
情〉，詩味似淡而實美，耐人尋味：

……回來之後
我便得了一種怪疾
燒到沸點而
冷到零下
時而絮絮自語如浪
時而沉默如碑
時而勁走如掃過荒原的狂風
時而緩步如遲留山巔的雲
視而看不見來往的風景
聽而聞不見市囂雷鳴

這病以前得過
只是這回症狀不輕
群醫束手
佛洛姆說

相思無解
只除了愛情

　　全詩情感篤實而真摯，除了強調抒情美和音樂美，也反映
了若鶯對愛情浪漫與執著的特點。尤其對愛情美麗的想像，也
烘托得很真切。愛情的幻化儘管時而狂熱、時而傷悲，令人捉
摸不定；但是，詩人從中似乎悟出了某種禪機，那就是：連心
理學家佛洛姆（Erich Fromm）都說了，相思無解，又或許一切
盡在不言中。他的至理名言就是：「愛是一門藝術。」而詩人
也形象地傾訴了內心的遙念之思。比如她在臺北旅遊寫的〈煙
雨淡水〉，就頗有韻致：

濱海的餐館流漾著無關於海的嘈切
我聽到心弦訇訇顫響
溫暖的手指框住清涼的臂無關海的威脅
我聽到火花砰砰爆裂
被驚起的鷗鳥飛向沉默的觀音
我聽到心湖滔滔寸寸潮漲

種一埠港　煙霧漫起時船就有了方向
種一叢山　雨意濃時眼睛就有了景觀
種一株燈　淡褪了的人生重新孵化影像
種一簾夢　水一般地瀅亮

一隻喋蟄的蟬決定今夜破繭
高吟這最後的夏天

　　詩句寫得情景交融、構思精巧。首先，詩人把對昔日淡水
煙雨的懷念不斷延伸；第二段像是對人生考卷上的追問，有哲
理味。英國詩人雪萊（Percy Bysshe Shelley, 1792-1822）曾說：
「一首詩則是生命的真正的形象，用永恆的真理發現出來。」
這就要求詩人選擇使自己最動情的事物寫入作品。到最後一
段，詩的感情是濃的，真情乃詩的靈魂，也可看出詩人較深的
藝術修養。若鶯的旅遊詩雖沒有軍旅詩的蒼涼和豪放，而是按
著自己對藝術孜孜不息的追求去寫；在功利的物欲世界中，她
始終堅持著靈魂的高地，即通過瞬間的感受，去挖掘些閃光的
心靈火花。如這首〈留鳥〉，詩中的意象純淨透明，對愛情的
思考已經深入到生命的層次：

　　　帶著對你的記憶去遨遊
　　　步履將因懸念而沉重
　　　心傾側向太平洋某個小島北隅的多風小樓
　　　我的地心引力在那方

　　　不再是候鳥
　　　飛翔只為了清楚愛戀的重量

　　詩歌創作中首要捕捉形象，顯然地，詩人不事雕琢而一吐
真情，讓讀者感情為之沸騰。而「不再是候鳥」中透射出自信
的人生光芒，詩味也變得厚重起來。若鶯與林佛兒因不期然的
相遇，進而使兩個心靈合而為一，廝守晨昏的故事，在前序裡
已有詳敘。詩人空明的覺心，恰似一株輕巧、潔白的海桐花，

映襯著初秋的斑斕山色。至此,詩人勇於尋夢的純真,一如其詩〈幸福〉,正表現了她頑強又堅定信念的努力:

> 幸福是一幀照片
> 閃光燈喀嚓的瞬間
> 綻放的容顏

　　若鶯是南臺灣有影響力的詩評家,其詩歌的另一個突出感受是她感情豐沛、洋溢著想像的筆調及實踐關懷鄉土的堅忍。從整體上看,詩集《寫生》中有不少詩是愛情詩,顯示了若鶯詩歌的以下幾個特點:(1)注重意象,詩風上是中國思想家莊子美學與現代兼容。莊子的思想,是針對人生的困頓與疑慮尋求精神解脫的方便法門;其中有兩個觀點:人生的遊戲性和脆弱性,影響若鶯甚深,她的詩歌也指向一個共同的目的,即以虛靜作為心理前提,追求精神自由的審美境界。(2)注重音韻,引喻文思勃發,具有文化意味,已奠定了若鶯的詩美意緒的特定追求,也展現了詩人淡雅的心靈與靜美的神韻。

2011.9.22作

刊登臺灣省真理大學臺灣文學資料館《臺灣文學評論》,第12卷第1期,2012.01.15,春季號

杜國清詩歌的意象節奏

其人其詩

　　杜國清（1941- ），臺中豐原人，臺灣大學外文系畢業，日本關西學院大學日本文學碩士、美國史坦福大學中國文學博士。曾任加州大學聖塔芭芭拉東亞語言文化研究系教授等職，為《笠》詩刊創辦人之一。著有詩集、評論、翻譯等多種，獲中興文藝獎、詩笠社翻譯獎、文建會翻譯成就獎等殊榮。

　　杜國清的早期詩作側重表現在主觀情志的具象表現的含義，它強調形象的真實性，有時是受到某一物象的啟示和觸動，而引起詩意的湧發，把生活和人性的題材上發揮出來；更擅長將一組在意義上有密切關聯的圖象排列在一起，淋漓盡致地表達出或輕柔、或激昂，或重濁、或悠揚，或暗諷或洪大等情狀的藝術手法，從而使意象節奏變得新奇，愈見詩人之心手之妙。中年後，尋幽探勝，寄情於山水，寫下許多景物詩、感懷詩或文化省思，都能體現著詩人的奇思妙想。

佳作細析

　　所謂意象節奏是意象與意象之間的節奏關係，它依分行排列的文學樣式，可分為力度節奏（即意象本身的運動節奏）、轉換節奏（即由此意象到彼意象所構成的轉換關係）及密度節

奏（指一首詩或一句詩中意象數量的多少）。誠然，詩歌是節
奏性最強的語言藝術；透過詩人想像將視覺的意象予以節奏
化，藉以情感取得與自然的和諧，那麼，所有難以言語的感覺
都將瞬間觸動讀者的心靈。杜國清從小在臺灣長大，血液裡有
著鄉土的歷史積澱。大學畢業後，再到日本和美國留學；因而
他的詩歌具有「學院派的知性手法」。從本質上來說，其詩歌
有抒情的藝術，也有空間性的藝術，都靠內在的節奏反映出空
間的主體性變遷，來傳達詩人瞬間永恆的生命感知。可以說，
節奏和韻律是其詩歌的生命，能喚醒讀者相應感慨的各種意象
（imagery）。也正是這種客觀意象的暗示，才能喚起空間畫面
感及對審美的聯想。如這首早期之作〈勿忘草〉：

> 她從遠方寄來一根勿忘草／藍色的小花捲藏著蕊蕊的／
> 祝福／我將她僅能給我的祝福／珍種在心的深處／每當
> 新月掛在幽谷的山巔／那把銀勺子就澆醒山旅的回憶／
> 每當晚風輕拂著垂柳／她那多韻的嬌姿就在我思念的／
> 長河裡　浮漾著／如此　那根勿忘草在我心上生根／我
> 以夕陽下哀思的淚釀血／以血　供養這棵異卉／它那嗜
> 血的根鬚不久竟蔓成／紅藍的細網　撈住我的心／朵朵
> 小花隨著我心的喜憂而變色／婷婷枝葉隨著我心的悸動
> 而生姿／當我心肌上長滿了日子的蘚苔／啊啊　我心變
> 成誰也觀賞不到的／愛之幽園裡的一缽美麗的　盆景／
> 如此　懷著她僅能給我的祝福／當我躺在荒草間　血淚
> 斷流／心已朽　這棵勿忘草啊／是否仍在晚風中獨自搖
> 曳／向這世界宣示我的告別辭／是否替她哀悼我那空虛
> 的幸福／然後　懊——然——枯——萎——

　　這裡，意象的轉換，已表現出時空的跳躍性，詩歌節奏迅捷，情感卻如同柔美的慢版，音韻極為優美。其中，勿忘草化作祝福，思念變為長河，歲月匆逝，彷彿只一瞬間。再如1969年寫的圖象詩〈祭〉，其意象力的指向是向下的，往往伴隨著悲傷、消沉的情感：

雜草山上

誰願驚醒這荒涼的寂靜
來奉獻花束紀念愛
的青春　　以及
焚枯的
古之偶像
的圖讖
穿黑衣　　　以及
暗自低泣的未亡人
竟以手絹輕拭淚水的臉

引駐過客

　　首先，「雜草山上」引出的悲淒、愁苦、不堪回首的心境與追悼儀式的蒼涼、無可奈何的情感色調相契合。接著，排列的文字宛如喪儀中隆起的草墓前，左右各有對明燭，沿邊站立的親友也啞默地對著亡靈、無限哀思。那暗白低泣的未亡人，輕拭著淚更傳達出一種痛苦的悲劇氣氛。讀著這首詩，我們的

頭也會不由自主地黯然垂落。

〈鄉愁〉全詩二十句，句句意象如連環，節節相生：「大甲溪邊那遼闊的黃色土原／自古鼎立著三個葫蘆形土墩／傳說中那三個葫蘆墩的口裡／經常冒著白煙從日出到黃昏／／太陽光傾注在這三個葫蘆裡／附近村落因此經常發生火災／於是前人開一條河從中穿繞／葫蘆的乾土上才長出花草來／／為了求神保佑這一片好風水／前人又在墩下建造了土地廟／廟前常有老人在拉琴或清唱／公雞母雞也常來拉屎或撒尿／／在廟前抑壓哀憂的古琴聲中／幾個小孩搧著彩色的紙牌玩／長扇公主的眼睛裡沾滿雞屎／卻將諸葛的八陣圖一手搧翻／／童年貼滿了多彩多樣的牌面／在回憶的輪盤上一再旋轉著／少年的心葫蘆滿懷鄉土的熱／鄉愁從中穿繞像故鄉那條河」。

從總體上看，這首詩的意象密度大，其節奏轉換也快。詩中描寫童年生活的閒適與自得、諧趣、自然的情感很一致；在回憶的探尋中發著光。而詩人把古琴聲轉換成視覺意象，然後與廟前拉琴的老人、玩紙牌、看故事書的小孩等情景疊印在一起，給人思古幽懷的感受。這些意象用「回憶的輪盤」、「旋轉」緊緊疊合在一起，加強了詩裡的詩間因素，使鄉愁的凝結更為突出。

接著這首〈鼠〉，則給人急速、迅猛的節奏，他通過「齒爪」這樣疊字建行形式將「鼠輩橫行」視覺化，呈現出詩人心靈遊盪的過程、淨化的過程：

　　　齒爪齒爪齒爪齒爪齒爪齒爪齒爪齒爪齒爪
　　只要樹有皮，穀有殼，屍體有棺材

　　只要人類有食物

　　　　齒爪齒爪齒爪齒爪齒爪齒爪齒爪齒爪齒爪

　　只要地下有莖，倉裡有糧，腐屍還有骨頭

　　只要咱們還活著

　　　　在這地球上，咱們抗議

　　人類誣告我輩是人類的賊

　　　　在這地球上，咱們控訴

　　人類妨礙我輩過街的自由

　　影響咱們繁殖的快樂

　　　　在這地球上，假如還有德先生的話

　　我輩願意在白天出來

　　和所有哺乳類動物競選

　　某種意義上，詩人如一位玄思的智者，此詩在旋轉運動之中，力度大，傳達出底層百姓的一種壓迫和困窘的境遇和思想。暗旨：某些政府官員們貪污腐敗、商業上假貨橫行，社會上造假欺詐事件，鋪天蓋地，使得治安與環境變得惡劣不堪；但惡了卻不知如何防禁；法紀敗壞了卻不知如何修治；徒然耗費許多資源。詩人以站在弱勢族群立場來表達其「不平而鳴」及嘲諷之聲。最後推介這首圖象詩〈蜘蛛〉，蜘蛛在詩中的運動是緩慢的，如「穿著緇黑袈裟　盤坐著」，是無聲地「蜷伏著」、「等待著」，反映出蜘蛛蓄勢而發的一種力量而又從容不迫的形影：

　　　撐著一瓣薔薇花　等待著的　蜘蛛

　　　穿著緇黑袈裟　盤坐著的　蜘蛛

　　寂寥的背影　蜷伏著的　蜘蛛

　　　以生癩且僵化的肢腳　霸守著
　　　　一座方城觸霉的口腹擺出
　　　　旁若無人的態勢自囚在陰
　　　　　暗的小天地咀嚼城垣下
　　　　眾多蚊子的屍體戴黑眼鏡
　　　以自我為中心的獨裁者啊
　　　以沾血且痺麻的肢腳　霸守著

　　　蜘蛛 蜷伏著的　偽裝的德性
　　　蜘蛛　等待著的　織善誘的謊言
　　　蜘蛛　盤坐著的　默想虛偽的價值

　　　雖然在藝術與神話中，蜘蛛常成了一種象徵──代表耐心、殘忍和創造力的各種組合。但是，詩人把蜘蛛的意象由文字排列的圖象貫穿下來，利用蜘蛛的自然形態和特徵，展現的是牠們機警、狡猾甚至孤傲的多樣性的形像，使人覺得新奇而趣味。其實，外界萬花筒般飛速變化的世界，只是更加劇了牠們內心的寂寥。句中，最中間低凹部份即蜘蛛的口器，旁有二隻短短的觸肢；而其盤坐的冷酷，繪出了蜘蛛痛苦與征服時矛盾的線條。整個畫面視覺刺激的鋒利性極強，使人過目難忘。

杜國清：詩苑的時空哲人

　　杜國清是位十分積極推動臺灣文學的學者，畢生致力於對文學的價值認知，以及詩歌創作；並計劃主持「臺灣文學英譯叢刊」的出版，在海外的詩人中是鮮見的。這也許是身為知識份子共有的心靈體現，還表現出一位學者不倦的學術追求。他的詩歌取材廣泛，既歌吟文化古蹟、奇山異水、也歌吟風物，抒發鄉土情懷。大致上，都很有立意，能呈現出鮮明的時代色彩，啟人遐思。他是位站在中西文化匯合處的詩人，卻始終不忘本；其圖象詩在詩歌研究論著中也帶有開創性，也是具有世界特色的時空哲人。這時空可以是現實的不同時空，也可以是心理的不同時空，還可以是現實與心理交叉的時空；而杜國清的能力就體現在這些時空中所取得的自由運行的藝術表現上。哲人說：「我思故我在。」他對人生的哲思往往用意象語言呈現出來，句中的節奏如江水般綿延不斷，細細品讀，就能體味到他對失去的純真的追求、對文學的反思與關懷臺灣的視野。

2011.11.1作

刊登臺灣《笠》詩刊，第290期，2012.08.15

讀張德本《累世之靶》

其人其詩

張德本（1952-　），高雄人，詩人作家、評論家，成功大學中文系畢業，曾任高中教師，主編「前衛文學叢刊」（鴻蒙版），經營「筆鄉書屋」。獲高雄市文藝獎現代詩正獎、南瀛文學獎及國家文化藝術基金會長詩專案補助等，著有詩集、散文集、詩論等十餘種。

《累世之靶》是張德本向「國藝會」申請專案補助的「臺灣語兩千五百行長詩集」，臺英對照，在臺灣現代詩的詠嘆打上了深刻的時代烙印，帶有明顯的歷史感知和逆寫臺灣命運覺醒的深思辯證。此書的研究特色既有族群神話研究痕跡，也有影響母語文學研究的成果問世，還有跨文化闡釋與時空聯結的創新。

內文的理解

全詩共分十七章，由於追緬歷史之間錯綜複雜的殖民糾葛，張德本在書寫母土的語境中的傳播便具有重要的研究價值。作者以散點透視展現臺灣從起源神話到先民不敵外來侵略者而滅亡的歷史際遇、從清代漢族移民之初壓迫平埔族到朱一貴的反清革命失敗、從赤日亂屠到1947年「二二八事件」前後的數百年間，各民族各族群你來我往、糾葛融合的臺灣史的關鍵片段。

從日夜做累世之靶的臺灣，到廖文毅推展的臺灣共和國獨立運動與當今中國的武力威脅、最後又回歸到臺灣人存在的自我認同與歷史的主體觀上，對臺灣命運何去何從？很顯然，作者已由其頑強的意志力與深沉的吶喊中得到了精神自由的釋放。

　　書中，第一章裡，透過形塑臺灣島嶼緣起與原住民神話或Sanasai傳說的聯結想像，讓作者所蘊含的人文主義思想對於「共同神話的母親」——本島的認識起了極其有效的歷史作用；這也可以解釋為何張德本對詩的註釋和文化考證在長老村落及中研院、學界採集時期如此頻繁。第二章，將時空移至以歷史遺址描摩出早期先民居住的證據，努力呈現臺灣歷史的本質特徵。由於清醒地意識到臺灣這一塊「累世之靶」，有文字記載已經將近一千八百年；在母土上，雖歷經多次遽起急落的滄桑，包括荷蘭人、西班牙人、鄭成功、滿清政府、日本、蔣介石、中國共產黨等槍林彈雨或恫嚇，迄今，猶展現出臺灣人民的粗礪生命力。基於過去中國任何刻意的打壓舉動，張德本所不能接受的態度已十分堅決，就此類有關問題，作者期引起更多詩友的關注和思考。

　　第三章，以大肚王（或稱柯大王）統領二十五個村社，因不敵外境入侵終究滅亡的紀史，作者擇其要者，勾勒出一幅比較完整的跨歷史回顧地圖。第四章，以追溯平埔人祭「阿立祖」祭典、憑藉雨聲是否是夢中牽曲？細訴西拉雅族人的血淚史，故其詩歌中憤激與悲涼、委婉與深切共存。第五章，以心理分析和原型批評相結合的方法隱喻「九二一地震」的土石流等原住民的生存危機，而隔時空與阿立祖對話的惆悵寓於意象之中，餘意不盡。第六章，由朱一貴事件設想臺灣族民被殖民統治的殘酷，指斥外來文化與殖民權力的共謀結構的屈辱與省思。第七章，遙寫伯尼約斯基伯爵在1771年曾來臺的史實與想

建立歐洲殖民地的未完成夢想，無奈地表達了對臺灣定位在目前的艱難處境。第八章，描寫日軍占領臺灣，曾抄莊滅族，多位民族英雄（如林少貓、柯鐵、余清芳等）因抵抗被處以死刑，景象蒼茫悲壯。第九章，以槍孔的回聲批露戒嚴時期的白色恐怖，當年行逕多為人所詬病。尤以結句「無光敢有天」對當年「二二八事件」的陰霾，發出深沉感嘆。

　　第十章，作者「以國為名實在是人世間的恥辱」，展現了直抒胸臆、對主權自主問題的鬱憤。第十一章，直逼某些臺灣人不願接受正視族群認同的問題，句句發以雄迅，足以駭耳洞心。第十二章，記錄廖文毅推展臺灣共和國臨時政府的史實，表現出強烈的黨同伐異作風，其個人明確表達嚮往臺灣獨立的主張與淺近真切之情的流露，致使全詩沉鬱頓挫，內蘊深厚。第十三章，藉「鹽和糖」臺灣人民苦樂的兩大象徵元素，隱喻了作者對國事的深切擔憂。第十四章，以「洲子」譬之臺灣八十年代的社會境遇及其在族群意識形態上的惶惑或堅持。第十五章，以「你又算是時代中的甚麼？」為反思主題，對於新世紀臺灣人民對政治的迷惘，多有嘲諷和批評。第十六章，以鯨魚游向大海的毅力，冀望臺灣人民找到活海的出口，泅向自由寬廣之地，以獲得上蒼永恆的眷顧。作者認為「分裂和統一，是無可避免的二元對立」，欲將進一步探索臺灣人民自我認同的中介作用。最後一章，以歌誦「Sanasai！你是我的母土」，結語，作者將思念的內海，寄予旅程的風景，從島嶼出發，湧向世界的海洋……。這一點，有點類似經典的弗洛伊德的說法，把夢描述成「通往無意識的大道」。作者以創造性和建構性的長詩賦予全書意義，它通過語言、敘事和故事的作用來建構和創造自我認同的價值觀。其中，穿插的故事也是從有著特殊的、互動的情節的語境中形成的。

張德本：孤高不羈的臺語詩人

　　當我們思考如何在族群共融得以建構的方式時，這本書的逆思顯得尤為重要；因為，當今臺灣言論自由開放的態度，使我們把關注點放在張德本個人對國家主權自主的探索上，從而能夠更深刻地理解臺灣歷史的原貌，其研究證據也表明，此書對臺語敘事詩史上所具有主體意識的提昇。如同國藝會董事長施振榮在前序中稱：「透過詩人的眼睛，能呈現某些隱藏在生活、不容易被察覺的鮮活思維。每個時代都需要一些好詩，作為時間的證言。」此書以第一人稱的視角，極為認真地審視了臺灣人的現實生存狀態和精神狀態，企圖以全新的思維，不預設立場地說明整個臺灣族群的變遷，也努力探尋臺灣人解放的道路和方法。他也痛切而深刻地洞悉原住民的悲苦，因而通過現代詩的形式所表達出的思想觀念、精神情懷和審美境界，均飽含著國民的覺醒的多重內涵。張德本也是個孤高不羈的臺語詩人，其不按傳統口傳故事的詩藝，讓讀者忍不住想知道下章如何延續，而他筆下的歷史故事與真象如此繪影形聲，更饒有寫實主義的風格與想像。他對文字意象的刻意雕琢，對記憶和想像空間的上下求索，讓其創作本身成為一場最樸真的探險。這也許是《累世之靶》一書的一個始料未及的特殊意義。

2011.11.13作-

刊登真理大學臺灣文學資料館主辦《臺灣文學評論》，

第12卷第1期‧2012.1.15春季號

多維視角下的詩人藝術家吳德亮
——讀《臺灣的茶園與茶館》

茶葉達人的側寫

　　2011年11月17日下午兩點，這一天，細雨剛歇，暖意融融，使位於臥龍街口與和平東路二段交叉口旁的吳德亮工作室顯得格外雅致。一進門，德亮以茶怡情，開始滔滔不絕地從茶葉的種植、分布，泡茶的用水、器具等方面瞭解中國悠久的茶文化，果然激起了我好奇的探知。他音色極為宏亮，多有創見，也很好地填補了我對茶葉研究領域的空白。回家後，細細品讀，《臺灣的茶園與茶館》的開拓創新意義是不言而喻的；全書內容詳實、引證豐富且攝影唯美。茶禪一味是其研究多年的追尋與認知，在歷史、社會、經濟、藝術和文學等多維空間裡，的確聚焦了臺灣茶園與茶館的魅力，堪稱最具影響臺灣茶文化事業的專著之一。

　　吳德亮係臺灣花蓮客家人，國立中興大學法律系畢業。曾獲全國優秀青年詩人獎、中國時報文學獎、臺灣茶協會2011傑出茶藝文化獎，文學作品經常選入多種海內外重要文學選集、年度詩選等；並且在臺灣國立藝術館、國定古蹟林本源園邸、中國福建省美術館等地舉行油畫、水彩與攝影個展多次，也策辦了「1983臺北藝術上街展」、「1998跨世紀多元藝術互動展」等大型展演。近年致力茶文化推展與研究，著有茶藝文學、旅遊文學、詩集、散文集、畫集、攝影集等多種，深受各

界好評。此書細膩地描繪了各地茶園的歷史以及採摘、製作和品嘗的情景，表達出德亮對色、香、味、形俱佳的茶葉的喜愛和對勤勞的茶農、自然風土的尊重。有幸品嘗過他親自沖泡三款不同的茶，除了濃郁、似帶花香的夢幻色澤之外，不僅僅入口甘甜，而且後味持久，令人難忘。

茶園與茶館簡介

眾所周知，中國是茶文化的發祥地，它興於亞洲，惠及世界；但臺灣高山茶更是傳名遠揚。德亮對茶的熟悉，上至古今中外文人墨客，下至茶農販子，無不以茶為好。他向茶農瞭解茶的主要品種、茶葉的製程及行銷的辛酸。與此同時，也多次走訪中國及海外，展開研究茶藝、與茶技、茶書、茶陶器等一系列茶文化的探索，隨之站上「茶藝文學」的制高點；並即將透過英日譯版，遠播到世界各地，進而成為茶界的精神財富。如今，德亮更深入瞭解出生地臺灣的各地名茶，包括茶園區特色、傳說並撰文對茶藝的描述及對茶園的歷史與發展所起的影響，並以孜孜不倦的精神，進行了有益的探索。比如，在中國樹齡在幾百年到千年以上的野生茶樹，形態最原始是分布在古稱巴蜀的雲南、四川一帶。而臺灣隨著產茶技術的精益求精，茶館的興起，形勢十分喜人，使全省茶館文化也走上了一個新的臺階。書中一一確切記載，各地茶葉的製作、欣賞、泡茶技藝，以及通過詩畫及精湛的攝影創作出許多文學藝術作品等，令人目不暇給，都成為臺灣茶文化的一道亮麗的風景線。

特別令人欣喜的是，臺灣的茶樹品種繁多且豐富，堪稱全球茶樹的資料寶庫，例如，茶種金萱、翠玉、四季春，還有

外銷到俄羅斯暢銷的臺茶18號「紅玉」紅茶，它是以臺灣野生茶與緬甸大葉種紅茶接種而得的，都是十分優質茶種，為臺灣創造了可觀的外匯收入。而海拔一千公尺以上的高山茶，主要產地集中在臺中市、南投縣、嘉義縣內。茶園經營者遠從杉林溪、霧社、清靜農場、盧山、阿里山、玉山、梨山、大禹嶺等高海拔山區一路往上開發，由於日照短，地理環境冷涼，芽葉所含兒茶素類等苦澀成份降低，因而向以「香郁、味醇、形美、色翠」著稱於世。再者，位於濁水溪北岸的名間鄉，是全臺最富饒的「茶米之鄉」；所生產的茶葉占全臺總產量的一半以上。南部如竹崎鄉的石桌茶園，產量雖不多，但著名的「阿里山珠露」即產於此，號稱為鄉民的「綠金」。至於東部蘭陽溪畔號稱「玉露蘭馨」的玉蘭茶、或冬山鄉「素馨茶」的觀光茶園，令人領會到「生活簡單就是美」的舒適愉悅。

　　書中對於消費者如何正確選擇或使用茶器，多有著墨。多年來，德亮細心尋覓全臺特色茶園，深入比析。其中，坪林文山包種茶與南投鹿谷的凍頂烏龍茶，堪稱為臺灣茶的翹首；而坪林更擁有全球最專業的茶葉博物館，與中國杭州茶科館、漳州天福茶博館、日本靜岡茶之鄉博物館並列為世界四大茶葉主題博物館。他也以極高的熱忱投入到發掘和整理臺灣喫茶地圖的工作，並逐一推介茶藝中心、茶人、茶道美學，進一步弘揚飲茶文化，並配合自家攝影提供了最是迷人的茶館資料。在此期間，德亮曾受聘擔任交通部觀光局「臺灣采風」攝影競賽評審多年，其採茶照片也登上國小社會課本。循著他對1970、1980年代，臺灣茶藝館最興盛時期的深層記憶，德亮對茶文化弘揚的方式也出現了新的變化。他借由新聞媒體為弘揚茶文化也起到了推波助瀾的作用，更常在報刊雜誌上提供找茶情報及

文章。更值得一提的是，我們從他的研究中，挖掘出臺灣各地茶文化的對接點，茶館也就成為傳播茶文化的重要窗口；而德亮藉由開展豐富多彩的茶文化交流活動或到學校演講宣導，亦將助力臺灣茶文化事業的推展。

用詩藝開拓美的旅人

雖然天時、地利與人和確保了這次北上訪談的愉悅歡聚。然而，也從中流露出詩人對本土茶農經營與政府配套機制仍需充分溝通的深沉感慨。一直以來，德亮追求一種以茶養性、客來敬茶，以茶示禮、茶禪結合的境界；其精神形態更以茶作詩作畫及攝影來表現為茶德。因此，其詩的結構深刻體現了簡樸與浪漫的思想理念，且與茶在養生文化上實現了完美的結合。比如，翻開此書中首頁，一幅水彩風景畫躍於眼前，他題上旁詩：「茶山來去／不見茶／只聽得／茶芽舒展／的聲音／輕快明朗／搖醒不香／與白鷺共舞」。

德亮在大學之前就以詩人的熱情，將愛藝術的種子播得很深；其詩風既有從鄉土情懷出發的樸真，也蘊涵著文人情懷的清雅之韻。此詩把他在茶園中漫步時隨意所見的印象逐次寫了出來，這種連續性意象結構，形成一種舒緩的調子，與畫裡所傳達出的山居恬適、溫柔的情感相協調。幾年前，在《德亮詩選》書中，也曾作有多首茶詩。如〈等你來奉茶〉：

沸騰一池／春水的蜜香／奔向我／閃爍多變的／瞳孔，果然是／熟果著蜒／東方美人的丰姿熟韻／／我是貓，等著你來奉茶

德亮盛讚春水半是蜜茶香，佳茗似東方美人，至今還廣為文界流傳。另一首〈岩礦品水罐〉，更是盛讚品茶香的幽美動人：

累積千年的能量／在烈火高溫中／焠鍊成形／為茶／涓涓注入／俠骨柔情／的婉約

全詩意象新巧，在相互映照中又趨於統一，傳達出茶禪文化的溫暖與諧和。在短短的兩個多小時茶話會上，我對德亮的茶書研究深深寄予厚望，並希望他在未來能有效運用茶藝的專業知識，充分發揮詩畫融合的作用，從而擔當起研究臺灣茶經濟、提升茶品牌、弘揚茶文化的重任。同時，為真實記錄茶文化史實，在研究的基礎上，也能主動發揮媒體的傳播功能，貼近茶農，不斷提高茶書質量，為打造臺灣茶葉王國作出應有的貢獻。

2011.11.25夜作

刊登真理大學臺灣文學資料館主辦《臺灣文學評論》，

第12卷第2期，夏季號，2012.4.15

堅守與清逸
——淺釋藍雲的詩

其人其詩

　　藍雲（1933- ），祖籍湖北監利縣，是個「學而不厭，誨人不倦」的詩人。著有詩集《萌芽集》、《奇蹟》、《海韻》、《方塊舞》、《燈語》、《藍雲短詩選》等多種，自教育單位退休後，即著手創辦傳統詩與現代詩並濟的《乾坤》詩刊，迄至2011年底，已走過十五個冬天。在同仁中，有不少位具知名度，藍雲係《乾坤》詩刊的創辦人，也是我所敬重的長者之一。他身材修長，剛直不阿，頗具文氣；其詩側重表現詩人的內在心靈世界，體現著詩歌淨化人的靈魂的職能。藍雲在七〇年代的詩更加注重對自己內在靈魂的展示，它並非文人雅士酒後的傾訴，也沒有諷刺詩的尖銳激憤；而是多以緬懷的心情審視自己的精神歷程，以抒情詩言志抒懷，但帶有崇高感與浪漫性。

佳作細析

　　收到藍雲寄贈的兩本詩集，興奮之情自不待言。細讀之後，更瞭解詩人一生經歷過的那個奔騰時代的滄桑和離鄉遊子的無奈，是刻在他詩魂深處最重的烙印。比如1983年夏寫下的〈星〉：

有一顆星
一直亮在我的前面
不論白晝或黑夜
都在我的心中灼灼然

他曾被囚於泥土的深層
經過諸般烈火的鍛鍊
只因執著那永不屈服的意志
終於燦然在天
當那些苦難與黑暗湧向我時
我就看見了那顆星的光線
像一隻溫暖而有力的手
一步步引導我向前

也許若干年後
一個跋涉在荒野的人看見
我留在那裡的腳印，說
啊！已有人走在我之先

　　全詩意象清靈，用象徵意象表現內心感受，藍雲借「一
顆星」表達出心中的孤獨和奮飛，是掌握自己命運的執著，是
崛起無窮的希望。用「永不屈服的意志」與「燦然在天」相對
應，苦難與溫暖相比照。詩裡他沒有悲傷，而是巧妙勾畫出自
己在逆境中成長的氣節。這種手法與現代象徵詩派的藝術接
軌，他在土地上艱難而又頑強地向前，讓自己的詩歌之鳶繫在

藝術之空翱翔，豈不也正是一個好漢與謙遜的詩人本色！再如
1994年二月寫下的〈走在故鄉的路上〉，這首詩真實記錄了藍
雲於六十一歲時的心路歷程：

> 一條昔日走過的路
> 當你再走上它時會有什麼感受
> 是重逢的喜悅
> 抑或感歎往事不堪回首
>
> 在離別故鄉許久後
> 我曾回到一條路上　走了又走
> 沒有人了解我為什麼如此
> 我的眼淚卻不禁潸潸地流
>
> 這是我離家時走的一條路
> 我想重溫那記憶中的鏡頭
> 兩旁的瓦屋　小樓依然在
> 卻再也見不到那曾與我握別的手
>
> 走過天南地北
> 沒有一條路走來不是精神抖擻
> 唯有走在這條故鄉的路上
> 一步一欷歔，竟似夢遊於另一個星球

全詩抒情與敘事緊緊結合在一起，對心理的揭示深刻生
動；其中，有不少的段落催人淚下，這是一曲感人至深的壯

歌。因為,詩如果不觸痛人的精神層面,那它的力量就不張
顯。如藍雲在1995年夏寫下的〈等你,在永世──給梅英吾
妻〉,是最被稱道的詩作之一:

> 曾經等你
> 在月上柳梢時
> 當你施施然
> 如一尾魚向我游來
> 我彷彿擁有了全世界
>
> 曾經等你
> 在一座小橋邊
> 當我們相偎在一起
> 隱約間,那個名叫尾生的人
> 似乎在嘖嘖稱羨不已
>
> 等你,等你
> 我的心因等你而無比甜蜜
> 如果有一天,我必須遠行
> 在前去的那地方,我仍將等你
> 等著與你相聚是我們永世的心契

　　詩句語言是生動的,但是這種美如果僅僅是對與愛妻兩人
生活的表層描摹,它便沒有觸及到更深層,也就無法給人以新
的啟示和感受。所幸,此詩的時空是流動的,情感完全隱藏在
意象之中,詩味隨著意蘊的隱曲,也變得厚重起來;愛意終將

透過時間的考驗放射光芒。如果說，藍雲的詩有些像清淺的溪水，那麼，這首1996年寫的〈燈語〉，就像一條坐落在鳴風山側裡深邃的塹谷了：

> 面對黑暗
> 我恆抗議
> 不要以為我沒有聲音
> 便苟同那些鬼祟的行徑
> 凡明眼人都明白
> 是我揭穿了那惡者的謊言
> 並非舉世都已被他征服
> 縱使烏雲遮蔽了天空
> 四周暗潮洶湧
> 我依然堅持自己的信念
> 在天下烏鴉一般黑的世界
> 我是拒絕污染的蓮

詩歌面對的世界是無比廣闊的。舉凡社會、人生、日月、山河的改變……這是宏觀世界。此外，還有人的內心、精神，這是屬於微觀世界。當然，詩的題材與藝術形式也是需不斷地探索與創新的。在這裡，此詩是藍雲感覺的意象化，意在啟迪人的靈性，並趨向精神層次的真。詩中「烏雲遮蔽」與「暗潮洶湧」是非現實的，它暗喻自己對現實社會黑暗面的感應，外現出思潮的湧動和精神的震動。最後詩人擺脫了舊的美學原則的束縛，讓詩的靈翼展開了。他選擇不斷更新自己的藝術生命，猶如「動中取靜」的一朵蓮那樣。

藍雲：虛靜以納萬象的詩家

　　知人方可論詩，藍雲的詩，它屬於別一世界；沒有故弄玄虛的深奧，沒有惹人注目的風景，有的只是一個身為詩刊創辦人，謙卑又真摯的坦蕩之人。他似無拘無束的流雲般潔白，同時又帶著過往滄桑歲月的感悟和同多數返鄉跋涉者腳上的泥痕。他歌頌自己熱愛的土地和生活，也是虛靜以納萬象的詩人。數十年如一日，他始終是《乾坤》詩刊社的忠貞守望者；也是民族的良心。從他的詩集中我分明可以聽到他熱血的流淌，也可以看到一個雪山般晶瑩的心靈；他以虛靜之心去靜觀萬象、空明的覺心，也浸入了讀者的生命。

2011.12‧16作

刊登臺灣《乾坤》詩刊，2012.01春季號，第61期，頁118-122

渴望飛翔
──讀汪啟疆詩筆抒豪情

海洋詩人側影

　　汪啟疆（1944- ），四川成都人，三軍大學海軍學院及戰爭學院畢業。曾任海軍指參學院院長，反潛航空指揮部指揮等職、《創世紀》詩社顧問，獲中山文藝創作獎等多項殊榮。著有《夢中之河》、《海洋姓氏》、《臺灣海峽與稻穀之舞》、《到大海去呀，孩子！》、《人魚海岸》、《藍色水手》、《海上的狩獵季節》等多種。

　　汪啟疆，一個從海洋裡孕育出來的奮鬥者，以其生命的歷程為主線，用愛者和奉獻者的手寫下了行囊裡一疊疊厚厚的詩稿。這些作品中多能表現詩人深厚的思想內蘊和豐富的性格特徵，它沒有美麗鏗鏘的辭章、沒有警世之言的深奧、沒有心驚膽跳的鋪排，更沒有沾濡著污濁的漫言和口水。它不是一意孤行的傾訴，而是把意象與象徵統一起來，藉以突出思情的隱含性；它屬於別一世界，是捧給繆斯的一份詩和堅強生命力的展現。這也是一個視感情為詩的本質的詩人狂放而坦蕩的心聲，是無拘無束的天真歌唱，同時又帶著對世間紛至沓來的事物和現象所產生的感悟和跋涉者腳上的泥痕。

佳作細析

　　正因為汪啟疆追求與大自然的融洽無間，能敏銳地感覺和瞭解自己的世界，而被廣泛認為是臺灣最獨特的海洋詩人。詩，歸根究底是他靈魂光芒的放射，也是汪啟疆人格精神的意象化顯現。詩人在他去過的地方，不論是夜涼如水的遠洋，或是無限靜美的水邑風光；但他總是忘不了生他養他的熱土。在他見過的每一個事物中，不論是霜雪打過的風雨，還是水平線上的落日；不論是曠野中的流雲，還是逆風而行的倦鳥，他都看見了生命的閃光。詩作中有的恬淡、有的蒼涼、有的豪放，但這些對形象美的追求也是和詩人的風格緊密相連。如〈馬公潮水〉是汪啟疆的名作之一：

　　　　步履如水淹來……
　　　　海浪自額上升起
　　　　白皓皓的，白皓皓的
　　　　浪老了。年輕的海來訪過他
　　　　手掌按上
　　　　那名姓斑剝某先生的
　　　　頭顱　探探熱度
　　　　就退走了

　　　　某某只剩這頭顱露著
　　　　大地硬被扯上身來
　　　　身軀冰冷

世界是否發燙？
守墳的紙人看著海來
又看著海去
我怎麼懂得這潮水來去？在這墳頭
我揉揉才三十歲的額。

　　據悉，位於澎湖馬公島南面的山水沙灘，有一片潔白的貝殼沙灘。想像中，詩人正望著這海天一色的潮水，在此詩中究竟唱了些什麼呢？或許應當作這樣的譬解：詩人唱養育了他的家鄉山水，唱給他故鄉亡故的親人，唱他經歷的人生旅途和世態炎涼，也唱出他對人生的感悟和社會的思考。汪啟疆與一般寫海的詩人不同，他不寫海洋的美麗與哀怨，不寫它們的雄壯與勞累，而是極力抒發人類對它們的憧憬和浪漫的遐思與撫慰心靈作出的貢獻，洋溢著鐵骨漢子的豪氣與嚮往，因為他原本就是海之子的一員。如〈新水手〉詩中的色彩，有力地突出了視像，同時也給以情感的暗示：

我是一個新水手
往乳粉罐裡裝整個海
再用爸爸穿過的厚藍夾克
裹住航行的星星、浪沫

海，被老水手擱在移晃的餐盤上
一匙匙倒進，粗大鬍髭的喉管，吞下
我，每天只喝一點藍顏色，很智慧的，
讓藍色流進黑褐色瞳仁，貯藏好

海水動態的、潑辣的
聲音

晚上，好安靜
我掌著舵，喜歡拉水平線
在鞋上打漂亮的結。想，高大的自己
跟時間站在一塊，想在海上　尋找到
昔日燈火底下，海洋故事寫的
消失在大海的人

我不相信，他們已經死亡，不再出現
因為，昨晚我還夢到
哈克船長把魚矛刺進白鯨

　　詩中用海水潑辣聲的聽象，狀寫航海人的悲抑哽塞，對比
表現出水手由回憶童年轉為夢幻的情思。這種幽愁在作者聯想
到《白鯨記》裡的哈克船長有著堅定的意志，卻有著酗酒的問
題，最後引導全船的人迎向滅亡的過程中積累了力量，無法再
壓抑，終於渲染出詩人生命的吶喊，給人很強的具象美感。我
們不妨再看另一首感人的力作〈天空媽媽〉：

天空敞開著
為鳥和風　敞開著
媽媽的胸敞開著
為爸爸和孩子　敞開著

天空是所有人的天空
媽媽卻是我單獨的天空
她是我的一本書
留下每一次、每一次
我飛翔的
痕迹。

他們說
雁的翅膀上，天空
是寒與暑的追逐
媽媽
把她的四季
全繫在丈夫孩子身上
媽媽像天空一樣沒有記性
惹她生氣　很快又忘掉。

天空在黑夜
就露出被時間和星星扎破的刺尖
媽媽的胸脯裡
也該有傷口
我們無意扎進的刺
但我們看不到，因為
媽媽的天空
好像只有
月亮和太陽。

　　全詩自然樸白，頗具天真浪漫；雖然多用口語，但也是經過詩人錘煉過的。詩裡有鳥聲、風聲、雁聲，甚至連四季也在共鳴，天空媽媽給人以包容的感覺、純潔的感覺，也使得詩人聯想到慈母的容顏與溫柔。思念的聲音是低沉的，不但震蕩擴散，暗示著詩人內在洶湧的情感，表現了潛意識的複雜與同情。汪啟疆的抒情詩也自由奔放，〈雁行〉正是這樣的佳作：

　　你說要走了

　　聽到你翅膀
　　往外伸張
　　翎毛
　　抖動的風聲
　　　我這只臺灣麻雀
　　　突然噤息起來

　　你說你的飛翔
　　是躲避另一種可能的宿命
　　將脖子仰向另塊不熟悉的星空
　　也是一種恐懼
　　地平線
　　總想把我們扯下來
　　有比恐懼更大、本能的不安悸動
　　迫使自己被放逐

　　我明白

紐西蘭、澳洲、加拿大

新加坡……那些地方　常有雁族們

帶了雛鳥和距離飛行

日和夜變得漫長、單調、而且冷

雄雁們每晚

　　　醒在陌生雌雁

交疊的長頸項上怯寒而

回來又離去，離去

又回來的飛行中

那些雛鳥可能都叫不出正確的

　　　　雁鳴了

你所捨離的

是我們共同的池沼呀

是我們說過

一起長大孵蛋的

彼此守護這兒直到老成一團泥壤的

停止聒噪，骨頭每一根都熟悉躺下位置的

　雁要離去

臺灣麻雀沉默

哀傷著　明白

意念不斷在往風中飛翔

土地的重量已經愈來愈輕

詩中「雁要離去」暗喻遠方的軍中袍澤預辭去職務，引起詩

人憶友之愁；最重要的還是憂國憂民、傷時感世之愁。這千愁百感，如那靜默的麻雀傳達出一種哀傷的氣氛；再加上最後兩節意在表現對窗外新世界有很明顯的前指張力與徬徨，這種矛盾恰恰反應了詩人情感上帶著寂寞、蒼涼、無可奈何的情感色調。因此，詩的整體格調應是沉重的，不乏悲涼之意；這與他不堪回首往事的心境與渴望飛翔相契合，終將要讀者格外對他的詩驚奇讚嘆。

小結：探求詩美的坦蕩之聲

汪啟疆是詩美的探求者，迄今仍保有詩人的童心，退休後，為培育新詩的奇花異草，仍不辭辛勞地到學校跟學子們講課。這位將軍出身的海洋詩人一談起詩來，他詩人的氣質便流露出來；其詩作為當下臺灣詩壇猶如吹來一股自然親切的新風。在他的詩中既有將軍的機智靈活，又有善於思考、善良溫柔的一面；既有基督的博愛精神，還包含著詩人的敏銳力和過人的膽識。可以看出，汪啟疆的耿介如一心坦蕩；他的勤奮和執著值得稱道。詩人以自己獨特的美學和創作方法，熱情謳歌人生中的夢想與青春、純潔。他始終不忘根本，字裡行間有著血肉相連的情懷，在一定程度上也流露出淡淡的憂鬱和思鄉的哀愁；同時，具有仁愛思想和高貴的理性，的確給詩情增添了耐人尋味的神韻，這就使他的詩歌表現出與眾不同的鮮明特色。這對物欲橫流的喧囂年代裡，他在詩路上始終坦然地跋涉、奔波，隱忍孤單與直面坎坷；但他以奮進的引航者姿態揚帆，在時間的血液中仍渴望不息地遨翔天際……

2011.11.30作

刊登臺灣《創世紀》詩雜誌，第170期，2013.03春季號

簡潔自然的藝術風韻
——讀余光中的鄉土詩

　　余光中（1928- ）詩歌的偉大之處不只在於他的博學大家，專心致志地創新精神，得到許多敏感而認真的評論家一致的讚揚，而是在於他大部份作品中存有一種熱情、蘊含著浪漫主義衝動，且能從其寬宏本性中的一些心理波動顯現出來。說得更廣泛一點，其詩歌的藝術特點，是由表現的自由、注重聲律和語法完整性的密切關係構成的；它們優雅的冷色不時被清逸的筆觸變得富有生氣，而反映出詩人的心理世界、孤單的情思和以虛清堅定的心力獨往遠遊於遼闊天地之外。

　　在陳芳明選編的《余光中六十年詩選》中，將其詩創作分為臺北、香港及高雄時期，並撰寫了前言，筆法靈動而嚴密，讀來興味盎然。誠然，對余光中進行專門研究者不乏其人，但陳芳明的評述也多有創獲。細讀其間，尤以詩人的山水詩閑遠淡雅、觀察入微、意境新穎，由音節求神氣，由字句求音節的特殊手法，鮮明地體現了余光中的鄉土詩學思想。如1972年在墾丁寫下的〈車過枋寮〉，能切實掌握並提煉了他崇高美的觀念，在構思上做到簡潔巧妙，很受感動：

　　　　雨落在屏東的甘蔗田裡／甜甜的甘蔗甜甜的雨／肥肥的
　　　　甘蔗肥肥的田／雨落在屏東肥肥的田裡／從此地到山麓
　　　　／一大幅平原舉起／多少甘蔗，多少甘美的希冀／長途
　　　　車駛過青青的草原／檢閱牧神青青的儀隊／想牧神，多

毛又多鬚／在哪一株甘蔗下午睡／／雨落在屏東的西瓜田裡／甜甜的西瓜甜甜的雨／肥肥的西瓜肥肥的田／雨落在屏東肥肥的田裡／從此地到海岸／一大張河牀孵出／多少西瓜，多少圓渾的希望／長途車駛過纍纍的河牀／檢閱牧神纍纍的寶庫／想牧神，多血又多子／究竟坐在哪一隻瓜上／／雨落在屏東的香蕉田裡／甜甜的香蕉甜甜的雨／肥肥的香蕉肥肥的田／雨落在屏東肥肥的田裡／雨是一首溼溼的牧歌

路是一把瘦瘦的牧笛／吹十里五里的阡阡陌陌／雨落在屏東的香蕉田裡／胖胖的香蕉肥肥的雨／長途車駛不出牧神的轄區／路是一把長長的牧笛／正說屏東是最甜的縣／屏東是方糖砌成的城／忽然一個右轉，最鹹最鹹／劈面撲過來／那海

　　畫面是鹹鹹的海風剛剛吹拂而過的風光，描繪了大自然的莊嚴和奔放，藉以達到潔淨純樸的氛圍；詩人構思時情感的變化孕育在物象的變化之中。明顯地，詩人一絲不苟地詮釋大自然，他發現沿途原野直至望海的無限美麗之外，還使他有機會體悟到貧苦勞動農民和大地滋養的回饋；他心中對社會的悲憫增強了，這也是詩人內心情感的一種輻射。另一首是在1988年寫下的〈雨，落在高雄的港上〉，它表達了詩人與他居住的土地之間深刻的一致，他和心中那完美的世界的交往是那麼愉悅、神聖；他和港都的夜雨以及寧靜的山海是那麼協調：

雨落在高雄的港上／溼了滿港的燈光／有的浮金，有的
流銀／有的空對著水鏡

牽著恍惚的倒影／雨落在高雄的港上／早就該來的冷雨
／帶來了一點點秋意／

帶來安慰的催眠曲／把幾乎中暑的高雄／輕輕地拍打／
慢慢地搖撼／哄入了清涼的夢鄉／睡吧，所有的波浪／
睡吧，所有的提防／睡吧，所有的貨櫃船／

睡吧，所有的起重機／所有的錨鍊和桅杆／睡吧，所有
的街巷／睡吧，壽山和柴山／睡吧，旗津和小港／睡
吧，疲勞的世界／只剩下半港的燈光／有的，密擁著近
岸／有的，疏點著遠船／有的流銀，有的浮金／都靜靜
地映在水面／一池燦爛的睡蓮／深夜開在我牀邊

　　在港都雨夜的旋律中，余光中以自然寫實的筆觸烘托出詩
中的景物與空間，並將個人的孤獨與自然的溝通無間。在遠景
中變化多端的雨影，有的落在海邊多石的峭崖、船港或清冷的
街巷、山間，有的落在相思的心頭或夢鄉……充分表示了余光
中鄉土詩的高度抒情風格和巨大的感染力；也使詩變得更加真
實，更具現代意義。最後這首在2007年寫下的〈臺東〉，是難
得之作，在讀者心目中引起諸多聯想：

城比臺北是矮一點
天比臺北卻高得多

燈比臺北是淡一點
星比臺北卻亮得多

街比臺北是短一點
風比臺北卻長的多

飛機過境是少一點
老鷹盤空卻多得多

人比西岸是稀一點
山比西岸卻密得多

港比西岸是小一點
海比西岸卻大得多

報紙送到是晚一點
太陽起來卻早得多

無論地球怎麼轉
臺東永遠在前面

　　詩中畫面充滿明亮、靜止感，背景從城市生活的嘈雜到
潔淨、悠閒、鎮定的對真實社會的寫照的轉折；這種暫時的寧
靜，除了暗喻詩人藉由旅遊能卸除生活中的沉重壓力之外，對
詩人來說，純真的風光景色與人情味是極其寶貴的。他除了試
圖反映社會的不均之外，還要尋求環境保育的真實。這是余光
中要傳給後代、要讓他們思考並理解的寓意。晚年的詩翁在鄉
情及友情的照射下，仍繼續為追求的藝術實踐及現代詩歌的發

展，注入更多的活力，並專研於臺灣文學史而放出新的異彩。

2011.12.29作

刊登臺灣《海星》詩刊，第5期，2012.09秋季號

在詩國裡解放自我
──試析林豐明詩歌的意象力

其人其詩

　　林豐明（1948- ），雲林縣斗南鎮人，現居花蓮縣吉安鄉。1970年，高雄工專畢業，臺泥公司花蓮廠長退休，曾任「笠」詩社編輯委員、榮獲吳濁流文學獎之新詩獎。著有詩集《地平線》、《黑盒子》、《怨偶》、《黑白鳥事》及散文集《赤道鄰居》等作品。

　　林豐明詩歌意境結構，簡樸明澈。除了具備靈活自如的空間開放性外，其審美理想在眾多具體實象的象徵、暗示等手法的引導下，不僅僅作用於喚起讀者的力感體驗，也飽含著嘲諷性與溫柔的情感相協調。詩人一生久居花蓮，在公職中認識了許多人與事；這些生活實踐經過過濾和篩選，透過想像與經驗，最後他以詩的形象表達了感情，筆耕二十七年來從不間歇。

作品賞析

　　在臺灣現代詩史上，林豐明是《笠》詩人創作敘事詩的翹楚者；讀其詩，不能斷章摘句，須反覆吟誦，方能透切地領會其詩歌藝術的真諦。比擬式意象結構在林豐明的作品中也是常有的，其典型的例子，鮮明地體現在這首〈遲歸的春天──黑

名單人士返國〉詩中：

> 忽然打開門
> 對無罪的春天說
> 你被赦免了
>
> 在牆外徘徊多年
> 終於望見
> 冰封的故鄉
> 雪開始崩落
>
> 頭髮白了
> 鄉音也沙啞
> 還是堅持
> 要對已經陌生的故鄉
> 唱一首
> 並不悅耳的老歌

　　詩人把黑名單人士因特赦返回故鄉的意象和「無罪的春天」的意象並置在一起，強調其孤獨。而這位語帶哽咽的老人孤零零地站在久別重逢的故土上，這正是慘遭白色恐怖迫害下流亡者孤獨命運的寫真。林豐明的學習和環境促使他以一種沉靜的姿態，利用工作之餘去寫作；不僅無悔之情常常溢於言表，而且以極大的勤奮去閱讀、研究作品與從事編輯工作。其詩的特色之一，在於將一組在意義上有密切關聯的意象排列在一起，以加強其抒情的氣勢與力度。如這首〈鷹〉：

　　不是／因為是強者／才孤飛／／背負好戰的罪名／在不
曾止歇的炮火中／只好獨自／高飛成一個／隨時可以俯
衝下來的／等待著被了解接受的／點

　　詩人妙手神技地把鷹的意象從天上寫到地上，從俯衝又一
躍上天；除時空做大幅度的延伸外，更淋漓盡致地表現出呼嘯
的雄鷹如望遠鏡般的視力，萬里雲霄終一去的孤單與豪邁。
　　接著，這首〈留鳥〉，也描繪得很具體形象：

　　這個島嶼已經／從伯勞鳥的航圖裡消失／灰面鷲也開始
為他們的旅程／尋找新的終點／／只有我們／望著日漸
減少的天空發愁／／我們也能飛越重洋／也能適應別的
叢林／但我們不走／我們要努力把種子／吐在被毀掉林
相的土地上／再種出新的樹／／因為我們不是過客／我
們是／世居於此的／留鳥

　　林豐明寫詩的另一特色是，要求忠於現實，他的主觀情志
的具象載體與用生活中的真實物象做載體是相一致的，詩的主
題形象地說明了對土地認同的意義，政治積極性和藝術感染力
強烈。另一首〈蝙蝠〉，其象徵意義，不是其自然屬性，而是
詩人在歷史積澱中附加給牠的：

　　閃閃躲躲／在鷹與鴉瓜分後／殘餘下來的一小段／不見
日月的空域覓食／絕對不會碰觸／禁忌的界線／／稱臣
／獻出領空／放逐到幽暗的洞穴／從此倒懸過日的族群

／猶以祖傳的飛行技巧／傲人

　　我們一提到蝙蝠，就會聯想到醜陋、吸血動物的形象。在這裡，它所象徵的意義不是單層的，而是多層的。詩人或許以花蓮太魯閣蝙蝠洞裡無生機的「幽暗」，象徵臺灣東部原住民族人被迫數度遷徙的命運與祖靈的拓荒精神。接著，推介這首〈愛的辯白〉，可以透視詩人的情感活動，其意象力是建立在知覺活動力的機制上的：

　　說我的詩裡／沒有愛／她問我是不是／不會寫這個字／／沾著血／從我心底層拓印下來的／除了愛沒有別的／只是高度近視的她／無法辨識／更因為／她的耳朵嚴重偏食／而我早已過了／把愛掛在嘴上的年齡／堅持不再作回聲

　　全詩境界極為婉約，含蓄地表達出對愛情的專一和堅守，力度極強，傳達出詩人個性解放的強烈呼聲與極為輕柔的情感。最後這首，是詩人早期代表性作品之一〈模範〉：

　　在花蓮住了三十年／不曾去過天祥／街道他知道兩條／一條到工廠／一條到火車站／／中秋節晚上／大家去海邊賞月／他加班／沒有班加／他在家看鳳飛飛／偶而他也抱怨待遇不好／那是整個工廠議論紛紛／要求調整薪資的時候／但聲音微弱得／沒有一個主管能聽見／／不抽烟不喝酒不嚼檳榔／三個兒子都唸到大學畢業／明年退休後他的生活不會有問題／只是擔心／沒有工做的日

子如何過／／對於這麼一個／今年第十度當選模範勞工
的人／作為他的主管／我不知道該給他／什麼樣的評語

　　詩中各個意象轉換快而自由，表達出東部勞工階級平凡的
心境與為生計忐忑不安的思緒。總之，社會環境的變化決定著
林豐明寫詩的情感節奏，也反映出其從容不迫的寧靜心境與悲
憫情懷的展露。

林豐明：用心靈的觀照去創造詩美的人

　　誠然，詩歌意象是在歷史的延續中不斷發展的。林豐明是
個摯愛詩的人，做事極認真負責。他的詩，自然而不晦澀，有
些意象能適度地表現底層人民共同心理或集體潛意識，打著十
分鮮明的民族精神印記，直擊民生之艱辛。他是用心靈的觀照
去創造詩美的人，他關心國際間強權抗暴等事件，也關心臺灣
的政治前景。詩裡拒絕虛偽和欺騙的坦露，也是其不加偽飾的
靈魂在詩國裡找到了解放自我和生命展示。林豐明走過曾經幻
想當畫家的童年，走過勤勉的一生，他的詩取材範圍擴大了，
詩藝也更臻於成熟純淨。他用自己的詩文使不停流逝的時間停
泊在四季裡最深處，這也許是他始終保持不懈的態度，得以結
出的碩果。

2011.12.26作

2011.12.26作

刊登臺灣《笠》詩刊，第288期，2012.04.15

深冬裡的白樺
──讀向明詩集《閒愁》

其人其詩

　　向明（1928- ）是人們尊敬的老詩人。2011年夏，出版的新書《閒愁》，給人以煥然一新的感覺。書封面既有曹介直的題字與董心如的水墨畫，濃郁的詩意亦象徵出老詩人迄今創作不衰。全書分為四卷，也有集朗誦詩〈七行體五節〉、武俠詩〈共七招〉、與白靈的詩相聲等，道出了向明幾十年詩情不斷噴湧的新奇。另外，這位出生於湖南長沙的老詩人對詩論認真鑽研及若干西方詩歌進行翻譯，也付出了心力，成為評界的佼佼者；他多以細膩的藝術筆墨來表達充沛的詩情，以詩為諫、大力斥責腐朽黑暗的一面，更重視心靈的感受和意象的表現。

佳作賞析

　　如寫於卷一「眾生合十」之四，能充分地表現詩人敏銳的諷刺感，以及理性與感性的同時的統一；末句，正是詩中優美的核心意象，寫得親切細膩：

> 耳根／被噪音的洪流堵塞了／哪裡去找關閉的閘門／／固之／再也不要隨身聽什麼的／饒舌歌了／除了母親的叮嚀

　　向明的成就在於他並非只會譏誚地運用技巧，而是獨辟蹊
徑地抒寫了自己的直感，並間接地建構了臺灣現代詩的歷史譜
系。又如「動物詩十二首」單元裡的〈魚〉，詩人憑藉象徵手
法，昭示了身為知識份子渴望匡時濟世的雄心、渴望與外部
環境保持清明的歷史性要求，也凸顯了這種要求難以實現的
嗟嘆：

　　　　魚很坦然／終生堅持一絲不掛／讓眾人眼睛鼓鼓的驚訝
　　　　／／魚從來沒有身外的配飾／像胸罩／像褻衣／像耳環
　　　　／像乳膠護臀／或含在嘴裡的假牙／／除了那與生俱來
　　　　的／發光的鱗片／比美黃金甲／／魚可以自傲的說／一
　　　　貧如洗也罷

　　在向明的視覺凝視當中，其所讚頌的「魚」，正是一種經
過世俗的磨礪而要跳脫濁流去追求光明的美的化身；詩人的意
識型態同時也提供了合理的表徵與對象。我們不難看到，一個
急速的社會世俗化過程趨使向明的理想信念終能透過創作的即
興抒情，以表達非常豐富的意義。更值得一提的是，有些政治
色彩濃烈的詩，向明也把他自己的強烈感情轉化為獨特意象。
再如這首〈烏鴉〉，詩人寫道：

　　　　最好免開尊口／一張嘴／便會認為是／必有凶兆的黑話
　　　　／／誰叫你是烏鴉／狗嘴裡哪能長出象牙／／這是一個
　　　　亂塗鴉的時代／既然出身是黑戶／那還不是／「百」口
　　　　也莫辯嗎？

　　這裡有隱喻、象徵、超現實的幻覺等等，向明的詩不尚雕琢，像這種對人生的感悟，使人讀後有一種蒼茫與感情共鳴。向明是詩壇上一棵伐不倒的長青樹，是經過冰雪吹襲而更堅韌且有自己風格的詩家，這本書正標誌著他對詩體的把握是非常熟練的，又很現代化的。這些作品大多寫得多彩多姿，意象紛呈。比如2008年寫下的〈詩難〉，正是運用巧妙聯想創造出來的藝術佳境：

　　　如何認識一首詩
　　　小松鼠說「看我的尾巴指示行事。」
　　　一個箭步就跳不見了
　　　原來詩是這樣難抓住

　　　如何認領一首詩
　　　　北風說「跳上我的肩頭帶你去。」
　　　　跟著呼嘯一陣之後
　　　落腳的地方只剩一片荒蕪

　　　如何寫出一行詩
　　　星辰說：「沿著我的方向尋上來便是。」
　　　那上面苦寒，隕石亂飛
　　　落得一身淒冷，沒尋得半截詩屍

　　詩中不但注入詩人恬適心態的一種心靈的外化，還善於把哲理融於形象，或把詩難的觀念借助形象展示出來，簡直是一

筆兩到，自然妥帖；既增加了詩的思辯性，又可擺脫泛泛地陳
述詩為何物之說。在書裡卷四，詩人對詩體形式上，也做了廣
泛的探索。2007年寫的這首〈把整座森林牽了出來〉，就是一
首很精緻的朗誦詩，既抒發了真情，又富有音樂性，尤以詩末
段，讀來耐人尋味：

> 我好想把整座大森林牽出深山
> 我好想把困居在山野的生物釋放
> 我好想把自己纖弱脫掉換身強悍
> 我好想不光說好想而是挺身促其實現
> 我好想我不是我，是上帝是佛陀是真主
> 我好想我有法術讓整片森林變成一張大魔毯
> 我好想自己是一片小樹葉隨著魔毯自由飛翔

詩人的寓意是深刻的，全詩從外觀看，純屬自然現象，但
內裡卻包有豐富的社會內涵。詩中有反覆迴旋的語句，可看到
向明思想境界的開拓和詩藝功力的滋長；詩人渴望森林走近，
那樸素的人道精神，正和儒家的積極入世精神是一致的。

向明：深冬裡的白樺

向明曾是藍星詩刊主編、臺灣詩學季刊社社長等職，獲文
藝獎章等殊榮，出版詩集、詩隨筆、散文、譯詩集等多種；對
詩，可謂是忠誠的守望者。隨著時間的推移，向明更是不懈怠
地發出心靈的吟唱；此書可說是作者以千姿百態的意象，熔鑄
自己的人生哲學和藝術思維的集結。奧地利詩人里爾克（Rainer

Maria Rilke, 1875-1926）曾說過，好的詩是作者所「珍視的真正的財物，是你生活的一部分，是你的生命之聲。」當然，這種生命的感悟在向明的詩作中常能感受到某種欣欣躍上的生命動感，恰如深冬白樺，蒼勁而挺拔；溫暖伸向雲天，始終如一。

2011.12.29作

刊登臺灣《秋水》詩刊，第153期，2012.04夏季號

美的使徒
——淺談西川滿的文學思考

西川滿的圖像

　　西川滿（1908-1999）是日治時期的在臺日本詩人、文學家、圖書裝幀家與藏書票的播種者，也是雜誌主編。他生於日本福島縣，三歲時隨父親西川純來臺，住在臺北大稻埕附近；其間除了就讀早稻田大學文學部法文科時期的五年，一直到第二次大戰日本戰敗後，1946年遭強制離臺，一度因顛沛流徒的歲月而受盡折磨。最後選擇返臺，尋找另一片化外之地，前後在臺生活長達三十一年之久。中學時曾受教於一位日籍資深的美術教員暨畫家鹽月桃甫（1886-1954），而鹽月對臺灣原住民所深蘊的古樸與純美產生極大的興趣與關注，也深深地影響到日後西川滿的美學觀和創作理念。

　　生平著有小說《梨花夫人》、《臺灣縱貫鐵道》、《鄭成功》、《赤嵌記》、《楚楚公主》、《西川滿小說集》等。四十一歲時以《會真記》獲日本文壇甚富譽名的「夏目漱石賞」，題材常以臺灣風物為主體，包括風俗、野史、傳說，另外也帶著宗教精神性色彩的圖騰來建構小說。詩集《媽祖祭》（1935年）獲「文藝汎論社詩功勞獎」、《美麗島頌歌》、《亞片》、《採蓮花歌》、《西川滿全詩集》等，詩畫集《林本源庭園賦》、童話、繪本、評論和譯述、隨筆或與池田敏雄合編的

《華麗島民話集》民俗文學及1939年創立研究民俗的《臺灣風土記》等多種著述及二十五本限定版書籍、五十冊雜誌；其中，創刊雜誌《愛書》，前後計發行十五輯，而《文藝臺灣》也是西川滿獨自出資所辦的刊物，藉以瞭解其眼中的臺灣多姿樣態。

西川滿身後將其兩萬餘冊藏書及文物，全捐贈予真理大學臺灣文學資料館麻豆校區存藏。為此，張良澤教授與臺南市「國立臺灣文學館」合作，舉辦「西川滿大展開幕暨學術研討會」，並於2011年9月3日至11月27日期間，把西川滿一生全部著作、手稿、藏書票、文物等展品共650多件於中央圖書館臺灣分館特別展出。這是歷來以西川滿為研究主題規模最大的展覽，也發揮了過去未曾有過的影響力，讓西川滿的生命變成一種包容且融匯更大的、更有意義的生命延續。他的作品也造就了臺灣文學資料館的令譽與內涵。本文將透過其創作的背景來引證其在文學、繪本、編輯等領域的實際成就與努力軌跡；嘗試探索有哪些萬變不離其宗的脈絡使我們在評論的浪潮中，能以簡化繁，找到問題的核心。

創作的背景及思想淵源

西川滿的生涯可謂十分豐富，在中學時期即開始寫作，初為詩，其後小說、隨筆、評論等。1933年3月剛從大學畢業後，即擔任《臺灣日日新報》文藝版主編。他也是個忠實於生命的小說家、散文家；其寫作風格不僅展現在藝術上，也彰顯於文學內容。我所推崇的是他所表現對臺灣民俗風土的尊重與愛。其中，他特別鍾愛於民俗信仰之神「媽祖」，這可以在他於1935年創辦的雜誌，以「媽祖」為名一見端倪。這是西川文學落實在臺灣的色彩，因為，他從關心周邊去描述出時代的烙

痕，把屬於臺灣當下的特質詮釋得很有特色。

　　如《臺灣風土記》為臺北日笑山房創刊，是一鄉土研究誌，但發行四期後停刊。西川滿以華麗島（臺灣）的風物為創作的核心，如媽祖祭、城隍爺祭、港祭、文廟、神戲、上元祭、玄壇爺祭、大天后、卜卦、金紙、女媧娘娘等，多屬觸景生情及聯想之作。其目的在於凸顯人的自主性，真切是其特色。他曾把臺灣被殖民了的心眼關閉，將以前「遙望南歐」的眼光轉而走向關心臺灣本土文學上。但是後來，他於1940年創辦《文藝臺灣》雜誌，內容搭配以臺灣民俗為主題的版畫。那時，在日本皇民化運動之下，當時的他，十分活躍於日據時期的臺灣愛書會，也是在臺推廣藏書票的播種者；並先後創立媽祖書房和日孝山房，因出版的書籍多為裝幀的限定本，當時日本國內即有「好書來自臺灣」之說。

　　西川滿的文學觀是冀望臺灣文學在日本文學史上能占有特殊位置，因而在1930年代臺灣展開鄉土文學論戰及臺灣話文運動之後，西川滿也以南法普羅旺斯的語言和文學復興運動為模範，努力於培育臺灣的「地方主義文學」（鄉土主義régionalisme），並把它當成使命在奉行，開始摸索走出自己的風格。於是，在1939年年底，他成立了「臺灣文藝家協會」，隔年一月開始發行綜合性雙月刊《文藝臺灣》，並獲得了日本中央文壇重視。遺憾的是，該會的原旨是配合日本殖民當局所推行的皇民化運動，奴化臺灣文學。就此，其詩歌所承擔的民趣消閑或抒發情志的閱讀性逐漸被民族主義的影響而被後人影射為替日本當局歌功頌德之說，使其文學價值成批評之矢。

　　西川滿初期創作的思想深受其恩師，也就是大正末期將普羅旺斯文學運動引介到日本的吉江喬松（1879-1940）的影響。

比西川滿年長二十八歲的吉江喬松，出生於長野縣，1902年進入早稻田大學文學部文學科就讀；畢業後，成為該校的英文科講師，1916年獨自前往法國留學，至1920年歸國。吉江於1918年春天，曾造訪風光明媚的南法（Midi），對「南歐」極為嚮往，使他於兩年後遠赴義大利。再度返回日本後，吉江將所有印象集結成書，並將這份「南歐憧憬」，投影在其學生西川滿身上。當西川滿大學畢業，準備返臺之際，吉江將〈南方之美〉中書寫的臨別之辭「南方為光之源／給予我們秩序／歡喜／與華麗」贈予了西川滿，而西川滿也將此文刊載至《媽祖》創刊號的刊頭。由此而知，吉江與西川滿師徒二人，曾有相同的經歷感受、相同的感情流向，心靈相通。這段期間，西川也以「鬼谷子」的筆名，高喊出「以嶄新的南方寫實主義獲取勝利！以芬芳的南方浪漫主義為光榮！以灸熱燃燒的南方象徵主義高奏凱歌！」由此，可以看出這對師徒對「南方憧憬」的建立是一種感性知識的型態。

　　西川滿也敬愛臺灣神祇媽祖，在他的感性察覺中，他以真誠與堅持，於1934年用心地創辦「媽祖書房」刊行《媽祖》。其作品多以臺灣歷史與民間故事為取材，甚至延伸其觸角去了解臺灣民族的風土人情，對風情之描摩也極為浪漫，更是將臺灣風俗民物融入裝幀藝術的推廣者。西川滿的晚年時曾說：「臺灣是我的故鄉，只要闔上眼，昔時的景象便一一浮現眼前，那溫煦的陽光不覺也就輕落臉頰之上……」，又或許，這種歷史的人文精神氣息要比所謂藝術主流的人工風格來得自然許多。

　　以藝術上的成就而言，西川滿與畫家宮田彌太郎、版畫家立石鐵臣（1905-1980）等合作設計的《媽祖》、《臺灣風土記》、《華麗島》、《文藝臺灣》等書，精緻而充滿感情。

如1936年，立石鐵臣負責《媽祖》第二卷第二期封面版畫，這是他最早的書籍裝幀作品；1937年，他又為西川滿的《亞片》設計封面。到了1941年則幫西川滿設計《採蓮花歌》的封面，陸續地為其他刊物繪製封面及插畫、更在「臺灣民俗圖繪」開闢專欄，同時也在《臺灣日日新報》、《文藝臺灣》等報刊發表美術評論等等。書封面設計多造型簡潔，線條自然蒼勁；艷麗明快的彩繪，讓收藏家看得心情豁然開朗。而西川滿所裝幀的書籍幾乎全部以最高級的手漉和紙、手刷的版畫、天然素材的顏料、特製的鉛字、奔放的筆緻彩繪而成。由於是限量本，西川接受臺灣文化的洗禮之後，無論民俗、歌謠、傳說等無不涉獵，融會貫通；並以臺灣年畫和金銀紙的民俗素材黏貼在內頁為裝幀藝術，其內容均是從民藝中吸取靈思，創造出富有時代性、民族性和孤高與浪漫個性的風格，這也正是其詩集總是以獨特的呈現手法及題材本身仍然讓它成為頗具吸引力的思想淵源。1933年西川滿與友人共組「臺灣愛書會」，介紹藏書票與版畫，可謂臺灣藏書票鑒賞之開端；他將插圖或藏書票原稿以手繪方式上彩，生動而不搶眼，在以黑白單色印刷為主流的年代，平添了許多趣味性。西川滿素有「華麗教主」、「限定本之鬼」之稱；藏書票有鄉土氣，樸實渾厚。只是韌性十足的他，無論怎樣疲憊貧困，仍不斷去思考、創作，一直到了古稀之年未曾間斷；就像音樂與激情一樣密不可分。

西川滿的生命真境

從藝術家的創作態度及其生命原點與生命質量三方面的檢驗來說，詩人西川滿是個觀察者、感受者、體驗者，天賦加努

力，使他具有較高的思想情感。他的詩創作深受唯美主義的影響，內容多為個人對臺灣生活的追憶，或詠懷臺灣風情，以詩歌紀其事；或盡情發抒胸中之奇，並以真性創造出其心靈的圖象。色調輕輕點染，即刻劃出詩人易感的內心世界，一如音樂中的「即興曲」，尋求記憶中的鄉音。

　　詩之道，戒在偽，詩，也是西川滿不加偽飾的靈魂和生命展示。然而，我們從西川滿的詩歌中，可以看出有異於日本文學所表現的無非意境、感覺及純粹的南島之美。比如早期力作〈天使之歌第四〉：「沒有任何人／深夜的壕邊／露珠發亮的草叢裡／天使失戀的傷痕／悄悄地癒合／製造較諸微風還要柔軟／甘美的聲音／水面的月的波紋」，分明可以聽到他對詩歌熱血的流淌與詩意般晶瑩的心靈。另一首〈臺北的雨〉：「雨　雨／街頭巷尾降下的雨／臺北降下的雨／潤濕你的心／振奮我的心／在停仔腳合掌／雨雨雨雨雨雨／何時停嘍／如同永劫　不中止地　下著的／雨　雨　雨」，他也嘗試以臺灣母語喊出他心中的理想世界，詩人的目光開始投向土地與子民，也注入了這冷漠城市溫暖的力量。讓我們不禁感慨地發問，在後人批判之聲浪下，似乎也隱隱看到詩人一顆孤獨的心，兀自在街頭行走的背影。接著這首〈城隍爺祭〉，貼切的比喻使詩歌活潑生動：「燒香／合掌／三禮拜／燃燒／落馬金／二花壽金／供奉／五秀／五牲餅天金／　割金／大才子／豚羊供奉／　諸神念　言／道衣金冠／道士的祈禱」，每當回憶起臺灣的種種民俗活動中一個個鏡頭，其實都是西川滿一次次珍貴記憶的收藏。

　　西川滿的詩歌清純有咮，如這首〈淡水港〉：「月夜／獨自搜尋著／白花盛開的沙灘／而啜泣／不　不／這兒也是去

舊病的地方」，道盡他在月夜下與淡水港風中思鄉的情結，也感覺時間的流逝，時不我予的悵然。再如這首〈花妖箋〉（第二、第三），語意新鮮俏皮，有神話和藝術的雙重閃光：「清水池／玄女娘娘帶來狐精／到處散著黃金和貝殼／下石階，採蓮花／正午，茉莉花開／自水濂洞順風耳奔赴南方／熱炎炎，燃燒著／赤帝投下的二五銀錢」，句裡有「西遊記」的詩境，既寫其形，又傳其神。只有心中有赤子之心，才能為詩歌的發展帶來豐沛的生命力。最後推介這首〈媽祖祭〉，再次表達詩人內心的傷痛：「夾竹桃／在花開的崖下／十六的花娘（賣春婦）等著客人／拉著胡弓／唱著歌／／仰起頭／天空眾星朗朗／一輪月／浮上蓬萊閣／蕭蕭南風吹」，這是何等淒楚的畫面呀，在風中孤零零站著的少女，是為自己賣藝、賣身而悲哀嗎？它讓我們在傷感之餘，多一層對當年臺灣生活悲苦的人的感悟。縱觀西川滿的詩作，多含蘊著神話般的聯想，呈現出寧靜、柔美、和諧的氣氛；他以超現實主義的作風，且以混合多種文化的語言嘗試發掘對臺灣熱情的極限，從這個內在探險中來譜寫出生命的謳歌。但也因有些詩句在理解、用字標新立意，而未能盡心於詩律，此正是其詩歌特色及不足之所在。此外，論散文作品之豐富，往往直指心性、有細微刻劃，別有會心，遂成就為大家風範。

　　爭議的焦點較多是其小說題材的內容，過去有些評論家對西川滿在創作的意圖是否張揚日本軍國主義精神而感到質疑，或其日本英雄主義的抽象思維對小說本質和真實之間是否只追求自我情感的宣洩或成為自我的表達能量？但是，西川滿到底有沒有想過，要將臺灣文學染成「皇國化運動」的特色或是真成為了「皇民文學」的主要實施者？其答案各有論述。不如

說，西川滿一生最喜歡發掘臺灣的歷史風物之「謎」並將其小說化，應是帶著理想主義和改變現實的渴望；從而想打造臺灣文學的獨特性，為日本文學開拓新面目的企圖心所致。正因對其鄉土文學意識批評為文界關注的重點，也有著根本性的奠基意義，這方面的研究還有待於深化。

比如西川滿筆下的《龍脈記》，是部刻畫劉銘傳開拓臺灣鐵路的短篇小說，而另一長篇小說《臺灣縱貫鐵道》，則描寫北白川宮能久親王在甲午戰爭後如何帶領日軍接收臺灣的故事；其互文技巧展現了後現代歷史真實觀和人文關懷意識。但是，西川滿小說裡的書寫脈絡是否也隱含了繁複的帝國想像？這方面也給研究者提供了新的挑戰。在這裡，不是陳鼓應戴著有色眼鏡看待西川滿作品是否有「皇民化」的影子；而是應以他晚年將畢生心血全然運回臺灣的這份難以割捨的情感，透過其詩歌對時間的思考來慢慢證明，「愛臺灣」已然存於其生命的層次。因為，在鑑賞其作品中，仍可找尋到臺灣原住民人文變遷的軌跡，藉以知古鑑今，讓後人對臺灣風土，有深刻關懷和反思，也為民俗學家提供了研究素材；這也就準確地呈現了其歷史位置。

或許今後在臺灣文學史，西川滿仍是海峽兩岸間具有爭議性的日裔詩人，但就其推動臺灣裝幀藝術與藏書票的興起而言，在某種程度上它就是一種特殊的藝術形式和記錄臺灣文學的範式，也正是他對臺灣鄉土社會與人生介入式的思索。其製書過程，生動的環境襯托，也並存了許多民俗及相關的史實研究，使他的人生發出了耀眼之光。雖說，唯有透過學者不斷的溝通與理解互動，才足以辯明其小說的精神立場；但無論如何，西川滿將永遠是臺灣文學史中思考與反省的一群。如今，

很難說明這樣的畫面，為什麼看到西川滿斑駁的舊書時，心中
會湧現出一股莫名的感動。彷彿中，還能看到西川滿勤於創作
的素顏，沉思而充滿活力……。他是個美的使徒，其精神也從
未消逝，而是進化成更具包容性的後現代主義的脈絡中。

2012.3.3作

刊登真理大學臺灣文學資料館《臺灣文學評論》，

第12卷第4期，2012.冬季號

趙天儀生態詩思想初步探究

前　言

　　趙天儀（1935-　），臺中市人，曾用柳文哲、趙聞政等筆名；臺灣大學哲學研究所碩士，曾任臺灣大學哲學系教授，後轉任國立編譯館編纂。從1954年，就讀臺中一中高中因病休學後，開始新詩創作，在《公論報‧藍星週刊》發表作品。1957年，協助臺灣大學校園《海洋詩刊》出刊。繼1962年的第一本詩集《果園的造訪》出版後，詩人希望探索更深沉更遼廣的世界。於是，在1964年與臺籍詩人杜國清、陳千武、詹冰、白萩等十二位共組《笠》詩社。成立《笠》詩刊，並擔任過該刊物的主編及社長。後來回任教職，曾任靜宜大學中文系、臺文系教授、文學院院長、臺灣省兒童文學協會理事長等職。在詩業與哲學美學這兩條相輔相成的創作與學術路徑上，又拓展延伸至評論及兒童詩、兒童文學等領域。獲有巫永福評論獎、臺中市大墩文學貢獻獎（1998年）、文耕獎、第十六屆臺灣文學家牛津獎（2012）等。

　　趙天儀有著豐沛的想像力，是臺灣文學史上具有獨特貢獻的學者詩人。他一生出版了詩集十本、評論集十二本、散文集兩本、兒童讀物五本及主編過《笠》、《臺灣文藝》、《臺灣春秋》、《滿天星》等多種。作品以詩和美學、評論為主；寫詩達五十餘年，發表上千首。其詩歌所達到的思想藝術高度是

為絕大多數學者所公認的。究其原因，首要一點，正是在他的詩作中所抒發的真實情懷和對類似「黑暗過去、黎明將至」理想的追求，激起了人們感情的共鳴。然而，關於他的生態詩思想意義、對現代詩的影響，多年來已有不少文章和專著論及；但從詩美的角度探討其美學意義及創作思想，卻不多見。本文試圖在這方面做一嘗試。

趙天儀詩歌內容包括兒童詩、現代詩及臺語詩的創作；早期的詩意象鮮明樸素，獨具現實風味；然而，政治詩、生態詩及旅遊詩，則是他晚期之作的三大課題。基於其作品中注入了對於生態環境的大量關懷，筆者希冀能將其爬梳出來，或可清楚地看出趙天儀詩歌的特色和影響。

在以往的一些評論文章中，對趙天儀詩歌往往在肯定其從生活中挖掘豐富的現代感受，亦或由大學時期的熱情轉入穩重的思考層面，而忽略了其在藝術上多方面的追求。有的甚至認為他的詩作主要是詩人展現其在人文生態上的一種幽默處世感，或者認為他的詩風大部份是偏向於敘事，或在敘事中夾雜著浪漫主義的抒情色彩；尤以生態詩的形象性和美感力方面的探究是較少的。事實上，趙天儀在他的詩作中，經常出現著對於臺灣生物、自然環境及地理景觀方面的寫作；可以給生態詩建構以若干啟示。我們從實事求是的分析中，便可提供了一個新的視角。

一、浪漫主義精神同崇尚自然的融和

在臺灣現代詩史上，想要理解和欣賞詩的思想性和藝術性，首先，要從意象角去欣賞，看其意象組合方式、語言是否能簡潔地、準確地表達意象；因為，把握了詩的意象，才能走

進詩人的內心。趙天儀在早期的詩作中，不但有運用浪漫的想像與崇尚自然手法，表達其噴薄的熱情，給人一種清麗多姿的風格美，而且有運用幽渺的玄思與細描的手法，表達其婉轉細膩的感情；其精神可以概括為浪漫主義、嚮往和諧、和內在超越幾個方面：

（一）浪漫主義以追求自在對等及幻想的美為新的美的世界，這是貫穿趙天儀整個詩學發展的基本原則。他有時如地球上的巨鷹，對著宇宙疾呼吶喊；有時又如一個歷史哲人，叩問臺灣社會的變遷，發思古之幽情，闡釋哲理；有時是一個對幸福與愛情進行嚮往追求的維特式的少年；有時又是個在黑暗與黎明前奮戰不懈的墨客。在各種不同情景下創作的詩篇，便呈現出他多彩的藝術風格，文字也給人一種單純樸素的美感。

（二）詩人常以宏觀的望遠鏡一下子把鏡頭推向宇宙中的天體，嚮往打破時空的限制，去描繪一幅幅自然的圖景；那和諧的願景包括自然界本身的和諧、人與自然的和諧、人與人之間的和諧、人的肉體生命與精神層面的和諧。詩作本身對臺灣目前人文價值失落的現實性有匡正作用。

（三）詩人極重視精神境界的提高，如生態系統方面平衡、維護自然資源意識，主張內在超越。細讀其詩，就會發現，其實它是反映詩人與自然和諧發展的一種價值觀念；而詩「與自然融合」一直都是趙天儀哲學的精神核心。

詩是宇宙中最精緻而智慧的語言，它記錄著詩人生活經驗與人生體驗。但，該如何開拓出生活經驗？又如何挖深自己的人生經驗？詩，就是外在世界與內在世界擦撞出火花的微妙之音。趙天儀在詩創作實踐的基礎上，也常把這二者統合成一種心理上的自覺意識和判斷、選擇上的直覺。在現代詩的牽引

下，他普遍地關愛自然萬物，又從人與自然的和諧進到生態意識的提昇，這就是趙天儀詩歌給我們的啟示。

二、作品賞析

（一）以情謳歌

　　所謂生態詩，其主要特色是建立自然與人平衡關係，對抗人為的恣意破壞，所產生的環境保護意識。古代名詩的意象與意象之間多存有某種和諧統一關係，因為「和」是中國古典美學的最高境界。正如時間與空間是和諧統一的整體，詩歌也需注重天、地、人為和諧統一的整體般，趙天儀的生態詩常能組成一個和諧意境的圓；亦即無論是「有我之境」還是「無我之境」均把「我」（即人）與天地萬物緊密融合為一。比如這首〈溪・澗・潭〉：

　　　　山與山之間／溪成澗／溪與溪之間／澗成潭／溪水潺潺
　　　　／在低吟淺唱／潭水默默／有包容雅量／澗遇到障礙／
　　　　深成漩渦／淺成泡沫／石頭露出了頭／潭遇到暴風雨／
　　　　快成激流／速成濁流／且深不可測

　　此詩意象如連環且綿延不斷，溪、澗、潭、石頭、暴風雨等景物，和諧而為一整體，引出人生幾多感慨。正因大自然無限與生命無常的對立，山水相聚與相離的對比，才生發出超越人生的永恆的美的力量。
　　趙天儀一生也是以追求自由為最高理想，他雖然深信，生

態意識落實的理想不可能輕易實現，但仍然熱情不息地追求。比如〈消失了的童年〉，是首清新悅目的詩，更具有生活氣息：「幼稚園裡／背靠著背／閉上小眼睛／聽早晨的音樂／／在小學裡／椅子靠著椅子／默契的小眼睛／書桌上寫日本字／／曾幾何時／飄忽的螢火蟲一樣地／消失了／消失在歲月的密林裡」，詩人在近似回憶的語境中，把一些巧妙的想像淡化，以短小、跳躍的詩句去揭示童年的美好與螢火蟲在閃爍像無極世界的靜寂。而消逝的螢火蟲，不都給人以恬淡、幽深和惋惜的審美感受嗎！這正是其詩多姿的風格美的一個側面。

　　趙天儀在1965年《大安溪畔》的出版後，風格由大學時期的激烈澎湃轉為較穩重的詩思。直到1978年《牯嶺街》詩集出版的這十幾年，人們也會發問，這段期間，趙天儀經歷了軍旅生活、任教臺大及因四六事件而離開臺大，是否對於其詩創作出現了批評性有明顯相關。當然，這既和詩人在創作時的心境分不開，又與詩人在沉思後多方面的探求有關。趙天儀認為，生活是最佳的題材。他也說過，錘鍊精緻的現代語言，才是創作的正當途徑。看，詩人不僅向白鷺鷥、斑鳩、白頭翁、白雲、絲雨或晨風問候，而且擴而遠之，也向常見的杜鵑花、牽牛花、木瓜樹、芒果樹等植物問候。不僅詩情更豐富，而且形象性很強。

　　其中，以白翎鷥為主角的詩作，在詩集中屢現；那飛動的圖象已組成了多感的交響樂。試舉這首〈白翎鷥之歌〉：

> 回去吧！在向晚的天空／飛向遠方的深山裡／飛向濃陰的密林裡／趁落日還未滾落西山前的薄明／／回去吧！在潭上的天空／排成人形的隊伍／飛成小小的團

隊／趁夜幕還未蓋盡山坡以前的黃昏／／看著你們翩
翩地飛翔的姿勢／時而向上，時而俯身／讓晚霞插在
你們肩膀上／滾出了一顆閃耀的星星／／潭上的水色
已逐漸地蒼綠／山邊的叢林也已逐漸地墨黑／晚風涼
涼地吹在顫抖的索橋上／讓我疲憊的心靈有一份舒息
／／把未來寄託在遙遠的世界／把夢幻延伸在不可知
的境界／卻不能把握／剎那的真實那種真摯／／我在
長堤上／沿著石階走長長的彎路／看著你們翩翩地飛
翔的姿勢／究竟要飛向何方，何處才是歸宿／／回去
吧！在微明的天空／也許深山就在眼前／也許密林就
在天邊／趁大地還未沉醉在夜色以前的清醒／／回去
吧！在歸途的天空／或者三五成群／或者孤單飛行／
趁世界還未在黑色占領以前的透明裡

全詩使人從視覺的感受轉化為聽覺的意象，充沛淋漓地
再現了大自然撫慰的無比威力，然而這大自然的威力又是詩
人人格的化身和自我形象的塑造。詩人正是退想用自己振翅
翔舞的力量去捕捉那黎明之光與自由的嚮往，在這裡使情和
形象得到了最完美的結合，給人一種昂奮向上、壯懷盡展的
美感力。

（二）以象傳情

一般說來，趙天儀生態詩的思考上，往往是由於具體的客
觀物象激發而生；雖然沒有抽象的或籠統的批判人類對於周遭
環境的破壞，但卻也流露出具有鮮明的可感性的物象出來。為
說明問題，我們再舉一首〈悲花豹〉，顯見詩人憂慮生態浩劫

的感情鐳射：

> 在鐵柵欄裏的日子／空間雖小，卻沒有危險的顧慮／
> 在曠野奔波的時光／空間雖大，卻暴露了危機四伏的
> 徵兆／／究竟是人類畏懼你／還是你該害怕人類呢？
> ／在密集的搜索和圍捕中／狩獵者集結守候在黑夜的
> 林邊／／且有雞肉當餌的陷阱／當你跳躍山嶺，在樹
> 林的枝椏間／穿梭的時候，你曾經一閃而過／是想突
> 圍？還是流竄？／黑夜的森林裡，貓頭鷹在獰笑／星
> 星也在山頂的空隙中閃耀／你又饑又餓的逃亡／而四
> 面八方的槍聲，卻節節逼近／／從一座山跳過另一座
> 山／山路愈來愈充滿茫茫的荊棘／樹林愈來愈彌漫著
> 不可思議的天羅地網／／前方是狩獵者前進的隊伍／
> 後方也是搜尋者挺進的腳步聲／跳躍又跳躍，狂奔又
> 狂奔／在黑夜的林邊，你終於在槍聲中倒下來了／／
> 剝下你漂亮斑紋的外皮／以戰利品一般亮相的時候／
> 有誰會想到你不適合來到所謂的文明社會／而只是適
> 於馳騁在蠻荒的原始森林裡

從詩的全意看來，這花豹的命運的命運和人類因貪婪而扼殺稀有動物的生存空間；詩人那種要求讓自然回到自然的思考的情緒，是誠摯的，也是熱烈的。而這情緒的產生，恰是詩人本身經歷過磨難後萌發的，不可諱言，也隱含著借助於客體物象——花豹，展現了主觀之情——為保育動物的悲憫精神。詩人也常借助暗示、象徵等手法，蘊藉、含蓄地表達自己的感情。尤其是對臺灣地理的特殊景觀或四季的景色，如中橫公

路、蘇花公路等敘事。又比如這首〈月世界〉，就描繪出一個
有韻外之旨的物體，富有豐富的思想容量：

> 裸露著山的胸脯／沒有野草／沒有樹木／是月世界／／
> 橫臥著山的肩膀／沒有鳥語／沒有花香／是月世界／／
> 潭上的倒影呈現著／削崖的銅褐色／陽光 無可奈何的照
> 射著／／崖下的小徑踏響著／不時地有崩落的塵土／不
> 時地有崩落的危機四伏……

從藝術性上看，詩人對月世界的描繪是一幅在淒冷世界中
頑強地存在而又給人帶來警戒的景象。這不僅有色彩，而且有
形態，連削崖的自然環境都渲染出來了。很明顯，這裡寄寓著
詩人對月世界週遭景觀破壞的疑慮存有著深切的同情。

（三）以情達境

趙天儀也是個以詩為生命的詩人，當他離開了教職，曾熱
衷於兒童詩的創作，並出版詩集《小麻雀的遊戲》，為其創作
生涯開創了嶄新的領域。他曾自白，「我重視詩的精神取向，
然而，也不忽視表現方法的多樣性。在詩的形式上，我是一個
自由主義者，然而我的表現又造成了新形式的取性。也許詩的
世界永遠是那麼神態自若，那麼意氣昂揚吧！」他的兒童詩裡
有他獨自知道的別一世界的愉快，也有他獨自知道的回憶的鮮
明。在進入編譯館的十年生活後，隨著《壓歲錢》詩集的出
刊，這是將他中年詩創作歲月裡的一個集結。此外，無論是日
常生活中常出現的臺灣小吃，或對於身邊的親友的交流，都有
一種幽默處世感。對於人文景觀上描摹最多的是鄉村，在此，

舉〈故鄉的田莊〉為例，給人以回味的餘地：

> 這兒是戰時疏開的田莊／這兒是兒時避難的田莊／曾經
> 我在這邊闊的田地上拾穗／也在竹林的圳溝中放蝦籠、
> 抓青蛙／／在大霧濛濛的清晨／我踩過田間露水憩息的
> 草叢／在落霞紛紛飄遠的傍晚／我遙望白翎鷥飛回竹圍
> 的林間／／那棵大大的芒果樹／已被連根拔掉，蓋成了
> 新厝／那棵聳立在溪岸的枇杷樹／已老態龍鍾的細數著
> 歲月的年輪／／祖母曾參禪的菜堂／已新建了雄偉的大
> 雄寶殿／尤加利樹侍衛的大馬路上／也新立了鮮明的土
> 地祠／／圍繞著田莊奔流而去的大溪／有抬頭挺胸的白
> 鵝／有恣意地悠游的黑鴨／在長堤上，我瞭望著採石機
> 在左右擺動／／靜靜的田莊，烽火邊緣的田莊／在戰火
> 下，曾經度過了我無知的童年／／度過了割青草餵白鵝
> 的孩提的時光／這兒是我常午夜夢回的故鄉

　　此詩既有真情，又有形象，更增加了詩的感人力量。結
尾處帶有較傷感的色彩。雖然詩人的戰爭經驗，也是臺灣經歷
過的傷痕經驗；但也表明了光明的到來是要付出代價的。就在
現代詩的種子深深在臺灣泥土裡爆裂成美麗的生命的奇蹟，
也是詩人他自己生命的使命的時機。由以上的簡述，可以發
現，詩人所關注的，無非是這片土地上的生態與社會和諧的
一切；看來，他不但注重詩的單純美，也注重詩的音節美。很
少有其他詩人像他那樣重視以臺灣的鄉土為背景，為了增加
語言的形象性和感染力，他還常把一些社會現象加以形體化或
人格化。他十分明白鄉土和環境生態是密不可分的，這也無形

中加重了詩的思辨性和哲理色彩。他的詩作本身,已做了最好
的說明。

2012年6月在臺南府城榴紅詩會上,趙天儀吟誦了一首〈海
鷗‧海豹‧落日──紐西蘭南島紀行之一〉:

> 成百個海鷗在沙灘上憩息/偶爾有一隻海鷗/低空遨
> 遊,姿勢翩翩//幾隻海豹在岩石間戲水/偶爾在岩石
> 上翻滾/有一隻爬上爬下,笨笨的滾動//經過千層派
> 的岩石間/在岩石與岩石間/有酋長的紋面,有巫者花
> 臉//落日在山崖與山崖間/最神采的剎那/穿透晚
> 霞,在海平線上,緩緩落幕

由於趙天儀在進行詩創作的同時,還致力於詩美學的探
索。因而,詩人能一面形象地描繪自然,一面又借助於形象向
人解說自然;他理解自然界的深度,就表現在他所創造的形象
的明確度上。比如此詩形象孵育了一切的藝術手法:意象、象
徵、想像、聯想……使海鷗、海豹、落日、酋長的紋面、巫者
花臉、山崖等在詩人的筆下更有可感性。這就是,他總是把自
己的詩當作一幅美麗的畫去彩繪,並以此去折射自己的心靈之
光。再如另一首〈莊園的造訪:記基督城一個農家莊園女兒的
家〈紐西蘭南島紀行之二〉,也是一首色彩感、形體感很強的
佳作:

> 一排排整齊的白楊樹/一行行豎立的尤加利樹/一座座
> 蒼翠的松樹/形成一個圍城般的莊園//我們來了,路
> 上有菊黃的小花/迎風飄揚/我們來了,路邊有懸掛的

吊鐘花／迎風飄蕩／／莊園靜靜地聳立／天空有藍天白雲在調色／地面有青翠樹林墨綠草原／環繞著莊園，紅玫瑰一支獨秀／／我們來了，綿羊咩咩地歡迎／我們來了，德國犬狼狗吠聲歡迎／這是一個紐西蘭的莊園／卻像有回家的感覺真好

雖然與女兒的家紐西蘭的莊園相隔很遠，但是透過詩境把當地的特色，做出恰切而又生動的比喻，也可看作是趙天儀的詩美學的宣言。這兒描繪了造訪者赤裸的胸懷及莊園寧靜和諧的迷人景象。詩中以綿羊咩咩地歡迎，比喻迎接詩人的到來，在欣喜中已派生出新的意象，讓讀者也交織著對大自然擁抱的希望、憧憬和歡欣。

三、結語：趙天儀生態詩思想的現實價值

除了上述，趙天儀是位勇於追求光明的歌者。他由文學家一直到詩的教育家，由美學家到兒童詩家；雖然曾在年輕時經歷過種種挫折，然而仍以旺盛的創作力，向他熱愛的臺灣和人民捧出了許多堅實的、閃爍著灼人的光芒的詩歌。其中，趙天儀的詩情所以不衰，主要是由於詩的形式與表達的內容上取得了和諧的一致，尤其生態詩恰恰表現了他的詩歌的風格美。這並不是說，他早期的詩歌都是佳品，但總體說來，他奮戰不懈的創作力，對我們今天新詩的發展仍有很大的借鑒意義。

趙天儀生態詩思想的現實價值，其可貴之處，恰恰在於：

（一）對臺灣土地深沉的愛

　　他既能滿懷著深深的同情去揭示人民遭受的苦難，又能充滿無限的信心為光明的即將到來而謳歌。當然，這種對人民苦難的同情是既包括了勞苦的底層人民又包括了維護自然生態的生活性。因而，無論他描寫對歷史、現實，對那些巨大的社會事件抒發開闊、恢宏的情懷外，對大自然深長的啟示或兒童詩或美學評論，都可看出趙天儀一生中，詩，永遠是他終身追求的精神之愛。

（二）感情注入物象的風俗畫

　　古希臘抒情詩人西摩尼德斯（Simonides, 西元前556～前466年），擅長雋語，曾提出過：「畫是一種無聲的詩，而詩是一種有聲的畫」[1]的有名見解。這是指出了詩歌與繪畫的相通之處。基於此，趙天儀在1967年，也曾提出這樣的詩觀：

> 詩，是要表現情感，而不是溺於情；是要啟迪思想，而不以辭害意。為了表現的藝術，為了啟迪的哲學，我將為主詩神服永恆的苦役，也許我缺乏詩人的天質，但我卻有著犧牲的精神和篤實的情操，來追求詩的話蹤跡。

　　句裡浸透了他對「詩業」的美的堅持。其論點就是從藝術的目的——美上來要求。我們知道，童年嬉戲的鄉景與歷史，一直是趙天儀無法磨滅的印記，如〈五張犁的一幕記憶〉、

---

[1] 參考《西方文藝理論史精讀文獻》（章安祺編，中國人民大學出版社，1995初版、2003修訂版）

〈午夜〉、〈蓖麻與蝸牛〉、〈陀螺的記憶〉等；這些詩作的背景涉及日軍轟炸、空襲及撤退，或政權移轉時曾以強勢壓制及二二八事件等愴痛，使他同臺灣人民的心靠得更緊了。而臺灣史實及人民生活面給他提供了許多創作的素材和詩的感受，從中，他拾取了極其豐富的詩的「彩貝」；它們既具有時間藝術所獨有的美感力，又有同風俗畫相通的那種美感力。

（三）以悲憫的基調去界開黑暗與光明

趙天儀一生的創作過程裡，戰爭的生活，痛苦和磨難，讓他以強烈的火樣的熱情去擁抱詩，以悲憫的界線去界開黑暗與光明，罪惡與真理，不公與寬恕。1978年之後，趙天儀曾有多次境外詩會交流，或探訪親人經歷，足跡遍及日、韓、冰島、蒙古、米蘇拉、美國、加拿大、紐西蘭等。2006年夏，趙天儀也參與了臺灣筆會於韓、蒙古與布里亞特文學之旅，因而留下了不少紀行詩。晚年，趙天儀不僅注意到自己作品的寫實性、時代性和批判性，而且十分注意自己作品中美的鎔鑄和表現。尤其是記憶中的童年、鄉村的樸素、現實生活、臺灣生態公害等題材的表現；就整體言，他也是本土的寫實主義的詩人。比如2009年莫拉克颱風襲臺。詩人寫下了長詩〈哀臺灣〉。句中：「一夕之間，許多溪邊的建築物整棟地跪倒下去了／一夕之間，溪邊的許多住家都被衝毀了／洪水不是神話，挾帶滾滾的神木而來／洪水不是古代的傳說，漂流木在洪水中漂蕩／舉目驚惶，洪在濁流中，一片蒼涼」，詩人的苦心尋找思想和情感飽和交凝的焦點，在此，他的人生觀已經找到了自己固定的位置。另一首〈公害〉，是從一艘油輪沉船，污染了海域的生態的另類沉哀。句裡有段：「一個博士墮落了／污染了學府／謊言取代了真理／詭辯的詐術欺騙了無

知學子／一如那無法洗淨的油漬」，他已創造出一組能使人激起聯想到學術與校園的污染的客體物象和詩人心靈的震顫。

從1955年發表第一首新詩開始，趙天儀的詩作生涯已經歷了半個多世紀。這位哲學家詩人，始終力求詩的本質和詩語言之間的和諧統一。在2012年的榴紅詩會上，巧遇了趙天儀的這首在展示區中的譯詩〈一隻狂飛的蜜蜂〉：

> 一隻蜜蜂狂飛著／不知不覺地／飛進了玻璃窗與玻璃窗之間／窗外，那透明的青空世界／伴著灰暗的浮雲／而她在玻璃窗與玻璃窗之間／卻一直無法突破
> 飛出那小小的空間／她狂奔著，徬徨著，掙扎著／且逐漸地失去了原有的生氣蓬勃／當我悄悄地關起了玻璃窗／已逐漸地失去了鬥志的她／竟又昂然地／擺脫了一切／向青空世界淩空而去。

我終於明白，詩人以熾熱的愛國心，想像自己用狂飛的翅膀摸索著這片故土的每一角落——那透明的青空，熟悉的山水草木、都在他眼底飄過。他的鬥志堅固而蓬勃，心靈的一角已然完整而溫暖。那明朗的翅羽、不斷地尋覓的姿影，帶給我們許多生春的希望……

2012.7.3作

刊臺灣真理大學人文學院臺灣文學系主辦第16屆臺灣文學牛津獎暨
《趙天儀文學學術研討會》論文集，2012.11.24

靜謐中的禪思
——評潘郁琦的詩

　　潘郁琦原籍河北，生長、就學於臺灣，客居美國多年，曾受聘於休士頓中文學校教師、紐約的美國明報，擔任文藝副刊主編等職，著有詩集《今生的圖騰》、《橋畔　我猶在等你》、《一縷禪》及散文、童詩集等多種。她的勤勉使她能夠豐富自己，以個人的方式確立起一種風格；其詩文有著抒情或者略帶夢想色彩的審美趣味，這正是其內心情感的一種幅射，自然成了一種靜謐幽遠之美。

　　從取材上看，潘郁琦情感蘊藉，格調寧靜淡雅；對佛家及中國古典文學研究頗深，她師古而不泥古，認為「詩的風景都是感性因子的組合，寫詩的人，卻是以血以淚澆灌著曠野中的那株孤枝。」她在詩集中唱她經歷過的春夏秋冬、唱她人生旅途和思念的山湖；她唱她心中的慟和走過的溫柔。也許正因為能以靜穆的態度審視自己的精神歷程，才使她能擺脫玄虛矯飾和自憐自哀，寫出對受難者的撫慰和亡者的祈願、寫出對大自然刻骨的相思和詩中有畫的行色；使其詩歌帶有崇高感和憂鬱性。

　　在潘郁琦的詩中，這樣的「語出天然，心與物交融」的詩句比比皆是。例如：「泥土上殘留的蟬蛻／像是夏的終了／完結的如此純粹／全然的退出了／不讓夏天有任何一個藉口／／夏是留落在沒有出路的溫柔裡了／只有蟬蛻的空殼中翻覆著四季／像年輪一般／印證著歲月／走過／每一個十七的傳說／／在土的柔軟與堅硬裡／十七是淒美的／近乎遺忘的等待／總在

土下無風無雨的時候／念起陽光／與一縷薄薄的堅持／堅持終究在翼上／寫下脈絡／生的願望就延伸了過去／／十七畢竟是夏樹知了的淵源／蟬是如此的鳴唱」（〈十七蟬〉）。據資料研究，十七年蟬或「周期蟬」（Magicicada），原產於美國東部地區，這些蟬在地下蟄伏十三或十七年之久；由於其雄性會發出聲響，又叫「知了」。2004年，5月中下旬，數億萬隻蟄伏的「十七年蟬」（17-Year Cicada），在美國東部大部分州破土而出。這些蛻完殼之後的蟬是白色的，小小的翅膀慢慢舒展開來；等太陽升起，透明的羽翼乾了就展翅飛行。脫殼後的蟬，生命卻只有短短的兩週，牠吸取樹的汁液，從早到晚引吭高歌，無悔地活在陽光下。這首詩暗喻著蟬兒絕大部分時間是在黑暗中渡過，其生命中的每一個悸動，都在傳揚大自然的奇妙創造。或許只有經歷過痛苦、眼淚後的生命，才會活得如此激昂而渴慕吧。瞭解「十七蟬」背景那種神秘的色彩則代表有情的天地，牠的生命即使艱辛短暫確是如此純真；其中隱藏的智慧與淒美，有著感人的力量，展現了「一位悲憫與浪漫」的詩人本色。

言為心聲，詩象即心象。潘郁琦的抒情詩是比較自由的古風，純淨的意象中分明有詩人的情感之潮在湧動。如〈斟一盞桂花新釀〉：「松子一落／敲擊著山的歡息／空谷裡盡是／低迴的妳／我攬雲而坐／斟一盞桂花新釀／遙望／妳的方向／飲盡這百年的秋／妳揮手輕別／以金桂皴點／這列山脈的傷痕／而我／一步一季秋的走來／江岸依舊／我卻在水中遮拾您的身影／讀山讀水讀著妳／讀妳如一闋北宋的小令／／攀岩迎風／日日以妳海那邊的言語／飲饌／我遂立成一株苦苦的銀杏／守候水月世紀」，此詩清淡有味，詩人在山水與秋色中體味思念

的愁苦，她察覺到時間毫不留情地走過的聲響。她把相思停泊在季節的最深處，再斟一盞桂花新釀，讓沉澱在時空中的香氣散放出來，這也許是她所追求、所堅守的正是把詩意鍛打成對愛的執著與她像銀杏般苦候的表現角度上全面而深刻，讓人如嚼橄欖，越嚼越有味。

潘郁琦也是敏感的詩人，她時時刻刻感覺到對生命的流逝與時不我待的感嘆；她的詩思飛躍時空、有現實感懷、山河紀行等，其回眸生命的風景中，構成一道清逸、靜好的風景線。如〈一縷禪〉，是首別出心裁的力作：「一縷禪／是妳給我的問訊／／在曾經的那個小河旁／我留存著妳／智慧剔撿的微笑／而妳／以蓮花相持／輕拈／水底的月色／遙指／我回望的岸邊／妳將鐘聲／串起／每一聲撞擊的痛楚／低眉／仍是陰霾的來去／我將鐘聲夾入／合十的掌中／回向／每一片蕩漾／／指間／是妳匆促的／積累／與定慧」，此詩清雅而靜穆，以蓮花、鐘聲為景語，傾訴難以抵達的理想之愛。詩人善於把情意象化、藝術化，讓人看到美麗的使人痛苦的瞬間，這是其無際的心靈宇宙與有限的物質空間的統一，也是詩人在靜照中將微觀世界與宏觀世界合而為一，創造出有神性光芒在閃動的境界。

詩是以語言呈現意象的藝術，潘郁琦以沉靜的詩性堅守，一方面採用古典中國文學素材為創作的外殼，一方面著力體現出現代詩歌的價值和審美心理，進而走向海內外詩壇。她在書的後記裡曾說，「在詩裡，可以喚醒春天。」的確，她的詩的內在節奏使人感到一種和諧的美，也有對純真理想的呼喚和現代浪漫主義的精神。她的詩歌是可以讓我們感知到生命的歌唱，從禪宗的頓悟中尋求生命的永恆，故而帶有濃郁的佛教色

彩。從以上三首詩中可以看出她對詩藝主張的忠實實踐，這也就不難理解，為何能獲得多位評家一致的好評；而我們也為這唯一始終堅持含蓄、婉約原則的詩人的作品劃下美麗的句點。

2012.3.22作

刊登臺灣《創世紀》詩雜誌，第171期，2012.06夏季號

把愛植根在土地上
——評陳坤崙的詩

其人其詩

　　陳坤崙（1952-　），誕生在臺灣高雄這片土地上，現任春暉出版社社長等職；這位草根出身的出版家詩人將一生的詩作結集為《無言的小草》（1974年）、《人間火宅》（1980年）。其中的大部份詩作有社會圖景、各色人物，能呈現屬於臺灣文學的容貌，也有著濃郁的鄉土情懷；但從藝術上看，它所遵循的仍是客觀反映現實生活為原則，他是抗擊命運的勇者、愛者和奉獻者。

　　在這樣的基本思路下，本文嘗試從坤崙詩歌作品的文本細讀入手，探索其詩歌創作的思想藝術的嬗變歷程：早期作品是幟熱情緒後的探索與傾訴，多為人生感悟的形象化抒寫。中期作品詩風蒼茫、冷峻，與他的詩歌相互表裡的，還有他那一身骨氣勁峭、行事拘謹的個性相關；常在詩裡看到的，不是矛盾的修辭，或者修辭過的詞彙，這些竟成為激活他靈魂深處藝術細胞的動力。後期轉為深沉思情的藝術性表達，進而與互動的環境中進行多角度的審美觀照，為自己開拓了另一條通往真、善、美的道路。

詩歌導讀

　　陳坤崙從1968年起開始寫詩，大約集中於16至30歲時期，曾任三信出版社、大舞臺書苑出版社編輯。1975年創辦春暉出版社，1982年與高雄文友創辦《文學界》雜誌，先後任發行人與社長，1991年與葉石濤、鄭炯明、曾貴海、彭瑞金等人創辦《文學臺灣》雜誌，現為《文學臺灣》雜誌社社長。曾獲優秀青年詩人獎的他，那次表揚，像一束燦爛陽光照進了他孤獨的心靈；其詩歌題材豐富多樣，有對詩藝的執著追求、有對純真的愛的朦朧體驗、有對社會現實的悲憫表現，也有對身世的坎坷及人生理想的癡情嚮往。這一切表面上彷彿是帶有對寫實人生的一種絕妙的嘲諷，實際上卻潛伏著詩人的智慧之光。

　　比如〈那張臉〉是首裝滿哀愁和感傷的詩：「媽媽／祇不過留給我／一幅遺像／我把她藏在抽屜裡／因為那張臉／總是那麼憂傷／／懸掛在牆上的遺像／沒想到也會得罪我的後母／沒想到也會被擇破／／所以我把她藏在抽屜裡／偷偷地用我的心／編織那張臉」，整首詩呈現出來的是詩人在失去母愛中流露出的真摯之情，這場景應是詩人曾經歷過的，正是這樣的愛讓詩人陷入悲傷愁苦的深淵，令人動容，因而留下深刻印象。〈雨情〉是坤崙難得的抒情詩，其悵然、失望之情溢於言表，抒寫的則是為愛寧受折磨的真實感受：「等雨停下來／那時的心情／似在苦苦的哀求／心靈受傷的人／停止哭泣／／不要哭　不要哭／太陽底下／有什麼不能解決的／雨越下越大了／那時的心情／真是心亂如雨絲／雨絲忽然變成白色的鋒利的短刀／一隻一隻向著我的心／射來了射來了／／我們約好七點見面

／她在那兒等我嗎」，這首詩運用的巧喻是「鋒利的短刀」和「射來了」這兩個意象，正說明了愛情的虛幻和魔力。不同於其他的情詩，坤崙並沒有癡迷於幻滅，而是選擇沒有沉溺於失望，因而完美巧妙地描述了一段感傷之旅，也為愛情加上冥思的光環。

　　另一首〈鏡子〉，詩人娓娓道來被愛人拋棄所經歷的感情：「我的心隱於妳的鏡子裡／把妳的影子深深地／秘密地映在裡面／／有時妳對著鏡子生氣／我就好像深谷裡的羊齒／不能吸收溫暖的陽光／有時妳終日不理我／我就好像被遺棄的爛蘋果／／有一天妳把這一面鏡子／丟到垃圾筒裡／換來一面比較好的鏡子／／妳哪裡會知道／妳把我也拋棄了」，整首詩運用了擬人化的修辭法，事實上說話的人如隱士般將自己孤立起來，讓讀者看到，只是一個孤寂的人在訴說曾經有過的愛情故事。也許經常在出版界這樣富有文藝的熏陶氛圍裡孕育出坤崙詩性的胚胎，他的愛好十分廣泛、收集手稿、辦刊等樣樣興趣盎然，但是最鍾情的還是詩歌。

　　坤崙真正與詩結緣還是在擔任編輯之後，中期作品多是抒發自己人生感悟與社會體驗的形象性載體與藝術化手段，其心靈的撞擊與情感的激發，在此階段開始明顯的變化。如這首〈老鼠〉，抒寫了自己童年的辛酸與為底層人民生存困厄的極度痛苦：「聰明的老鼠／自己跑進補鼠籠裡／我看見他驚慌地直撞／似要衝破那小小的鐵柵／／小弟看了笑哈哈／而我心裡流眼淚／祇因為那隻老鼠／有著我的影子／以及人類的影子」，坤崙透過描寫籠中鼠的孤獨淒清來抒發經受著為生活搏命的煎熬。又如1973年所寫的力作〈無言的小草〉，「祇要你看不慣／你就拿著鋤頭把我除去／像犯了大罪一樣用火把我燒

成灰／／祇要你疲倦了／你就躺在我的上面／讓我獨自嚐嚐被欺侮的滋味／／祇要你閒著無聊／你就把我柔嫩的根莖拔掉／像撕破一張紙那麼容易／把我的生命結束／／不管你待我如何／我祇有忍耐／因為我只是小小的草／我也一直等待／有一天要吃你的脂肪／然後將你掩蓋」，在詩人的想像世界裡，他似乎不刻意向讀者表達什麼思想，有的只是在傾訴自己的痛切體驗與累積的一腔感情。坤崙於創業階段也曾遇有許多波折，對人生與社會有了零距離的接觸後，其理性思考與認識從而能準確地描寫出社會人生與心靈世界的本質真實。如這首〈蜘蛛之絲〉：「在我心的暗房裡／躲著一隻蜘蛛／為了網住／那些喜歡甜食傳染疾病的蒼蠅／那些專門吸食窮人血液的蚊子／每天不停地織著堅固的網／時常我設下陷阱的網／被蒼蠅的利爪抓斷／被蚊子的利口咬斷／被殘酷的大風大雨吹斷／／縱使我織的網被弄斷了／我就把它重新整理／給它裝上一層新的網／繼續和蒼蠅蚊子們作戰」，這裡可貴的是寫出了坤崙一個真實的自我，更重要的是體現出了一種勇於對抗殘酷的外在世界的人格勇氣。這首詩的格律，非常適合用來表現坤崙悲憤的深沉感情；而最後一段引出，詩人願犧牲自我、創造光明的內心世界對這一意象進行了細緻的描繪，讓讀者感受到在表面的冷峻中深藏著其情感張力。

坤崙到此階段詩歌的創作實踐日趨成熟，他肩負著甘忍孤寂、挑戰兇險，執著追求臺灣文學的真性與精神。我們姑且稱之為「孤鴻意識」。認真解讀坤崙的詩歌，我們不難發現，這種「孤鴻意識」，在他的晚期作品中與古典詩歌杜甫的那種「沉鬱頓挫」的詩風頗有雷同之處，一個愛鄉土的本位精神也存在於其中。如這首〈無手小孩〉，「我看見一個老婦的手臂裡／抱著一

個無手小孩／坐在陰暗的角落／『可憐！可憐！我的孩子啊』／／好奇的行人紛紛地／把銅幣拋向便當盒裡／那個無手小孩以細小的腳指／把掉到地上的錢挾起／行人像觀看小丑表演一樣地叫好／／祇有我感知那個無手小孩／沒有手依然以腳來撐持／這個黑暗世界壓力的悲哀」，坤崙的影子是沉靜的，他時時關心這個家園、關心這片熱土，更關心這裡底層的人們。他以真正的詩人的感覺方式去體驗生活中的冷暖面，他的詩向微觀個人情感世界，也向宏觀社會世界敞開。如另一首〈瞎眼的老婦〉：「你是誰／我不認識你我的眼睛瞎了／我看過的人如我的白髮那麼多／你是哪一個呢／／我看過各式各樣的事情／有些人外表仁慈口蜜腹劍／有些人像一粒外觀美好的蘋果／而裡面卻腐爛如泥／這個難以預測的人的世界啊／我已厭倦了／／我的眼睛瞎了／你是誰／請你告訴我吧」，這首詩給我的印象很深，這種大悲憫的情懷的展露，是人間最溫暖與光明的放射。在這裡，坤崙把感受和思考意象化，這是詩藝的核心，在這階段，詩人已不僅用詩言志，也寫得情真意切，感人肺腑。

　　坤崙晚期的詩越來越貼近現實，斥邪氣濁流，關注現實人生，尤其是底層百姓；由晚期作品中，我們看到一顆與人民共同跳動的心，也看到詩人展現出廣闊的胸懷與崇高的追求。這首〈臉〉，比喻貼切，也對社會冷漠現象的批判，讓人不禁會心一笑：「在公共汽車上／看到那些人的臉／為自己建造一道／厚厚高高的城牆的臉／總是冷冷冰冰拒人於千里之外的臉／那些好像帶著一把銳利的劍的臉／那些防禦他人侵犯的臉／那樣無法親近的臉／／請不要這樣看著我／我跟你無仇也無恨／為什麼要用那樣的臉／出現在人群裏」，詩句雖然多用口語，這中間自具一種妙趣。坤崙對自己詩歌發表要求嚴格，

因為，詩歌是他靈魂的守望，我們從他少數的百餘首詩作中，分明可以聽到他熱血的流淌，看到一個悲憫的行走者、卻有著苦竹般耿介而靜默的心靈。

再如這首〈午睡的工人〉，他感嘆打工者的艱辛：「地板是我的床／便當盒是我的枕頭／我們隨便地躺在地上睡覺／／你躺這邊／我躺那邊／你不會笑我／我也不會笑你／／你我同是蓋房子的小工／生活在世界上／好像被水泥黏住的一粒細沙／去溫暖屋裡的人／／地板是我的牀／便當盒是我的枕頭／屋裏的人啊／你們安眠我們也一樣安眠」，在這裡，均以具象表現出底層生活的蒼涼與痛楚，其思考已深入到生命的層次。在詩人內斂的姿態中逐漸展示出自己生命的力量，與其相對應的詩還有〈偷土記〉，感情的直抒轉化為意象的傳達，詩情更濃郁了：「住在沒有泥土的城市／僅僅為了種花／必須扮演偷土賊／／拿著塑膠袋和刀子／趁著無人注意時／偷偷地下手／／草和樹瞧著我／匆忙而緊張的神態／我隱約聽到／樹和風發出吱吱的笑聲／笑我是歷史上／第一個偷土的賊」，詩人是土地的兒子，詩歌保留了他的質樸與對土地的熱情。這些不加雕琢的詩意，把感覺化成鮮活的具象，透露出在都會中詩人內心對大自然渴望的嚮往，這是坤崙詩歌的力量。

接著，這首在1977年寫下的〈扁擔〉，在這些陽光般光明的意象裡，我們可以看到詩人一顆健康、良善的內心世界：「農夫啊／看你天天把我放在你的肩上／挑那麼重的東西／／農夫啊／摸摸你的肩／已生厚厚的皮／看看你的背／已成為弓形／天天看你／流著一滴一滴的汗／看你無言的抬頭望天／那變化莫測的天／／農夫啊／我是一根不流汗也不流淚的扁擔／天天跟你生活在一起／你的淚你的汗／已滲入我冰冷的體

中」，有此心，有真情，這裡意味著，他的詩歌總是現代的，關懷與悲情也是當下的，詩句有著感人的悲劇力量。

　　清代著名文人劉熙在《詩概》中曾說，詩人「要胸中具有爐錘，不是金銀銅鐵強令混合也」[1]。坤崙胸中就有這樣藝術的的爐錘，其詩除了上述提及流露出對臺灣土地及文學的熱愛和珍惜外，他的愛憎也如此分明地統一在一棵對社會無比關懷的心中。如這首〈畫眉鳥〉，十分淳樸、富有感染力：「畫眉鳥喜歡被關在／罩著黑布的鳥籠裡／／畫眉鳥／寧可生活在暗無天日的世界／也不願看到活潑聰明的人類／因為一看到眼睛閃爍不定的人／不必等到一小時／立刻驚惶而死／／人到底有多可怕／至今祇有畫眉鳥知道吧」，讀坤崙此詩，從中我讀到了一個詩人感事傷懷的心聲；他怒斥社會的黑暗面，絕不與邪惡為伍，莫把良心換物錢。

陳坤崙：憂鬱而孤挺的清松

　　陳坤崙在堅持走臺灣文學拓展的道路上，其創作的視野更加開闊；他憂心於臺灣人如何才有主體性，詩心純潔，恰如深山中憂鬱而孤挺的清松。他夜與晝仍騎著一臺舊機車，辛勤地到處奔波走動，這已成為循環往復的生命之流。他的詩從本質上與西方象徵派詩相溝通，常以社會和人生的情、物、事為對象，追求詩歌與主體神秘的交感，關心環保與社會寫實的問題，意象帶有抑鬱、悲傷與冷峻的色彩，也蘊藏著玄思與感

---

[1]　轉引自《中國古代詩話詞話辭典》，廣西師範大學出版社，1992年版，頁101。

慨。坤崙也是熱愛山水自然的詩人，除工作外，幾乎把時間流連於閱讀與公益上。「讀萬卷書，行萬里路」，閱讀各類哲理文學書，已成為他忙碌生活中不可或缺的一部份。在寫作的內容上，也更加貼近人物的內心　與現實生活。在這樣一個現代詩歌被文學日益邊緣化的時代，坤崙仍以靜穆的心虔誠地姿態投入文學的開展行列中，這不能不讓我感動。在他身上我看到了臺灣文學與詩歌的希望，這也許是坤崙與不敗的時間君王長期奮鬥的動力吧！

2012.3.30作

刊登臺灣《笠》詩刊，第291期，2012.10.15

淒美的翔舞
——讀方秀雲詩集《以光年之速，你來》

　　方秀雲，筆名墨紅，生於臺北，自1998年赴英留學，於2006年獲格萊斯哥（Glasgow）大學藝術史博士學位。著有詩集《夢與詩》、《愛，就這樣發生了》，中文書《藝術家的自畫像》、《藝術家和他們的女人》、《擁抱文生·梵谷》、《解讀高更藝術的奧秘》、《高更的原始之夢》及英文書《達利的耶穌》、《慈禧太后》等多種。

　　葛拉斯哥是塞爾特語的「親親綠草地」之意，這座蘇格蘭的第一大城座擁全歐最多的綠地，以夜總會、音樂會以及繽紛的節慶而聞名；於西元1999年被列為「全美建築與設計之城」。它是一片積澱著濃郁的歷史文化傳統的土地，市中心處處可見的維多利亞時代遺留下來的建築及石雕藝術是財富，同時也是詩人墨紅蘊養與探勘自我靈魂之處。她，以異域之子，孕育與成長於這個文化之都，優美的自然景物陶冶了她的詩性情操，而研究高更、梵谷等現代藝術與美學，撰寫外國詩譯、世界詩壇動向報導及詩評等專長，更是薰染了她的人文素養與文化品格。因此，儘管墨紅自十三歲始寫詩，如今再度向詩壇起飛的時候，翅膀略感沉重，但她畢竟飛起來了。繼去年推出新詩集後，已累積了相當耀眼的實力，猶如在青青草坡上凌空起飛的巨鳶一樣，經受著一場蛻變。

　　欣喜的是，墨紅讓自己的詩歌之鳶在藝術的天空翱翔，她乘著時光之機再次推出令人驚奇的詩果。這部詩集《以光年之

速，你來》，是以遊子的心獻給其父親的力作。全書共六輯，創作出了幾十首詩，分別為「愛的──親親　襪子」、「父的──吻吻　酒杯」、「美的──點點　醒悟」、「夢的──舞舞　花園」、「真的──擦擦　透視」、「圖的──藏藏奇幻」。其中大部份的詩，它的時代性，藝術的武器是新穎的；詩歌帶有神祕意味的薄霧，也有孩童般的雙眼時的清純、詩意色彩；或者是年輕人的夢想與略微淒美的純情與極致。可以這樣說，墨紅的詩思飛越時空，無論是兒時記憶或現實感懷等，除了是某種美學意義上的超越，同時也潛藏著思考的智慧之光。

　　比如這首主題之作〈以光年之速，你來〉，藝術想像獨特豐富，童話色彩依稀可見：「往昔的叫囂／／女媧走累了／河畔，見著倒影／情不自禁　造了人／／閃　那影子！／／莫非／遠古捏泥／忘了塑男／導致荒蕪了好幾世／／泥也凍僵／／在一場火山爆發／迸，擊破了口／唇的脈搏／渴求深深的一吻／　吮／　暖了身／／就這樣／以光年之速，你來／／為了彌補缺憾／／你真的……／來了／以光年之速。」這首詩純粹是詩人任「幻想」自由馳騁，以映照出愛情的憂愁的一種思維範式與形象化藝術技巧；詩人洗淨一切愛情的表象，只剩下了如夢幻的天真。其構思靈感源自傳說中的人類始祖女媧，她是人首蛇身的女神。某一天，女媧經過河畔，想起了盤古開天闢地，創造出山川湖海、飛禽走獸等；但是，女媧總覺得這世界還是缺了點甚麼。當她低頭沉思，看到河裡自己的倒影時，頓時恍然大悟。原來這世上還缺少像自己這樣的「人」。於是，女媧就用黃河的泥土捏製了泥人，再施以法力，泥人遂而變成人類。由於女媧創造了男女，並使他們結合，故又被視為媒神。詩人以浪漫的筆調描寫了一幅神蕩魂迷的神話故事，竟情不自

禁地融入了自我的形象，創造了物我相融、景人相生的境界；
又形象地傾吐了內心的懷念之情。

　　英國詩人威廉・布雷克（William Blake, 1757-1827）認
為，詩的語言會從繆斯（Muse）女神的激發而來，輕鬆自然
地降臨詩人先知的心田。或許就是這份好奇心使然，把墨紅引
導到詩的創造上，而激發出夢想與幻想。她自寫詩迄今，不擅
長遵守語義學的規則，依然只追尋自己的繆斯；其血液裡有著
對藝術語言本身的一種抽象的衝動，這也是在孤獨的體驗與
詩文創作之中一起新生的過程，敘述風格豐富多彩。這部詩
集，最重要的主題是「回憶」，而回憶也是眾繆斯之母。這
裡深藏著兩個影響詩人一生最重要的人，那就是父親與逝去
的愛，墨紅回過頭來思必須思的東西，這也造就了這本詩集
的根與源。

　　墨紅的詩作多能率真地唱出自己的歌，自父親早逝後，
她寄寓高潔的情思，也非悲慟二字所能涵蓋。這首〈傘上的一
杯酒〉，詩裡的率真也已反映出她思想上的成熟和深邃：「一
架四分之一世紀前的裁縫機／一臺騎過五十年的腳踏車／／用
傘是深怕滴雨／手把卻斷了／是太陽來時，沒拿好／給飛走了
／／但雲的浮動／張開了傘／在光中飄逸了起來／／橫渡了裁
縫機／越過了腳踏車／在一家卡拉OK停下來／／頂住一杯白
酒／／我尋獲了手把，不放／為了／不讓酒精蒸發／好讓你來
時，盡情的暢飲。」墨紅從研究所開始，就離開了臺灣，赴英
留學後，雖然視野大開，也陸續地接受許多新思想，然而新環
境也給詩人帶來切膚的人生感受，激發起她思念親人、思念故
鄉的熾熱情感。這首思親之作，成了她靈魂中幽微的閃爍。在

雨的悸動中，透過異地卡拉OK的音樂、藝術與文學發出了繆斯女神的低吟與追禱。通過視覺與聽覺各種樂匯所喚起的聯想其實是從詩人情感激發中自由展開的，縱然描寫角度多蒼涼、無奈，繆斯女神的降臨也並非理智所能夠完全解釋的，但從中已營造了詩美，且直抵人心。

　　如果說重意境、語言的形象性及對仗是古典詩的特徵的話，那麼重意象和情感的嫁接跳躍，則是現代詩的特點之一。在墨紅的愛情詩裡，多選用一些生命中曾經擁有的溫暖而淒美的時刻，回眸其生命中的風景，也展示出某種情感或微妙的感覺。如這首〈激素因距離，釋放了出來〉，表現愛情幻變之苦：「在一片紛亂／原有的／均等量　等質　等色的／板塊分裂了／／把尋常放進一個想像／無人漫遊的世界／在那兒，託付了靈魂／／佛洛依德的熟悉與陌生／通曉，知了／隱藏，盲了／屬於兩套想法，沒一丁點的矛盾／／從牛津英文字典查到一個單字／不僅說舒適／更道出神秘賦予的魔力／／三隻鏡面，裂痕的影像／映入眼簾／摸不著／卻散落了迷惑／如何侵襲呢？／你凍結了幻影／築起一座海市蜃樓／我守護著／讓一切屹立不搖／／但，朝正反的兩端，拉啊拉／拉到跟對立相遇為止／／不一樣的時空／湧了幽靈／於你，何為最佳良藥？／在真實與夢幻之間，／在距離中／我們尋獲了肥沃的版圖。」如同帶有敘事色彩的一首女孩的心靈之歌，詩人苦苦地在原地等待因距離而分開的愛人，時間一分一秒地過去了，終歸是幻夢，讓讀者跟著關注著詩人內心的苦惱和戀情中的不幸及喜悅的短暫。毫無疑問，詩是主客體事物的有機融合物，我們反覆咀嚼這種體驗，其所表現的思考已達到一種思辨力度，且顯示出詩人對整個人生、愛情的深度，至此，已具有非常的意義了。

　　最後，讓我們走近墨紅這個人，她對詩歌的藝術探索，是頗有價值的。對詩，她可謂是忠誠的守望者——

　　臺北，曾給了她許多的夢，這本詩集無論是體現生命的律動，或從生命的另一表現形式出發，在詩人筆下，這些作品是很有韻味的，感情篤厚而真摯，也是其心靈的博動之聲。如今，這隻巨鳶即將飛回她在臺北母親的寓所，那善良而溫柔的詩心已在救贖的解放中獲得了永恆。而我們相信，憑著她對繆斯的一顆赤誠的心，必會再寫出更多的好詩來，以謝讀者，是為小序。

2012.4.19作

刊登臺灣《創世紀》詩雜誌，第172期，2012.09秋季號

輕酌曉月賦詩葩
——讀羅智成《春天讀詩節——現代詩的100種可能》

　　2012年，一個初夏的午后，擺在我面前的是由國家圖書館出版《春天讀詩節——現代詩的100種可能》一書，我感到的是「詩林浩瀚於歲月的份量」，看到的是中國現代詩無窮的希望與前景。全書集結100首當代名家作品，對詩界來說，極具不凡的象徵意義。

　　為了走進羅智成編纂此書的學術思考——我觀察到他收集許多膾炙人口的詩，有許多詩篇都令我沉醉不已。尤其是曾淑賢館長為序中提到：「當詩情流淌，精神獲得慰藉，心靈是這樣地澄明。」這段感悟蘊積的是與詩相遇而激揚的情結，她相信，臺灣文學終會萌發種子，終會到來的是春天，終會光耀的是現代詩優美的語彙。此外，為了追求詩美的價值而鑄入熱情，為了在賞析中熔進崇高；羅智成把長時間對文學的關注與渴望，為了讓現代詩的一百種可能發光的心潮持續不歇，他開始著手按詩的發展與沿革塑出一首首精典的形貌，並且親身體驗創作實務的樂趣與孤獨、也一直在追尋與思考中。談到此書的宏觀背景，羅智成說：「我是從風格的代表性、演化的標竿性、某種教學的示範性甚至純粹是個性等原則，來挑選……。」由此可見，中國現代詩已需要思辨性審美的「詩建設」。他編寫出書的本質是發現現代詩的審美力度，去尋找實現現代詩的「藝術存在方式」。正因現代詩的思辨是屬於意

念、意向的，所以，詩內容除了配合原作及作者簡介外，著者選擇沒有「說明」什麼，更不「解釋」什麼，它只是讓讀者去想像和對詩本質把握；而讀者無論從哪個角度出發都可能得到屬於自己的理解和啟發。

首先，我們沿著閱讀詩美這條線路走進羅智成的這片詩天地──打開《春天讀詩節──現代詩的100種可能》，第一首詩是劉大白的〈秋江的晚上〉，接著是魯迅的〈復仇〉、沈尹默的〈月夜〉……這都是洋溢著詩美的中國現代詩──單說〈秋江的晚上〉這首詩中，詩人的思維是跳躍性的，且觸覺很深，他不刻意對秋江晚景實境的描寫，而是在塑造一個物我一體的幽美境界，讓人心中不期然地湧起屢屢的思念與期盼的遐想。〈月夜〉之後，還有劉半農〈一個小農家的暮〉、胡適〈老鴉〉、郭沫若〈天上的市街〉、徐志摩〈再別康橋〉、聞一多〈死水〉、冰心〈春水〉、戴望舒〈雨巷〉、紀弦〈狼的獨步〉、管管〈荷〉、鄭愁予〈寂寞的人坐著看花〉、詹冰〈水牛圖〉、洛夫〈因為風的緣故〉……等詩，每首詩都給讀者一個立體新奇的世界、詩美無限。

其中，羅智成的〈夢中書房〉，使自己的詩終於「成為自己」──他的全部追求在於通過對詩語言審美力度的加強而顯示在美感現象中表現自己的真實。如同詩裡的一段：「我翻開一本落落寡歡的書／薄霧便侵蝕了落地窗外溫帶的針葉林／遠方涯岸下的濤聲執行著濱海庭園的寧靜／有人在此待過並留下孤單的心情／但我一直沒看清他的身影……」他的詩有著抒情的敘事性，其自我形象主要融涵在讀者對審美語言的感悟中。在編纂時，他一邊摸索著建立詩教學的例證與介面，一邊按著個人的詩觀進行作品庫的篩選；因機緣，卻意外地在國家圖書

館主辦的「詠春——閱讀詩之美系列活動」上受到了矚目與支持成書。羅智成的生活箴言和詩學觀，也可以在他寫的〈荀子〉詩句中得到例證：「荀子說／不要怕／這是罕有的夜／美麗騷動我們生疏的靈魂／不要怕，握緊知識／睜大眼睛／胸懷天明。」是的，儘管現代詩在臺灣文壇已變成普遍名詞，他仍要繼續對光明和博愛的追求。

　　細讀中，我極欣賞農村詩人吳晟的詩〈稻草〉：「在乾燥的風中／一束一束稻草，瑟縮著／在被遺棄了的田野／／午後，在不怎麼溫暖／也不是不溫暖的陽光中／吾鄉的老人，萎頓著／在破落的庭院／／終於是一束稻草的／吾鄉的老人／誰還記得／也曾綠過葉，開過花／／一束稻草的過程和終局／是吾鄉人人的年譜」，詩人以淺白質樸的語言追緬故鄉，關懷臺灣農民的命運，正反映出他對尋找嚴肅深刻的生命意義的熱愛與堅持。再如覃子豪〈黑水仙〉中最後一節：「金黃色的花蕊，閃爍著奇妙的語言／是奧深的通知，釋放我的苦惱／於你眼中的黎明？純粹、明澈的所在／只可遇合，不可尋覓／黑水仙，水之精靈／生長於潺潺的忘懷之河」，詩裡運用了通感的藝術手法，在浪漫而神秘、有著禪味的畫面中，說黑水仙是忘懷之河，就把視覺意象聽覺化了。總的來看，此書不尚說教，詩句雋永，各有其妙，是耐人尋味的佳品；羅智成編寫出了春天到來的盎然生機，也是獻給讀者的一份厚禮。他是根據現代詩的變遷與發展，使現代詩更趨向於規範和便於流傳，這種探索是頗有時代意義的。我想，進入本世紀的臺灣現代詩，必然也會在多元、寬容的環境中走向真正的繁榮。

2012.4.25作

刊登臺灣《海星》詩刊，第6期，2012.12冬季號

生命的沉靜與豁達
——讀藍雲的詩〈路燈〉

　　藍雲（1933- ）過去曾是中小學教師，退休後仍孜孜不倦、癡迷於詩；為詩壇犧牲奉獻，幾十年從不間歇。今年二月，收到其新著《日誌詩》，感動的是，如同他在為這本詩集所作的前言中說：「此書願當作是『留下自己活過的證據』」；事實上，這不僅是他個人創作生活的總結，也是對臺灣詩壇的一份珍貴的獻禮。書中詩句的誕生多是生活的感思，像樹葉生長般那樣樸實無華。他用自己的青春與熱血寫出與愛妻梅英深情的湧動、寫同仁之間的關懷，寫人民生活，寫讀書心得與人生感悟等等。其對待詩美的追求有自覺的哲思，手法也俐落、光明，篇篇都是作者真實心聲的流露。

　　如這首〈路燈〉，作者以悲憫心去感受身邊的一草一木、日月星辰和人際往來中對自我靈魂的要求；其中，有喜悅、有傷感，有渴望、有悲傷，更恰切地透射出藍雲在八十大壽前感情噴湧而出的力量：

　　　　太陽只一個
　　　　路燈則很多
　　　　他自知絕非，也不可能是太陽
　　　　但願成為一盞路燈
　　　　在夜色沉沉，還兼風狂雨驟時
　　　　燦爛奪目的太陽，已不見影蹤

月亮　星星也都不知去了哪裡

這時，唯有路燈一個個挺身而出

無論在通衢大道或鄉間小路旁

有路燈，黑夜便不再那麼可怕

一盞　兩盞　無數盞路燈

像一朵朵的花

綻放在黑暗的大地上

不像太陽那般光芒耀眼

祇是默默站在那裡

守護著夜行人來往

　　這首詩詩境很開闊，共排列了三個意象，我力圖用它們從不同方面去闡發「堅守」這一意念。詩的前三行是「象」、是「景」，是說明謙遜的本質。後四行是直接抒情，說明了希望的韌長。接著又直接點出「路燈」意象的比喻意義「像一朵朵的花」，綻放在黑暗的大地上。啊……多麼明亮，如不屈服的星光。於是，我們不難找到詩的主旋律，因為詩人正是從「路燈」這一看似平凡又不可或缺的具體物象中，與詩人堅守崗位的眼睛疊印到一起，成為一種默默耕耘，不求回饋的戰鬥精神的象徵。很顯然，「路燈」它具有現實性內涵，又有形而上的意義。這些具象展示了藍雲對生命豁達的理解，而他對妻友的慈愛與社會的溫情，也多以詩表現出沉靜的靈思和渴望安和的氣圍。

2012.4.29作

刊登臺灣《乾坤》詩刊，第63期，2012.07，秋季號

岩上：將孤獨輾轉於命運的軌跡之中

精神追尋中的民主鬥主

　　岩上（1938- ），本籍嘉義人，出生於臺南永康，教職退休。曾獲吳濁流文學新詩獎等，著有詩集《岩上詩選》、《漂流木》、評論集《詩的創發：現代詩評論》等十幾種。在我認識的詩人裡，岩上給我留下印象的，樸拙溫雅，有更深內涵的直覺。詩人的孤獨，可能源自童年的集體記憶；而單純強烈的精神追尋中能超邁地揮灑出淋漓酣暢的筆致正是岩上最突出的主色。他崇尚深邃與凝重，生活中也是不折不扣的勇者；即便是在異國他鄉，風沙大或者雨雪的日子，也都能在火車上看到他寫作的身影，五十多年不輟。

　　岩上的詩內容包羅萬象，色彩繽紛，主要的思想脈絡源自當下自我的真實性和意象的靈動感；其本源是對鄉土之愛，而這些也構成了他詩中孤獨主題的語言因素。崇尚簡約自然的詩人，他說話時眼神中掠過的一絲堅韌讓我動容；尤其是描寫現實社會的對抗，或底層百姓無助的吶喊，往往如風霜剝蝕般的斑駁處理是他最強調的風格，我也無法辯解一句。儘管在文學道路上獨自體驗著人生苦澀，卻也能安心立命、努力地開拓出一個寧靜而和諧統一的詩國。

詩化的智慧

　　岩上的詩，最大的一個感覺就是文字裡流露出的看似寧靜，實則沉重、凝滯著淡傷。這種憂傷，或深或淺地，有時候還裹以幽默或犀利、反諷的外衣；如一支哀傷的魯布（泰雅語，口簧琴），強烈的激盪於山谷，使讀者感切到詩人滿腔沸騰的熱情。他的骨力來自於他樸質純真，但在詩評上則表現嚴謹中帶有沉潛的和諧。那永遠謳歌不盡的大地風情有無限的深意、無邊的深情。細讀時，能感受到他那詩化的智慧，能賦予獨立的生命；或者說精神的表徵裡有著截然不同於一般世俗的認知，在本土中是臺灣詩學衍化的最佳視角。如岩上六十五歲時寫下的〈傷口流液〉，其純潔自然的詩性、色彩及多重聲響，是永恆的，有價值的。彷彿中，詩人聆聽風之清吟，那激浪之狂歌鄉情，如此地感受著孤獨：

　　　　樹被砍傷流出
　　　　脂液，我看到
　　　　感覺一陣劇烈的腳痛

　　　　小的時候沒鞋子穿
　　　　赤腳走路
　　　　當被玻璃片刺傷
　　　　傷口泊溢血液

　　　　同樣曝露著蒼白的軀體
　　　　沒有護欄的年代

一滴血
一把沙
掩蓋著發炎的傷口
隱沒了語言的發作成為記存的疤痕

我流的血
殘紅
樹流的脂
皙白
都同樣哽咽嗷不出聲音
任由風沙吹熄

　　岩上四歲喪父，自幼與母相依為命，成長多苦難；儘管這樣，他還是充滿了寫詩的熱忱。早期作品除了那些生與死等對立的主題之外，他還擅長書寫人生，唯有如此，才能感悟生活的真諦，在精神中找到安歇的家園，獨自咀嚼寧靜之趣。開始教書於南投縣草屯幾近大半人生後，岩上的世界總是給人帶來孤冷中帶有理趣的感覺，像是被遺棄在喧囂的街道上的雪，或是流動不息的灣流上的方舟，在筆觸中的互相靠近來得到在雪上、冰上反射出來的光。如詩人六十五歲時發表的〈路過霧社〉，這是岩上為長久以來遊客所詬病的霧社收費站，於2003年4月7日起停止收費後有感而發的詩作：

到霧社看櫻花
到霧社看抗日紀念碑
那是從前，現在呢

看莫那魯道的銅像
還有呢
霧社事件已很遙遠

霧社
過去就是盧山泡溫泉
過去就是清境農場草原合歡山賞雪
再過去
就是中橫公路可到花蓮看海
霧與社
被過去了的
櫻花　飄落過了一灘鮮血
卻過不了路霸費
啊　終於免收了
還是緊緊路過

　　岩上對臺灣的原住民一直是關心的，霧社的櫻花成了他的
靈感源泉，在詩裡雖對某些官僚方式深刻地批判；卻可以使讀
者理解詩人的願望和他思想上訴求的意旨。畫面背景的霧社事
件是發生於1930年日治臺灣的最後一次武裝抗日行動，地點在
今屬南投縣仁愛鄉。除事件領導人莫那魯道自殺外，因不滿族
人受壓迫而參與的部落也幾遭滅族，犧牲近千人。聽詩人的故
事，不可避免的，也感到一種失落感。從文化與歷史的角度來
說，岩上內心深處對原住民歷史的悲壯與憂傷有著深深的認同
和留戀；他常以真正的心靈的觀察來寫詩，奮鬥了一生，到晚
年還在追求革新。就像任何藝術品都不能一樣般，他完全沉浸

於現實的精神；「莫問收穫，但問耕耘」，就是岩上給我們的啟示。

岩上：一棵孤挺的青杉

　　退休後的岩上詩筆變得更加流暢、簡鍊，也更喜歡接觸山水，他並不改變自己意識的自主性，更不願毫無意義地漂流於世。詩人遠離任何學派，繼續以詩撫慰心靈，滿載著對大地巨大的愛。岩上曾說：「寫詩靠性靈，詩境高低在詩味，濃淡雅俗存手一心。」我以為，寫詩是由於他認為內心感受比視覺重要，而且更屬於精神方面的。當六十五歲那年，詩人遊於蒙古國沿途寫下了十二首詩發表於《臺灣日報》；其中我最喜歡詩人於烏蘭巴托寫下的〈騎馬在大草原上〉：

　　　　我騎著馬
　　　　走在草坪上
　　　　我有點害怕
　　　　馬走過山溝
　　　　我有點害怕
　　　　馬跑在山坡上
　　　　我更加害怕

　　　　我抬頭望著遠方不動的山巒
　　　　心慌才平靜下來
　　　　漸漸我能適應馬身體活動的要領
　　　　我和牠配合成一體

　　在文明的生活裡
　　我已成為一部
　　機器，鑰匙按紐密碼卡號
　　分解了我自然的本能
　　透過馬的身體
　　首次體悟到自然結合的動力

　　此詩筆觸有力，具有強烈的生命感，能表現出岩上在世界所處位置的思考，其充滿活力的藝術傾向以及他那極端自由的創造力，恰恰彌補了這炎涼的世態裡的冷漠。我相信詩人無言的純樸所表達的情感，是豐富的；他把寫詩的實踐和觀念忠誠地呈獻給讀者，其沉思的努力讓我不會忘記存留在腦海中孤挺又勇毅的影像，彷彿青青陽光下一棵挺拔的青杉，處之泰然於雲山……。

2011.3.24作

刊登臺灣《笠》詩刊，289期，2012.6，頁87-91

愛倫‧坡的詩化人生

詩人側影

　　埃德加‧愛倫‧坡（Edgar Allan Poe，1809-1849）生於美國波士頓，是一位天才的悲劇詩人、文學評論家；他的生命並不長，只活了四十歲。四歲時，即失去父親，由親戚撫養，曾在維吉尼亞大學短暫就讀。因與養父的關係不合，遂而離家謀生；從事軍職後，就離開了養父母。他一生儘管失意潦倒、為酗酒所折磨，詩歌也不算多，只發表了大約五十首；但因其文才橫溢，從二十世紀初，愛倫‧坡在世界文學中的地位才被重新評價。愛爾蘭詩人葉慈（William Butler Yeats, 1865-1939）曾把愛倫坡譽為「美國最偉大的詩人」，法國象徵派詩歌先驅波德萊爾（Charles Pierre Baudelaire, 1821-1867）還翻譯了愛倫‧坡的《怪異故事集》和《怪異故事續集》。英國重要詩人斯溫伯恩（Algernon Charles Swinburne, 1837-1909），愛爾蘭劇作家蕭伯納（George Bernard Shaw, 1856-1950）及美國推理小說作家勞倫斯‧布拉克（Lawrence Block, 1938- ）等也給予高度的評價；二次大戰後，其作品更是風靡歐洲和拉丁美洲，被稱譽為唯美主義文學的先驅、象徵主義的鼻祖之一、偵探小說和幻想小說的開拓者，尤以詩歌倍受推崇。

　　所謂哥特式文學（Gothic Literature），係盛行於18、19世紀的西方世界，旨在描摹發生於「神秘」與「恐怖」氛圍中

的傳奇經歷。而愛倫‧坡的短篇小說隱有著哥特式的寫作風格
──推理、夢幻、神秘、驚悚，其詩作也有哥特元素的神奇色
彩──超自然、死亡、頹廢和黑暗。後來愛倫‧坡自費出版詩
集後，隨即昂然奮起，開始了他創作的生涯，寫下了著名的詩
篇。1845年1月，愛倫‧坡發表了名詩《烏鴉》，兩年後其妻
死於肺癆；四年後他就逝於巴爾的摩。愛倫‧坡生前作品除了
影響於宇宙學、密碼學等科學領域，也常現於文學、音樂、影
視等流行文化中；亦擅長於死亡驚悚、推理偵探、科幻和幽默
諷刺等四種小說，約莫寫了將近七十篇。他用心血培育出一株
柯椏枝葉都長得恰到好處的詩美之樹，迄今仍在陽光雨露下滋
長；其不朽的生命力，也正是他詩意人生的寫照。本文試從幾
首翻譯的詩歌中，嘗試對愛倫‧坡的生命詩學進行探索。

愛倫‧坡的詩藝主張

　　愛倫‧坡曾提出過在詩歌中只有創造美──超凡絕塵的
美才是引起樂趣的正當途徑的主張。即是要求自己詩歌創作的
原則是音樂感和憂鬱美，力求視覺和聽覺、節奏和音韻、想像
和情感間的和諧統一，以造成獨特的審美感受。而他所主張
「為藝術而藝術」，及聲稱「一切藝術的目的是娛樂，不是真
理。」凡此種種想法，皆是愛倫坡在詩歌創作達到成熟期的經
驗之談；也引發了一波「純藝術」、「純詩歌」的風潮。事實
上，詩歌從來不是愛倫‧坡自己官感的享受，反而是他本人真
實的生活中，包括情感、夢想這些超官感的寫照。他的詩歌是
自己心靈的獨白，並以美為其靈魂的震顫。愛倫‧坡在捕捉詩
歌的靈感時，不僅僅侷限於一種特殊的音樂美或憂鬱美，或是

視覺與聽覺的感受；而是通過一種現實和超感覺的純粹主觀思維的過程，用全心靈的觀照，從而把詩美體現出來，達到「純粹美」的境界。

在愛倫‧坡的詩學理論中，他把詩歌的創作形容為一個精確的「數學過程」，並且始終遵循著「令心靈顫動」的美學原則。他曾表示，詩歌的最好主題是死亡，尤其是年輕美女的死亡，將是世界上最具詩意的主題，因為美麗與死亡是密切相關的。在他各個不同的作品中，尤以詩歌藝術最能刺激讀者的審美感情；因為其詩歌富於韻律美，是時空藝術的綜合；他始終認為，美是詩的唯一正統的領域，而這種美是「一種效果」，即在作品的「刺激」下，「靈魂昇華」的效果。或者說，「一首詩必須刺激，才配稱作一首詩」；也曾說，美，應該通過傷感的手段來體現的。為此，愛倫‧坡的詩歌色彩偏向於浪漫、鬱暗的，他常表達出對愛情幻想的追求而不可得的傷感或死亡的淒愴。因為，世上沒有一種悲哀比起自己真心的愛人死去那時候更使人心碎了，所以，愛倫‧坡設想自己沉重的心，卻也生出了翼翅。

比如，The Raven這首〈烏鴉〉，詩人於1845 年首次發表，全詩共一〇八行，雖然在其《創作的藝術》書中曾說過，此詩內容是純屬虛構的，但仍被認為是愛倫‧坡詩歌的代表作。詩裡含蘊兩個重要形象：年輕男子與烏鴉。詩人用超感官的靈視，使整首詩的基調是傷感的，並藉由象徵和隱喻的手法來沖淡他對死去愛人的悲痛。或者說，愛倫‧坡在感情上並不是一帆風順的，此詩卻已傳遞出他想像與愛人的重逢與懷戀之情；即使想追隨烏鴉，這象徵不祥之鳥的黑暗使者，跟著愛人到冥河深處，但現實中外力的阻礙，使詩人絕望地意識到，只是痛苦的回憶是格外長的。那愛人的身影比天風還輕，更輕，怕是

永遠追尋不到的。這首經典處在於使讀者也陷入詩人的幾近崩潰的沉哀氣圍中，詩人在此低沉的原音中所產生的悲涼之感與自我折磨是渲染到高點了。

愛倫・坡對自己妻子的愛也是無可厚非的，因而在她死後，也寫了一首力作Annabel Lee（〈安娜貝爾・李〉），並發表於1844年10月9日，這首詩通常被認定是詩人的最後遺作，因為是在愛倫・坡逝世後的第三天才公諸於世。內容多以一種象徵和暗示，表達了對自己愛情故事的追緬與不願相信愛妻已死的惘悵，最後在墓前發誓的癡情，使人感受到愛情崇高而深遠的美感。

譯詩選讀

時至今日，海內外仍不乏翻譯愛倫・坡詩歌的愛好者；數以千計的作家或學者為他著書，研究論文更是不勝枚舉。其中，吳鈞[1]教學外，勤於詩歌翻譯等研究；對愛倫・坡的詩歌翻譯之筆輕靈、俊逸，獨樹一幟。比如這首〈十四行詩──致科學〉，詩句情象的流動，技巧繁富：

> 科學！你是漫長古遠歷史的真正兒女，
> 你那細審一切的目光改變著萬物，
> 你那乏味的現實如兀鷹的雙翼，
> 怎教詩人愛你，欣賞你的才智？
> 你不會任我去漫遊遐思，

---

[1] 吳鈞，文學博士，現任中國山東大學外國語學院教授，碩士生導師，中國翻譯協會專家會員。

到那鑲滿寶石的夜空去尋求珍奇，
儘管詩魂無畏地展翅翱翔，
你還是把狄安娜從她的月車中拽出，
把海墨諸德從樹叢中拖向
更幸福的星球去尋找歸宿。
你也曾把娜愛達從洪峰頂上扯下，
將綠草叢中的小精靈驅逐，
且把我從羅望子樹蔭中
沉沉的酣睡中驚醒。

　　愛倫·坡的這首十四行詩，韻律優美、科學形象的比喻十分巧妙，這和他豐富的想像力特徵概括無遺，令人感覺到詩歌可以像繪畫、音樂般無國界限制而能流通於世的魅力。詩句一開始，相當經典的呈現了科學是「漫長古遠歷史的真正兒女」與「那細審一切的目光改變著萬物」的視覺性相當突出，表達抽象浪漫（Romance）的情思，絕非工筆可素描的。然後再滿涵深意地營造出科學「那乏味的現實如兀鷹的雙翼」，這正是詩人對於他所生存的真實空間的感知與領受；亦或對自然的厚賜與人文交織所觀照的世界用情至深。

　　題旨暗喻詩人的心理動向是渴望大自然的清新與生活的幽靜，不巧，讓科學的發展如兀鷹的出現，驚擾了其周遭環境安寧而造成一種「龐雜的感受」的心情。之後，詩人開始不悅又忍不住俏皮地責怪它，科學絕對「不會任我去漫遊遐思」，讓愛倫·坡想「到那鑲滿寶石的夜空去尋求珍奇」；儘管詩海浩瀚無窮，但還是扯不住科學的實事求是精神，因而就連月亮女神狄安娜、樹神海墨諸德、水仙娜愛達及草叢中的小精靈都因

科學的廣泛普遍意識而被逐出了靜謐的家園。在最後兩行詩句裡，詩人想像自己正在羅望子樹蔭中酣睡，大做科學與人文的論辯之夢，卻被「科學」──這振翼飛來的巨鷹從文學浪漫的遐思中拖回到現實世界。全詩比喻生動豐富是其突出的特點，且已構築了詩人一個獨立自主的第三自然的精神世界。

另一首〈致一位在天堂者〉，也是難得的佳作：

> 獻上我所有的愛，
> 我的心靈之所望，
> 你如那蒼茫大海中一綠洲，
> 似那清澈的噴泉與聖堂，
> 用碩果鮮花將你覆蓋，
> 我奉上所有的芳香。
> 啊！迷夢太美好而消逝！
> 正道是夜璀璨，卻已烏雲密布！
> 來自未來的聲音在呼喚，
> 「來吧！來吧！」──卻聲聲迴盪在過去。
> （陰暗的深淵）徬徨、沉寂、木然、恐懼！
> 啊！我的生命之光已經逝去，
> 再不會──再不會──再不會──
> （這樣悲怨的呼喊掀起拍擊沙岸的憂鬱的海浪）
> 被雷擊的樹再不會花朵綻開，
> 受傷的鷹再不能展翅雲端。
> 沉沉昏睡於白晝，
> 蹣蹣漫步於夜夢，
> 充滿你閃亮的黑眼睛，

響徹你匆匆的腳步聲，

融化在你如仙的歌舞中，

追隨你永恆的溪流。

　　此詩據說是愛倫・坡為他青年時代的戀人羅絲小姐而寫的，在1845年收集成詩冊之前，他將自己喜愛的這首輓歌，發表在六種不同的版本中。全詩分四段，愛倫・坡以「綠洲」生動地比喻出自己的蒼茫；以「噴泉與聖堂」來安慰戀人是在天上；以「碩果鮮花」覆蓋塵間所有喧聲讓亡靈得以庇護；以他所有的愛獻以詩的「芳香」。至此，愛倫・坡的憂傷全然是自己獨有的，當言語的風兒輕輕吹動時；他的愁人之眼總是像他的愛一樣，留下悲痛的餘音在空中顫動。

　　接著，在第二段裡，詩人的悲觀是基於現實，他以「迷夢太美好」道盡了期待魂夢一見的百般無奈與幻滅；以原是璀璨的夜，心中卻已「烏雲密布」來直接投訴於視覺性的象徵。那希望與美好的期盼戀人的回聲，亦圍繞於讀者糾葛的心靈：那陰暗的深淵處，是否也跟詩人一樣流著「徬徨、沉寂、木然、恐懼」之淚，亦或真愛的召喚聲？第三段，詩人進而悲怨地發出「再不會——再不會——再不會——」的哀鳴，讓詩的建築特性有了強音。再自喻為「被雷擊的樹」，再不想有愛情的奇垛；一如「受傷的鷹」，再不能展翅於長空，逝愛之痛也表現得十分貼切傳神。末段，與其全詩，做了有機的組合。詩人為愛消瘦，長若雪河，他昏睡於白晝，「蹣跚漫步於夜夢」，痴心於夢中閃現那唯一的戀人的「黑眼睛」或匆匆的腳步聲；但終歸是南柯一夢，消失在每一夢中的清妥舞影……・此詩擅用重覆與對仗手法，頭韻和中間韻節奏分明，尾韻整齊、音樂性高；能將愛倫・坡詩性智慧

與提倡詩歌的象徵、比喻做了完美的展現，是自然地發自內心的
謳歌，誰又能對其悲哀一笑置之？

愛倫‧坡詩歌的審美意義

通過上述兩首翻譯詩歌的賞讀後，對再深入研究二十一世
紀東西方文界對愛倫‧坡詩歌的迴響是十分必要的。從詩學原
理到創作方法、美學上，愛倫‧坡的詩歌已自成體系、風格；
他的詩學理論建樹是建立在自己創作的基礎之上，而這也是他
對自己內心、精神的微觀世界。雖然有些詩流派稱愛倫‧坡為
西方頹廢文學的鼻祖；但他的詩歌膾炙人口，他的小說常能引
人入勝。至於他的純詩理論，應用在音律美的詩藝上，都有很
好的論證，無疑地，也豐富了世界詩歌史的藝術寶庫。

愛倫‧坡也是個敏感的詩人，作為美國哥特式文學的開拓
者，正因其作詩的初衷，不正是要從醜陋、貧困、痛苦、疾病
之中發掘詩美，藉以獨特地、完美地顯示自己的精神境界嗎？
所以，他的心中有著永恆的理想，不願在命運面前低頭。至於
其創作結構之巧妙，當然是含有文學的、美學的意義，也就是
藝術。他必須開拓詩美的世界，以顯出自己的獨創性。

愛倫‧坡深知，一首好詩，得承擔著某種救贖功能，它是
神聖的。因而，愛倫‧坡在創作過程中有著自己的審美意識。
在此歸納為三個象徵意義：（一）獨特的美學詩觀：愛倫‧坡
在詩歌具象與內在情志有同構之處時，擅用象徵與比喻的手法
在合理、貼切的同時求新、求奇。他曾說，深深地埋藏在人類
靈魂深處的永恆的本能就是對美的感受力；而真正的詩歌是由
永恆性的元素構成的美的創造，它使人們竭盡全力去獲得天上

的美，而不是眼前的美。他的詩從本質上，常以「不幸」的憂鬱美，追求事物與主體神秘的交感，常關心生與死的問題，意象幽深、抑鬱，帶有神秘或夢幻的色彩，也蘊涵著玄思與感慨。（二）音律美是詩的基本審美單元：他認為詩歌能夠喚醒人們對美的認知與崇高和神秘事物的感悟。欣賞愛倫‧坡的詩歌，則是端視其音樂性的力度是否與情感的濃烈相一致，還要欣賞其崇高美意象創造中的智慧，從而抵達統一的美好境界。（三）終極追求對死亡的反思與完整人性的呼喚：愛倫‧坡的詩歌作用於人的感官層次，極易引起人的情感共鳴。他透過書寫時間來直面死亡，以獲得形而上學的美，或愛的回應和自我反思，這是他在美學表述中以審美救贖人生的積極探索。對我而言，能研究愛倫‧坡詩歌的確也展現了一個全新的視野；因為，也讓我瞭解到，把握了詩的意象，才能走進詩人的內心，期在未來有更多的研究者能上下求索和理解愛倫‧坡的思想性和藝術性。

2012.2.12作

刊登中國《寧夏師範學院學報》，2012.02期，第33卷，頁27-30。

別具一格的《長夜之旅》
──淺釋景翔的詩

景翔其人其詩

　　景翔（1941- ），本名華景強，原籍浙江紹興，生於江西固江縣；1948年底隨家人來臺，臺北工專土木科畢業。其詩思的萌芽，可以推及到二十三歲；與詩人瘂弦、洛夫、隱地、張默、辛牧等為好友，一度被視為四十年代的新秀。重要譯作有：《非人子》、《獵鹿人》、《梭羅日記》、《異形》、《納粹大謀殺》、《玻璃玫瑰》、《此情可問天》、《我心深處》等。在高雄服役期間，景翔就開始為報紙撰寫影評，1965年退伍，曾短暫停留電腦界。後來進入新聞界，在《中國時報》服務滿二十五年後退休。擁有豐富的影視評論以及出版經驗的他，也曾主持廣播及電視節目，尤其喜愛翻譯推理小說。曾參與催生《推理》雜誌及長期撰寫「推理錄影帶選介」、「推理小說大家看」兩大專欄及擔任評審。

　　初次接觸到景翔也只是因為無意間得到了這本《長夜之旅》，而這詩集引起了我的注意之後又瞭解到原來此人竟有如此之大的名氣。給予我的重大收穫之一，是此書多有新穎，是多年來景翔詩歌的集大成之作；再度喚醒讀友，重溫那獨特的思想風格。全書分：三月的青澀、風之變奏、短歌行、面貌、小交響曲、蛺蝶飛舞、夜曲‧傳說、長夜之旅、寫詩的日子等

九輯。本文的主旨，從所舉的幾首詩作出發，做一些探討性的研究。這些詩歌有一個共同的特點，就是它們都以美學為宗，也可以說是對虛幻的景物和自然現象生發奇特的心理感受，是詩人精神風貌的一種寫照。從資料到素材的累積，由淺而入深，這裡也有一個哲理升華、記錄了景翔現代詩思維之特殊風格。他一方面用以表達心體作用之奧妙，另一方面則形容心鏡含藏之豐富。在做詩的透視之前，我看到的是，景翔在詩歌語言上最突出的特色，是它的形象化和超現實手法的運用，使人感到多姿多色，富有質感。因此，細讀後，從中提煉出詩人思維方式中規律性的東西，作為汲取詩思的養分，是無不有益的。

詩作賞讀

概括地講，對《長夜之旅》中的價值理論，尚須做具體的分析。但整體價值裁定方式，有下面三方面：一、其詩歌有澎湃的情感，能透過感性形式傳達出博大的涵容性及其理性內容；二、可以喚起讀者的具體感覺體驗，在反覆玩味中去感受其中的寓趣；三、其「意」往往深隱在「象」之後，而他對人與社會的理解和演繹似乎源自於自己的生活狀態。

請看〈露〉：

才見你來
就要消失在陽光裡

多希望我能成為夜
漫長漫長的

> 好叫你不是晶瑩在草尖上的那滴
> 淚水

　　這首詩是對內在感覺的表現，是感覺的意象化。它側重於輕柔，露輕輕地來，又悄悄地去，純淨的意象中分明有詩人的情感之潮在湧動。露也像個詩意的女孩，它來得這樣自然而然，素面素心，也走得太匆匆，讓詩人有種無言的惆悵。

　　景翔的情感世界十分特別，在書中輯九〈寫詩的日子〉裡，是一個行走者的心路歷程，同樣坦坦蕩蕩，這也許是他能寫出淒美的詩歌之因。比如〈素描集〉裡第三首〈W.S〉，詩人從他生命的時空中過濾出那些美麗的瞬間，真切而感人：

> 還坐在我身邊嗎？
> 你已經消失
> 留給我一座山的沉默
>
> 哎，你若一定要是山
> 就做一座冰山吧
> 單純得不生一棵樹的
> 而僅只照著白色的陽光
> 卻能幻出那麼些虹彩來

　　景翔是個很懂得愛的詩人，朋友情，甚至一滴露、一片碎花瓣也能激起他內心的漣漪。此詩似乎可以聽到他內心的喧響，刺痛了個體生命對同志之愛的感覺，在夜空裡輕輕迴盪。

　　眾所周知的事情是，景翔的散文詩成為了他詩歌裡最重要的標籤。那麼，他的散文詩的具體內容又是什麼呢？我認為，其散文詩有許多比喻都有超現實主義的色彩；也著力於表現出自己基於社會和人生背景的小感觸，使用很多孤寂的畫面風格，卻能細膩地描繪出生活觸發下思想情感的波動和片斷。本書收集許多首別出心裁的散文詩，如〈牆和夕陽〉，記下他人生的體悟和感動。輯八〈長夜之旅〉內分四章〈夜屋〉、〈青藤〉、〈小舟〉、〈鳳凰〉，我們也可以讀出景翔對同性戀的追求以及他不虛偽的純潔靈魂。他曾說，詩是想像的美化。本書內的散文詩，景翔自是力求去粗存精以達高境。

景翔：澎湃詩情的才子

　　《長夜之旅》是部藝術技巧靈活且思想繁富的作品，全書共收錄了八十五首詩，可說是景翔的佳作，在臺灣詩壇上頗受矚目。法國最偉大的詩人之一波德萊爾（Charles Pierre Baudelaire, 1821-1867），被奉為象徵主義文學的鼻祖，其《巴黎的憂鬱》（Le Spleen de paris），又名《小散文詩》（Petits Poemes en Prose），曾被沙特譽為「捕捉現代城市生活之美」的遺世奇書。他的散文詩，尤以對現實的嘲諷，最具深刻的社會批判意義。景翔也曾說過：「一部電影，就像傾訴著一場夢講一段人生。」，我以為，他寫散文詩並不是偶然的現象，有其深刻的必然因素：其一，詩人敏銳的性靈，喜以天地大海為友，自我完善為前提，是意念的超越活動；其二，詩風不局限於個我，不執著形相，而這「超現實」寫法，往往通過直覺體驗，才能得到。透過其看似怪誕的抒寫，令人更深刻瞭解真實人生的內涵和詩人

的內在心靈世界。雖然很難說清象徵主義抒情的方式在景翔的心中究竟占有一個怎樣的位置。然而，這部詩集從各個角度來講，都是面目一新，獨樹一幟。或許，類似於波德萊爾，他的詩既有浪漫的情感，但又不拘泥於現實，是運用多種藝術手法後的藝術昇華，也算是臺灣超現實派的開拓者。

　　總之，景翔是位澎湃詩情的才子；有種永遠孤獨的命運感。雖然，後來翻譯小說也引起他很大的興趣，然而，也意外地豐富了他內心的感受。我們不難在他作品中讀到許多描寫晨霧、風、鳥……等自然觀和異國之戀的主題，作品中也絕妙地運用了許多象徵主義的手法。我認為，一個真正的詩人必須有所揚棄的繼承傳統，同時對先進的理念也必須有所發揚。景翔一生孜孜以求的忠實於自己的本性，而不僅僅只是書寫看到的，這恐怕也正是景翔求變的真正原因；其思想之花曾深深植根在臺灣的土壤裡，為臺灣現代詩開闢了一條新的道路。這點，是無庸置疑的。景翔的詩歌內涵也被不少論家苦心猜度過，自然也帶給我許多思考；其美學價值在於使現代詩的表現對象得以擴大，使散文詩的審美內容更為豐富，如透過藍色的風，同樣是一種美的吹拂。而《長夜之旅》也為當代詩壇留下了精美的一頁。

2012.7.25作

刊登臺灣《創世紀》詩雜誌，第172期，2012.09秋季號

空間的歌者
——讀楊宗翰的詩

　　楊宗翰（1976- ），臺北人，臺灣詩壇的新秀，現為秀威資訊、新銳文創、釀出版副總編輯。著有詩論集《臺灣現代詩史：批判的閱讀》、《臺灣文學的當代視野》、詩合集《畢業紀念冊：植物園六人詩選》。主編過「林燿德佚文選」五書、「臺灣文學研究叢刊」、《文學經典與臺灣文學》、《臺灣文學史的省思》等多種。

　　楊宗翰的詩不寫歷史，但卻寫盡時間的蒼涼與豁達；筆下不乏對於美的敏感和追求，來溫暖自己的孤寂。他在心靈流浪過的地方，招著時間的影子慢慢行駛，這倒給我們比較充裕的時間慢慢欣賞其詩歌的特異與美麗。其詩歌的特色是盡量把主觀意蘊隱藏起來，用一個個可感性的具像畫面去喚起讀者的審美情趣，用以傳遞感情，暗示思想。

　　我們舉楊宗翰這首〈時色〉為例：

> 一滴湯汁在桌上
> 思索人的未來
> 你看守蒸發底過程
> 搾乾頭蓋骨溢出的笑聲
> 滴落時間成熟的色澤

　　此詩帶著強烈的空間感、色彩很有視覺衝擊力；也可以使人聯想到詩人沉思時與時間相碰時的迴響之聲。這一觸感與下

面溢出的笑聲造成情感上的反差，大概是傳達詩人內在感情的衝突，表現了潛意識的複雜。詩調是緩慢的，不斷震盪擴散，傳神地表現出愁苦的人的低沉和悲絕，寄託著心中淒苦的情懷。

　　在楊宗翰的所有愛情詩中有著迥然不同的獨特性，深具濃厚的浪漫主義色彩。比如〈夏蟬〉，詩人不僅用詩歌講話，而且他自己的感情就具有濃郁的詩意：

　　　　蟬聲在咖啡上遊走
　　　　冷了的磁杯燥熱泛紅

　　　　一些些禪也溢了出來

　　　　無法遏止
　　　　滾燙字跡沿嘴角滴落

　　全詩經除最後一幕傳遞出受愛情在胸腔中澎湃激昂的遐思與折磨，其餘各個場景都充滿了詩情畫意。楊宗翰詩歌的一個重要特點是，帶著寂寞、蒼涼、無可奈何的情感色調。詩的表現方式，擅於鋪張語言的外部奢華，以反映在刺激感官經驗的豐富性和敏感性，從而達到詩美的效果。接著，這首〈月興〉，曾獲得第一屆「臺北市公車捷運詩」獎，他把月下皓雪之美與等候者的憔悴刻劃得細微而真切：

　　　月出
　　　　　驚
　　　山

雪

寒僧推敲已久的
　　那滴淚
　　仍卡在
候鳥燥熱底喉頭

　　那瓊瑤似的月色多冰潔啊。那寒僧以獨在山水間徜徉的隱者意象，表現出仍頻頻眺望、思念的心境；而「那滴淚」終與人、月、雪融合為一片化境。楊宗翰的詩歌，談盡了心靈底層的生命翻飛。比如〈給時間〉這首詩中，時間對詩人而言，在現實裡面是殘酷的、也有期許的美好。原因是，詩人自己感觸到人位置的微弱感，在他所延伸出來的畫面中，有的是一觸可及的現實、有的就好像經由晨光與水的折射所產生的璀璨、晶瑩碎片般……，也就是說，常把愛情植入特定的時空之中，讓時間成為一個介面、一個能跨越現實、連接過去的介面。當歲月流逝，追憶終成永恆；其詩的鏡面確能把不同時空的想像，來作為創作的原始心念，值得沉思：

給時間上釉
星的亮度夜的森濃

給時間發條
扭緊好動的手

給時間吻
血紅草莓種滿人生

給時間一只花瓶
從容欣賞世人的目光

給時間一個空間
喘息，對未來發楞

給時間成熟的
經期，易腐的內身

給時間勇氣
給時間鏡

　　此詩透過隱喻的手法，在安靜的表面底下，能表達出生命
的醒悟和飛動。我個人覺得，楊宗翰詩歌在新一代詩壇，應是
少數具備文學情境的唯一代表。這些詩人中，有些敘述性格都
很強烈，但卻也因而少了一層足以繚繞的韻味；而楊宗翰正足
以修補這個缺憾。或許是因為他對文字的體悟力比較深，常能
單純地讓視覺自己來架構出背後詩的意涵，這點，確實是少見
的。在演繹他的〈給時間〉內容中，本質上，他並無意投射出
太多激昂的情緒，而是沉肅地讓形現出來的畫面，儘管看似靜
寂，卻更逼近詩歌語言與的張力。詩人把時空撞接在多層畫面
上，雖全然的寂靜，卻噴湧出對於時間物換星移的現實。
　　楊宗翰也是位擅長描寫孤獨況味的旗手。但他到底不是會
站出來大聲疾呼、向邪惡舉起鞭子的人。或許他更願做個空間
的歌者，想來亦也是好吧。最後推介這首〈傷痕〉，傳達的也

是詩人的寂寞與孤獨：

> 白色羽毛下落輕輕
> 宣揚生者的喜悅
>
> 一隻火柴般削劃而過
>
> 古堡周圍的空氣
> 隱約感知自己的重量
>
> 失去與純粹神秘的聯繫
> 石垛開始痛恨上帝的慈悲

　　詩裡，有寂寞含在眼裡的詩人，在古堡上沉思，一個悲傷的故事，正迷漫著……。從文字與影像的結構上分析，楊宗翰是個擅長在他的詩句中疊構出時空交錯的詩人；而那種跨越現境的懷想，讓人置身在詩境裡，甚至連宇宙也遺忘我，遺去一切時，便能貼實地感受到詩人心情從高頂緩緩降落的靜結，然後開始用生命真誠的聲音吟唱；同時，也是通過鏡頭來處理自己對歷史痕跡的一份情緒，經由爬梳之後所沉澱下來的情感，來傳播繆斯之神的光芒。

　　英國詩人莎士比亞說：「書籍是全世界的營養品。生活裡沒有書籍，就好像沒有陽光；智慧裡沒有書籍，就好像鳥兒沒有翅膀。」[1]臺灣詩歌從五十年代後期開始，由於「橫的移植」

---

[1]　註・摘自百度知道網http://zhidao.baidu.com/question/276300249.html

〈向西方學習〉的倡導，也由於西方文化的教育侵入與熏陶，使現代詩歌的西方意象增多了。而楊宗翰在接受佛光大學文學博士的教養後，其詩從本質上與西方象徵派詩相溝通，常以追求事物與主體神秘的交感，關心生死與時間永恆等抽象問題，意象帶有玄思、清麗及淡傷的色彩。這是他用自己的詩對現實社會和物欲橫流社會的反抗，也是孤獨靈魂與堅強生命力的放射。他一邊研究、一邊教學，這棵詩壇新樹將會更加茂密，不斷更新自己的藝術生命，猶如破繭才能成蝶那樣。這也許是楊宗翰詩歌給我的啟示吧。

2012.7.26作

刊登臺灣《乾坤》詩刊，2012・冬季號

附錄

文藝書評

楊奉琛：以觀心自在為心靈依歸

藝術家簡介

　　楊奉琛（1955-　），生於宜蘭縣小鎮，國立臺灣師範大學設計研究所畢業，曾任中華顧問工程司水及環境部顧問、臺北市都市更新審議委員會委員、大學講師等，現任臺灣雕塑學會會長、楊英風美術館館長，木易國際藝術有限公司負責人。1991年以來先後獲得國內外公共藝術設計首獎、臺灣燈會元宵主燈設計首獎等五十多項，並獲Washington Smithsonian Science Museum U.S.A. 收藏「雷射藝術版畫」作品兩件。2006年榮膺2008年奧運景觀雕塑方案徵集大賽組織委員會國際評委，榮登臺灣名人百科2006～2008（全國最具影響力的名人）。擅長景觀雕塑、光效雕塑，著有《雷射藝術》等書，2011年五月四日獲中國文藝協會獎章。

開啟雷射藝術一扇窗

　　2011年適逢中華民國一百年生日，於三月間臺北市新光三越開店二十週年系活動中，特別舉辦了雕塑大師楊英風父子作品聯展。在放映的畫面裡，已彰顯出楊英風對土地共生的深情與返璞歸真的文化本源。其子楊奉琛除師承家學外，另把雷射藝術的美感強加於雕塑裡；在公共景觀藝術上，他把雷射精

確性的特質及手握造形的力量，嘗試以中國的文化為底，打造出充滿流動的現代風格，讓作品深具思想性及藝術內涵。比如2001年高雄元宵燈會主燈「鰲躍龍翔」、2005年屏東縣海生館揭幕式的「海天一色消遙魷」、「大地之母」、「浪捲夕陽紅」、「奔月」、「邂逅」、「磐古」等一系列雷射藝術，多以簡化的輪廓線呈現無窮的自然力量，足以使觀者縈懷，有宗教淨化的心靈作用；也可以體會出楊奉琛胸懷磊落，除擁有更多創作上的自由，作品面貌豐富而廣。最令人印象深刻的是，他的雷射藝術畫似一曲曲以色彩為音元的原始音樂、能顯現空靈、寂靜、簡單的特質，基本上，應與作者恬淡的生命顯現相關，以觀心自在為心靈依歸，方能直抵清明的世界。

楊奉琛也是個以生命情境投射成就其雕塑藝術的創作者，始終保持「以最真、力求完美的方式創作」，並以自己生活的素材，建立了藝術昇華的雕塑。他也善於以臺灣本土美麗的山水為背景，融入景觀雕塑、公共藝術、環境規劃中。比如新北市的平溪十份的瀑布、玉山的雲海、原住民的木刻圖騰、澎湖的碧海等，都是楊奉琛與自然的對話。從四季的晨昏到充滿希望的港灣，從天地的氣息到五行的調和，楊奉琛永遠有揮灑不盡的題材。比如「雙舞」、「兩儀」、「心的軌跡」、「山闊」、「仲夏夜之夢」、「天蓋」、「謝地」、「六識」、「四象」等，作品清剛雅勁，以此證之楊奉琛藝術對自然萬物的終極關懷。他把對國學精神的理解化作出形象語言的詮釋及表現，更得接觸雷射藝術之啟發，此為其創作滋養來源的重要契機；而致力於意境上保持和諧淨化的修為，亦能得秀潤圓融之禪趣。在《臺灣名家藝術100雕塑 楊奉琛》書裡，其中，我尤喜愛的兩件銅鑄分別是，「凝‧思」，是根據心靈的和諧原

則，能賦予感覺世界以情真的牢固和有機性。「臺灣精神」的水牛，表情樸拙俏皮，有著明顯的體積質感和肌理清晰的結構。楊奉琛在1980年以後的作品，則趨現代意念，運用雷射藝術陸續地完成了許多元宵主燈傑作，是其真誠的才情表現。近年來，與大陸藝界也逐步的交流發展中，如此，由空間產生了時間，作品也由時間帶給觀者更多的尋思。

小　結

《觀心》畫冊裡，收藏許多楊英風珍貴的作品，其中，有「伴侶」、「日出而作」、「土地公廟」、「後臺」等版畫，有從鄉土情懷出發的樸實之美，透過歷史的眼光，更顯其豐厚密實的藝術涵養。另外，「天地星緣」、「鳳凰來儀」、「南山晨曦」、「夢之塔」等現代雕塑，也蘊涵著文人情懷的優雅之韻。由楊奉琛主導規劃分別以「斯土斯情」、「天地觀景」、「宇宙心境」、「天人合一」四個單元，以展現楊英風一生創作的文化內涵——常以鄉土文化為題來借境抒情，版畫裡，常有強烈的農家味，赤誠地描繪出生活的真實；雕塑中，也有敦實的力與美。在偌大展覽空間裡，也同時把許多幅楊奉琛雷射藝術作品及雕塑品陳列於內；其父子聯展的成功，源自作品本身的氣韻生動，都含帶了藝術上率性揮灑的造詣，再次展現臺灣人的驕傲於藝術上的承繼與創發的路程，也受到觀者的讚賞與心靈上的激盪。

2011.5.14作

刊登高雄市《新文壇》季刊，第27期，2012.04夏季號

試論《周世輔回憶錄》的文學價值

周世輔（1906-1988），湖南省茶陵鄉周陂水頭村人，著名文學家、哲學家，國父思想研究的奠基人。享年八十三歲。國立暨南大學文學士，韓國東國大學名譽哲學博士，曾先後任湖南一中校長、湖南大學、政治大學、師範大學等校執教，長達五十年。著有《中國哲學史》、《國父思想》等書，共四十本。獲教育部學術著作獎、資深教授獎等殊榮。

2011年十月五日，周世輔的次子周玉山教授邀請古遠清等三人在臺北江浙餐廳用餐後，他高大俊秀、為人嚴謹中帶著幾分俏皮。在長達一小時的訪談中，話題曾轉向他與父親生前留下的這本《周世輔回憶錄》上，我好奇地表示想深入探究。別後數日，竟能收到此書。在我閱讀的視野中，這部回憶錄記敘了周世輔一生八十三年滄海生涯裡，有求學過程、從政經歷到教書及研究、教育子女等生活回顧，也有縱情山水話遊樂的一面。就中國歷史體裁言，本書以傳記體為主，紀事本末體為副；有些地方行文很直率，但總體仍以經過細密組織的措辭為主。正如他在《中國哲學史》完成後，曾撰數聯。其中，「道傳一脈，堯舜禹湯文武。／學無常師，儒墨道法縱橫。」周世輔所體現的是以儒學為經，百家為緯，在百家學中，行師禹墨、學宗黃老。他對中國哲學研究的信念力量，以先秦學說與宋明理學為主；而不是依賴於理性與現實政治。他精研中山學說、涉及中西哲學領域，將自己置於歷史的正確一面，在艱苦卓絕中得到了許多鼓舞。曾撰一聯以自慰：「文積千篇堪稱

富，／書藏萬卷不言貧。」這是對堅強靈魂的頌歌，而我們也看到堅守者的姿態和努力的背影。

在書中，周世輔在教育方面不遺餘力，對子女的愛護，還表現在因材施教的方法上，結果各有不同的成就。尤其在描述對玉山小時候個性倔強與陽山的教導在情感的表達上，極大地豐富了書整體的蘊涵。這也難外這兩兄弟在最後結論對父親的追悼文，情思魂然一體，字字句句盡是思切與感懷，當然，這一切歸功於他們從小在充滿了人文氣息的熏染與慈母周關淑卿的養育之恩，讓子女們個個在社會上均足稱道。周世輔生前以其清峻之風骨，引起海內外文壇的注目。他勤奮教書，既寫詩文，又寫論著，用自己的心血建構起「中山學術」的不倦探求者。此書裡描述的壯麗風光及許多古蹟，還體現在人與自然的和諧統一上，也收錄許多詩文史話。在他客觀的山水世界與人的精神世界，通過意象的融合。如他的《秋水連天洞庭湖》、《君山名勝古蹟》，都堪稱上品。

目前為止，周世輔的生平故事已廣為人知。據他自己承認，他喜遊山玩水，本書在記述名勝古蹟中，先講到古聖先賢的勳業，其滿腔熱血，鮮明地表現出了回歸自然、回歸東方的美學趨向。書寫歷史詩文，亦包含人事與風景的記載或風雲際會與慷慨悲歌的歷史事蹟。這些回憶是記下了生活在他生命旅途中的刻痕，記下他生命中的體悟和感動，也使讀者感受到其文學創作水平和詩藝鑒賞力不斷提高。周世輔編這本書，初衷確實就是想從文學、歷史、傳略與遊記中，分屬敘事、敘時、敘人、敘景不同體裁的作品，選出以故事發生的時間編排或特殊背景為寫作對象，使讀者從中獲得多種學識與樂趣。他對文學的關注在他的人生中發揮了重要作用，同時，也造就了周玉

山、周陽山這兩兄弟亦追隨其父親進入教界，先後於政治大學及臺灣大學任教。在物欲橫流的環境裡，他始終堅持著自己的精神追求；從此書的開端起，我們看到一個敞亮的內心世界，走到無比輝煌的終點。至少就書所紀錄來說，他的回憶錄是別出心裁的。

　　截取敘述中的某些生平事功為橫面加以章節分析，是一般出版回憶錄的慣用手法之一，然而作為個人回憶錄能以涵蓋歷史人物，集散文、韻文為一體，融傳記於一爐者卻鮮有兼備學識與樂趣的研究文章。然而，在《周世輔回憶錄》裡，周世輔的話語果敢而堅定。他博取文、史、傳、遊的資料，前後歷經五年，在撰寫回憶錄時倒下，令人動容。他對自己評價說，「進無以立功，退無以補過，庸庸碌碌，流傳著千萬章文字，桃李復多姿，宜無憾矣！」這是我認為，周世輔一生最有意義的成就。如今，「周世輔形象」將長久活在後人心中。為什麼？因為在中國現代文學史上，真正寫出自傳卻並不採取傳記形式的，除魯迅外，周世輔是少數的學者之一。他的文學就是他的回憶錄。但須說明，真正擔得起這本回憶錄不過想幫助讀者更方便地瞭解中國歷史的人物事，用訴說的方式，啟發讀者在閱讀時更自覺地想起歷史人物。這是他此書的不竭的源泉！因此，從這個意義上來看，此書的價值或許不只是普通的賞析著作了。

2011.10.20作

刊登臺灣《大海洋》詩雜誌，第85期，2012.07

禪悅中的慈悲
——讀星雲大師《合掌人生》

　　星雲大師（1927- ），江蘇江都人。十二歲出家，二十三歲到臺灣，四十歲創建佛光山，現任國際佛光會世界總會長，獲文學榮譽博士等殊榮。他是當代佛學界難得的大才，一生不曾虛耗過尺寸光陰，其行履思想，對世界佛教界有深遠的影響。其著作開闊浩瀚，正是其偉大人格的體現。大師書法的創作隨靈感源源不絕而日益累積，也蘊涵著文人情懷的素雅之韻。在他所有的著作中，《合掌人生》令人感動和震撼，這裡不擬對大師的禪淨同歸的淨土思想作全盤考察，只以《合掌人生》為例，對其一生弘法心路歷程作一簡評。

　　對星雲大師的經歷，我希望看到的是，在當時的環境底下，大師是怎樣面臨現實挑戰與生死哲學命題？又如何將生活禪法與哲思緊實地連接？所幸這套《合掌人生》，給了我想要尋索的問題，一個勇毅而清晰的圖像。

　　大師出生於江都一個純樸的農家，出家後，縱然歷經戰亂、顛沛流離，飽嘗饑餓與困頓；也曾幾度處於生死邊緣或無妄的牢獄之災；但總能在關鍵時刻值遇善緣，化險為夷，並從中汲取智慧。他一生信順佛祖，決志弘法，從無疑惑；其寫作的靈感，源自生活中的體驗，隨緣喜捨，終日不變。佛光山自1967年開山，大師擔任主管十八年後退位，一生多奉行「以無為有、以退為進、以眾為我，以空為樂」的人生觀，也絕無誑語。他也重視文化弘法，雖然主張佛教要革新，但也不排斥傳統；其解析生活禪

或生命禪的例證，更是不勝枚舉。如說：「求觀音、拜觀音，更要自己做觀音。」這短短的一段話，融攝各家佛性思想於一爐，可見大師對各家思想的融合是很成功的。

印象最深刻的一段描述是，大師的外婆十八歲就開始茹素，她勤奮敦厚、慈祥助人、仗義執言，是大師記憶中最溫馨的回憶，也影響其簡樸與臨危不亂的性格。輾轉來臺後，既發深信佛陀教義，便起切願。他說，人生的意義，應該是在於奉獻、服務、結緣，其信願堅固，更認為，修行應該從人格完成，從道德的增長做起，修行是明心見性的功夫。其中有許多哲思，能提升到大乘佛教的殊勝基礎菩提心的高度。他始終祈望讓眾生在禪法中懂得慈悲喜捨，在禪悅中獲得智慧清明。如他為九十五歲的母親李劉玉英居士（大家稱她老奶奶）送行寫下一副輓聯：「歷經民國締造，北伐統一，國共戰爭，吾母即為現代史；走遍大陸河山，遊行美日，終歸淨土，慈親好似活地圖。」除抒寫出自己無盡的追思外，這實際是大師以信方便激勵人認真念佛的善方便。在「六信的信果」中有一句話「深信淨土，皆以念佛三昧得生」。而我也深信，依心所現的十方世界亦不可盡，應有極樂國，在十萬億土外，最為清淨莊嚴。

大師的行腳走過無數的弘法歷練、走過開闢佛光山的荊棘、走過世界、走過多少風風雨雨……，唯一不變的，仍是大師勤勉不懈之寫作風格，這種樸實真摯的論述，對國際佛教起了非常重要的作用，成為弘法的中流砥柱。無論事持或理持，他皆以倡導「三好、四和」（做好事、說好話、存好心；家庭和諧、人我和敬、社會和諧、世界和平）為己任。在佈教的基礎上作出心中的期望。大師五十多歲時，查出得了糖尿病，十年前又罹患心肌梗塞，近些年來因病多次動了手術。在他一一梳理過去的種種記憶

中的人、物、事中，我看見了大師一腔弘法為眾的熱血，也瞭解
到，大師的淨土思想源於「心佛眾生，但俱信願」。他一生為弘
揚佛法，不遺餘力；其願力堪與日月爭輝。

　　星雲大師的近作《合掌人生》，是他以現身說法進，而
對自我處世原則及重要的回憶作出了更為詳盡的詮闡。大師的
心性思想，為攝取學人的一種非常智慧的思想。他曾說：「慈
悲沒有怨敵，施捨必有收穫。」他的佛法是生活佛法，以「小
故事、富哲理」聞名於世。在其諸多著作中，以教導大眾在生
活中實踐佛法為主，為建設人間淨土的理想，他奉獻一生，無
悔無私。謹以此文對大師表達最深切的祈福。

2012.1.10作

刊登福建省《甫田學院學報》，第19卷第1期，總第78期，2012.02

評古遠清《從陸臺港到世界華文文學》

　　大陸學者兼評論家的古遠清具有難以割捨對世華文學和現代詩歌研究的情結。前者主導著他的教學與創作，後者推動著他投入畢生心血。他常不辭飛越重山、穿梭於兩岸三地，或講學，或客座訪談，或為踏遍書店，闢一清靜角落，只為尋覓珍本，藏書萬卷。縱觀古遠清的人生道路可以說演繹著二十世紀末至二十一世紀初的中國知識份子與文界及媒體往來密切的關係。一方面，在其近三十本專著中，光是批評史論就占了一半之多；這裡面大多具有傳遞文學種子的文化精神與其獨特的現代思想意識，廣受矚目。另一方面，他追求還原真相、嚮往言論公理，譬如余秋雨公堂對簿事件，讓古遠清一度成為媒體報導的文學人物，因而受到批評之聲不絕於耳。然而，這些外界的風雨侵蝕在古遠清的身上竟匯聚成一條巨流，既主導著他不懈的創作，這次，又再度推動著他如勇者般、獲得文學大家的風範，抒發了他對華文探索的無限熱愛之情。

　　今年六月底，收到秀威寄來這本嶄新的《從陸臺港到世界華文文學》大作。細讀之中，更確立了他數十年來對專業領域的敘事立場，特別是也為他書寫著臺灣詩文學界所面臨的各種研究瓶頸以及華文文學作家與作品的賞讀視角與優缺的評述。與此同時，雖為他在年逾七十的今日，還可以滿懷激情地為文學而努力，尤其還特別論及我的拙作於書中，深表謝忱。但是，也隱隱約約看到了一些值得挑剔之處。比如研究臺灣文學中沒有特別表現出從歷史階段性，究竟「臺文」有無嶄新的

精神面貌？或為了將臺灣文學與世界華人接軌，如何結合學界
交流、樹立研討會嚴謹的意志和貫徹的經驗結果。再者，身為
一評論家，古遠清沒有任何理由不去面對歷史（如陳映真入牢
事件內幕、或臺灣各詩派間的心結、甚至詩社興衰的深度研
究），不去從歷史角度去反思歷史。這種對待歷史的態度，表
面上看來是面面俱到，其實質是迴避歷史，沒有正視歷史，多
少令人失望。也就是說，文字間並無詆毀或過度褒貶；但顯然
仍有繼續大力抨擊的空間、作出深刻的反思。因此，如何整合
陸臺港文學間真正的歷史傷痕加以彌補，讓優秀的文學能跨越
政治的隔閡而有更寬廣的交流空間。書中不只是報導出自己研
究過程中得到這樣的認識，而能不以為了維護某些知識份子的
自尊或地位，而付出輕描式語言的沉重的代價。唯有這樣，才
得以催醒讀者對當代作家與作品問題有一個清醒的認知。

　　從《臺灣當代新詩史》到《認識古遠清這個人》等，林林
總總，各種學術性的宏觀論述或雜集中，我衷心佩服古遠清讀
書的精神，且一再締造出好收成。這本書，共分四章、二十二
節。首先，在大陸文學部份，從六十年來的大陸當代文論、文
革期間魯迅研究史引論到「嶺南三作家」，讀來並不晦澀難
懂。其中，對柳忠秧、李更、唐德亮詩歌的描述是成功的，能
給讀者留下夠專業、深刻的印象。第二章「臺灣文學」，則從
「戰鬥文學」到現代主義文學，從鄉土文學到後現代文學，從
「藍天綠地」下的文學現象到學院作家現象與二十世紀臺灣文
學，從中生代詩學建構的成績與局限，到臺灣文學關鍵字等，
凡此，出現在他筆下的無非是古遠清與臺灣文學之間的關愛，
以及通過他多次來臺及陸續收集中所見所思的結集。就所充體
現出的，一方面是對臺灣文壇中複雜微妙世界的獨到把握，另

一方面則是他身為評論家一種深厚的筆功的具備。他看到了臺灣文學學院作家的創作與批評已佔有重要地位,也預告了這種學院文化的自覺,是種嶄新的嘗試。當然,也有不周詳之處,比如對各家「尋根」臺灣文學思潮中,如何利用探究的眼光去挖掘出新意來。與其說古遠清在這部份在寫論述,還不如說他是越來越有技巧地收斂自己批評的詩性;但或可在筆鋒注入來自臺灣文學家論點的優缺上更精密的思考。

至於,第三章「香港文學」,其中,從「以史學家的眼光看文學」到「有香港特色的文學研究」等,充滿了古遠清對香港作家更深的期待。而最後一章「世華文學」,更嘗試論證了世華文學的文化價值。其中,從世界華文微型小說到王鼎鈞與劉荒田的散文等論述,古遠清不將目光投向國際視野中的文明,也並沒有糾纏「文化的華文文學」與「語種的華文文學」觀念互補或存廢的原因。只以天馬行空式的用語來簡約無比深廣的世華文學的內涵,留給讀者更多的省思空間。可喜的是,他對世界華文文學研究隊伍中,推舉出數位優秀的女性學者。對王鼎鈞與劉荒田散文更是推崇有加。我感到,古遠清寫作的時候是在一個靜謐的神秘王國,而自己就是這樣國度裡一位視野宏大、氣度開闊的人物。透過閱讀其兩岸三地的人文風景到論點的肌理脈絡,讀來悠遠、令人沉思與滿足。

2012.6.27作

刊登廣東省《遠清日報》,2012.07.02

讀《生活有書香——人間佛教讀書會的故事》

　　《生活有書香——人間佛教讀書會的故事》是側重於以人寫事，通過描寫讀書會的推動中活生生的人物，來再現他們在參與過程裡，讀書會如何扮演「化解人我疏離關係」的角色及大師對「生活書香化」全球同步推展的期許。

　　作者宋芳綺，曾任記者，編輯、電視節目主持人，現為幼兒教育工作者，獲佛光文學獎等殊榮；此書的創作智慧蘊含著豐富的社會寫實，皆非時下的人文故事、傳奇題材或神魔故事所能包容。書中的智慧在於突破傳統人文描寫的窠臼，改以實地觀察到的存在來呈現，更注意收集到各地讀書會的所見所聞，能詳實以保持敘述風格的統一，所以境界全新。

　　如同星雲大師在書中所述：「我們有讀書的種子，有讀書人，文化就會不斷地發揚光大，永遠在世界上熠熠生輝。」通過國際及全省各地的讀書會、這一個社會活力的細胞，宋芳綺描寫出許多世道人心及溫情的一面。其中的故事取材於實地採訪的經驗，將一個個讀書會成立的感人故事貫穿於故事中不斷湧現的情節出現。然而，世上的生存與死亡、歡喜與悲傷、希望與失望、幸福與災難……猶如天上人間，形成極為鮮明的對比。但，如何在讀友的分享與痛苦間，啟發出敢於主宰自己的命運，走出自己的路？

　　從創作學角度看，只有積極培訓更多的讀書會領導人加入義工的行列，讓經驗交流先取得彼此的信任，讓讀書會成立的後面

的情節，儘管是波瀾不斷，最後總能因應需求而開拓下去。

普及與深化

　　從縱的方向來看，「人間佛教讀書會」迄今十周年來，已深耕在臺灣及海內外二千多個角落，且透過與「天下遠見讀書俱樂部」共同結盟，對當代社會的教化意涵已不可言喻、無可比擬。作者寫出了從山巔到海邊、從童顏到白髮、從閱讀經典到電影讀書會等等事紀，也寫出了活動於其中的具體的人；她更以藝術地把握故事中人物的心靈，展示他們心靈提昇的前後過程。以至於覺培法師在此書中感性地指出：「每一個令人動容的故事，記載著讀書會存在的真義。」

　　從橫的方向來看，作者在書中的結構安排方面、創作運思方面，以及所表現的真善美啟迪方面等等，特別是對讀書會的深刻認識早已明確，都無不顯示了作者的巧慧。它借讀友故事思考著人的心性，思考著人的信仰、意志與生命力，使「建立團體的共同願景」成了讀友精神力量的支點。

　　「讀悟一點緣，讀懂一顆心」，理所當然是閱讀中的精髓。而星雲大師在推動讀書會的背後，有著一股砥礪、快樂的精神情調。因為閱讀的世界是自由的、豐足的，且有無限發展的潛力與想像的空間；而讀書會的存在只有在逐漸產生了一個文化，在宗教精神的觀照下，透過書香結盟才能得到落實全民閱讀風氣提昇的集中體現。

書香如雲水

　　書中香林國小校長所說：「書車的到來，帶來的不僅是書香，更帶來一份外界的關懷與祝福。」有多少次，「雲水書坊」在大師的指導下，無畏艱鉅而巡迴於各地的校園、為社區服務著？這行動圖書館目前共有六部書車，每部書車可裝載三千多冊書籍，正默默地將書香傳送各地；再以自我勉勵的方式，一步一腳印，尋找閱讀普及精神的認同。這個起點源於大師的思維，他認為：「因為讀書可以改變了我的人生。」這句話也啟迪無數個佛弟子的願力與禪心，當所有追隨者讀書的種子如江河奔流入大海時，目標其實一致，惟一重要的是閱讀深度和閱讀質地。

　　至於讀書會的聚點，那是溫暖和百感交集的因緣所在。無論是研讀佛教經典或是一群老菩薩的學習，或是兒童的齊聲朗誦聲或齊到世界各地去旅遊、聽講，「人間佛教讀書會」總部總是積極去策劃一次次活動，以書香浸潤人心；企圖為人民注入更多的知識與養分。

　　目前讀書會的類型包括：藝文讀書會、社區讀書會、班級讀書會、兒童讀書會、鐵窗外春天〈監獄〉讀書會、雲水讀書會、電影讀書會等已形成十餘種之多。而其中，無論是帶領人與讀友間對話，或如何擺脫憂鬱症的困擾等，這些故事也體現出了作者所傾聽到的勇於走出自我的一種生命的節奏。《生活有書香》無疑已成為推展讀書會集大成式的階段性成果。

2012.7.14作

刊臺灣《人間福報》，2012.7.22閱讀版

作者林明理六年來文學作品目錄
（2007-2012冬）

1. 南京《南京師範大學文學院學報》，2009年12月30日出版、總第56期。
2. 《安徽師範大學學報》，第38卷，第2期總第169期，2010.03。
3. 江蘇省《鹽城師範學院學報》，第31卷，總第127期，2011.01期。
4. 福建省《莆田學院學報》，第17卷，第6期，總第71期，2010.12。
   ／2012.01期
5. 湖北省武漢市華中師範大學文學院主辦《世界文學評論》〈集刊〉
   ／《外國文學研究》〈AHCI期刊〉榮譽出品，2011年05月，第一
   輯〈總第11輯〉，頁76-78。
6. 山東省《青島大學學院學報》，第28卷，第2期，2011年6月。
7. 廣西大學文學院主辦《閱讀與寫作》，322期2009.07。328期
   2010.01、2011.07。
8. 西南大學中國新詩研究所主辦《中外詩歌研究》，2009第2期、
   2010第3期。2011.第3期。2012第01期詩評艾青。
9. 江蘇省社會科學院主辦《世界華文文學論壇》、2009第4期、2010
   第3期、2011第2期。
10. 上海市《魯迅研究月刊》，2011夏，上海社會科學院出版社。
11. 北京中國人民大學主辦《當代文萃》，2010.04，發表詩2首。
12. 全國核心期刊山東省《時代文學》，2009第2、6、12期共3期封面
    推薦詩歌19首及詩評7篇。
13. 山東省作協主辦《新世紀文學選刊》2009.08、11、2009增刊，
    2010.01、03、2011增刊，發表詩歌28首及評論3篇。
14. 河北省作協主辦《詩選刊》2008.9、2009.07、2010.04，發表6首詩
    及詩評綠蒂1篇。

15. 新疆省優秀期刊《綠風》詩刊2009第3期、2010第3期，發表10首詩。

16. 遼寧省作協主辦《詩潮》詩刊，2009.12、2010.02、2011.02期封面底來訪合照照片之一〈後排〉，發表詩4首及詩評綠蒂。

17. 香港詩歌協會《圓桌詩刊》，第26期，2009.09，發表詩評余光中1篇，詩2首。第33期，2011.09，詩評1篇，詩2首。第38期，2012.12詩評秀實1篇。

18. 香港《香港文學》，2010.03，發表9首詩、畫1幅。

19. 安徽省文聯主辦《安徽文學》，2010.02，發表詩2首。

20. 天津市作家協會主辦《天津文學》2009.12、2011.01，發表詩14首。

21. 北京《老年作家》，2009年第4期、2009.12、2011.01封面推薦、2011.02期發表書評、2011.03期書評。

22. 大連市《網絡作品》、2010第3期，發表詩歌4首。

23. 湖北省作協主辦《湖北作家》2009、秋季號，總第32期，發表書評古遠清教授1篇。

24. 中共巫山縣委宣傳部主辦《巫山》大型雙月刊，2010.02、2010.04，發表詩2首及畫作2幅。

25. 山東省蘇東坡詩書畫院主辦《超然詩書畫》，2009.12總第1期發表詩3首畫6幅。2010.12總第2期畫2幅。2011.12總第3期刊登畫2幅評論林莽1篇。2012年總第4期刊登畫4幅及評論賀慕群1篇。山東《超然》詩刊，總第12期2009.12詩6首畫1幅、13期2010.06詩4首、15期2011.06詩2首、17期2012.06詩2首詩評莫云一篇。

26. 美國《poems of the world》季刊，2010-2012夏季，發表譯詩12首。

27. 中國《黃河詩報》，2009年3期，總第5期，發表詩3首。

28. 山東省《魯西詩人》，2009.05，發表詩4首。

29. 福州《臺港文學選刊》，2008.09發表詩5首，2009發表詩歌。

30. 美國《亞特蘭大新聞》，2010.02-2011.07發表8篇評論及詩1首。

31. 美國《新大陸》雙月詩刊，任名譽編委，2009第110期迄133期發表詩44首。詩評2篇。

32. 《中國微型詩萃》第二卷，香港天馬出版，2008.11，及《中國微

型詩》25首。

33. 臺灣《國家圖書館館訊》特載，2009.11發表書評1篇。

34. 臺灣「國圖」刊物，《全國新書資訊月刊》2010.03起至2012.09，第135、136、137、138、140、142、143、144、146、147、148、149、150、151、152、153、155、156、158、159、160、161期、162期、164、165期，發表詩評及書評共24篇。

35. 臺灣《創世紀》詩雜誌，160-173期至2012冬季，發表詩17首，及詩評18篇。

36. 臺灣《文訊》雜誌，2010.1、03、7、12、2011.08、2012.02〈發表評論6篇〉。

37. 臺灣《笠》詩刊，2008起，第263-291期〈至2012.10止詩發表48首及詩評14篇〉。

38. 臺灣 中國文藝協會《文學人》季刊，2010-2011，發表詩7首及評論2篇。

39. 臺灣《文學臺灣》，第72-83期〈至2012秋季〉，發表詩9首。

40. 臺灣《新原人》，2010夏季號，發表詩2首。2011冬季號，第76期，頁214-220刊評米蘭・裏赫特

41. 臺灣 佛光大學文學院中國歷史學會《史學集刊》，第42集2010.10，發表書評〈概觀吳鈞《魯迅翻譯文學研究》有感〉。

42. 臺北市保安宮主辦，《大道季刊》2011.01，發表古蹟旅遊論述。

43. 臺灣《乾坤》詩刊，2010-2012.冬季，第50-64期，發表詩38首及詩評12篇。

44. 臺灣《秋水》詩刊，2008-2012.10止，發表詩22首及詩評4篇，第137-155期。

45. 臺灣《人間福報》副刊，詩2008-2012.12止，刊登詩63首、散文小品等37篇，畫17幅。

46. 臺灣高雄市《新文壇》季刊，至2012冬季，發表詩26首及詩畫評論10篇。

47. 臺灣《海星》創刊號，至2012・12冬季第6期止發表詩15首，詩

評5篇，書封面插畫一幅。

48. 山東省作協主辦《新世紀文學選刊》，2009年擔任刊物的封面水彩畫家一年畫作共刊12幅，獲其主辦文學筆會「詩歌一等獎」證書。2009.08至2010.03共發表詩28首，詩評3篇。

49. 遼寧省作協《中國詩人》2011.05卷刊登林明理評白長鴻詩評一文。

50. 中國重慶市《世界詩人》季刊（混語版）總第64期，2011.冬季號，詩評許其正1篇。總第64期。2012.11總第68期，詩評米蘭‧里赫特1篇。

51. 2011.10.14應邀臺灣省國立高雄應用科技大學人文學院丁旭輝院長邀請至校任新詩組三位評審〈林秀蓉博士、黃耀寬主編〉之一。撰寫評文。

52. 臺灣《新地文學》，第18期，2011.年12月，刊登詩2首。第22期，2012年12月，刊詩2首。

53. 中國河南省《商丘師範學院學報》2012年.第1期，刊登書評丁旭輝一篇。

54. 2011.12.08應邀於高應大人文學院丁旭輝院長至校擔任「佛文盃」評審，撰寫一文，刊登臺灣省《臺灣時報》2011.12.16，頁18。

55. 臺灣真理大學臺灣文學資料館發行《臺灣文學評論》2011年10月，第11卷第4期。。2012年第12卷第1期書評2篇及第二期書評1篇及詩1首。2012年第三期詩3首畫1幅。

56. 臺灣 佛光大學文學院中國歷史學會《史學集刊》，第43集，2011.12，發表書評蔡輝振。

57. 臺灣《鹽分地帶文學》雙月刊，第37期，2011.12.31，刊登詩一首。

58. 林明理詩4*記夢──九份黃昏──九份之夜──生命的樹葉──安徽省文學藝術界聯合會──《詩歌月刊》2012.03

59. 林明理詩──〈歌飛霍山茶鄉〉外1首──獲得安徽省「霍山黃茶」杯全國原創詩歌大賽組委會「榮譽獎」榮譽證書，主管單位：六安市委宣傳部主辦單位：六安市文 廣新局 大別山詩刊雜誌社，刊登安徽省《大別山詩刊》，2012年總第23期，頁72-73。

60. 臺灣《大海洋》詩雜誌，第85期，2012.07刊登林明理中英譯詩4
　　首、書評周世輔一篇。第86期，2012.12刊登林明理中英譯詩4
　　首、書評愛倫‧坡一篇。

61. 香港《橄欖葉》，2011.06第1期刊登詩1首。2012.06，第3期，刊登
　　詩一首。2012.12第4期刊登2詩。

62. 中國《寧夏師範學院學報》，2012第02期，第33卷，刊登詩評1篇。

63. 中國廣東省《遠清日報》，2012.7.2書評古遠清。

64. 北京市朝陽區文化館《芳草地》2012年，第2期，總第48期，刊登
　　評非馬，頁50–57及封面內頁明理畫

65. 2012年第二輯《詩探索‧作品卷》中國北京，刊登評陳義海及詩5首

66. 散文《髻鬃花》的邂逅，刊廣東省《清遠日報》2012.8.10閱讀版

67. 重慶市文史研究館《重慶藝苑》2011冬刊登林明理詩2首。

68. 臺灣《葡萄園》詩刊刊登詩文共36篇。

69. 臺灣《世界論壇報》第147-168期刊登詩文。

70. 河北省《新詩大觀》第54-56期刊登詩11首。

71. 武漢市第一大報《長江日報》2009.11.20刊登林明理詩1首

72. 泰國《中華日報》2009.8.11刊登詩3首。

73. 福建福州市文聯《海峽詩人》第2期，刊登林明理詩3首2012.09

74. 臺灣《青年日報》副刊 2012.11.17刊登林明理詩1首。2012.12.16刊
　　詩〈寄墾丁〉。

75. 廣東廣州《信息時報》2012.11.25C3版刊登彭正雄：《歷代賢母事
　　略》書評1篇。

76. 臺灣 真理大學人文學院臺灣文學系 主辦第16屆臺灣文學牛津獎暨
　　《趙天儀文學學術研討會》論文集，2012.11.24收錄詩評1篇。

後　記

　　感謝海內外各刊物主編張默、辛牧、封德屏、莫渝、戴嘉玲、郭楓、林煥彰、莫云、朱學恕、楊濤、彭瑞金、林佛兒、李若鶯、黃耀寬、涂靜怡、陶然、潘琼來、季宇、秀實、秀珊、曲近、郁蔥、張映勤、Dr.Elma.、李牧翰、李浩、羅繼仁、白長鴻、陳銘華、許月芳、周慧珠、劉大勇、謝明洲、柳笛，及南京師範大學吳錦教授、青島大學田軍教授、甫田學院彭文宇教授、華中師範大學鄒建軍教授、安徽師範大學王世華教授、鹽城師院陳義海教授、郭錫健教授、商丘學院高建立教授、重慶師範大學黃中模教授、吳思敬教授、傅天虹教授、王柯教授、莊偉傑教授、王立世副教授、林莽老師等各學報教授的支持。此外，也感謝臺灣省「國家圖書館」前館長顧敏教授、現任「國圖」館長曾淑賢博士、佛光大學范純武教授、蔡秉衡教授、成功大學陳昌明教授、高應大丁旭輝院長、林秀蓉博上、臺文館館長李瑞騰教授、副館長張忠進老師、萬卷樓出版陳滿銘教授們等師友的鼓勵。特別向吳英美主編、曾堃賢主任、鄭雅云編校、參考組杜立中致上最深的謝意；也感謝鍾鼎文老師、蕭蕭老師、非馬、辛鬱、魯蛟、文協綠蒂理事長、方明、愚溪、鄭烱明、曾貴海、郭楓、許達然、丁文智、廖俊穆、鄭烱明、曾貴海、黃騰輝、陳坤崙、藍雲、周伯乃、吳德亮、周玉山博士、楊允達、蔡登山、許其正、喬林、鄭琇月醫師、沈明福醫師、如常法師、妙仲法師、人間衛視「知道」節日鄭朝方、蘇大偉等詩友的愛護。最後僅向秀威出版社發行人

　　宋政坤先生及主編蔡登山老師、楊宗翰老師、責任編輯姣潔、排版人員彭君如、美編秦禎翊等為本書所付出的辛勞致意，讓筆者有不斷成長的機會於這片文壇沃土。

林明理於左營

文學視界19 語言文學類 PG0905

用詩藝開拓美
——林明理談詩

作　　者／林明理
責任編輯／黃姣潔
圖文排版／彭君如
封面設計／秦禎翊

發 行 人／宋政坤
法律顧問／毛國樑　律師
出版發行／秀威資訊科技股份有限公司
　　　　　114台北市內湖區瑞光路76巷65號1樓
　　　　　電話：+886-2-2796-3638　傳真：+886-2-2796-1377
　　　　　http://www.showwe.com.tw
劃撥帳號／19563868　戶名：秀威資訊科技股份有限公司
　　　　　讀者服務信箱：service@showwe.com.tw
展售門市／國家書店（松江門市）
　　　　　104台北市中山區松江路209號1樓
　　　　　電話：+886-2-2518-0207　傳真：+886-2-2518-0778
網路訂購／秀威網路書店：http://www.bodbooks.com.tw
　　　　　國家網路書店：http://www.govbooks.com.tw

2013年1月BOD一版
定價：350元
版權所有　翻印必究
本書如有缺頁、破損或裝訂錯誤，請寄回更換

國家圖書館出版品預行編目

用詩藝開拓美：林明理談詩 / 林明理著. -- 一版. -- 臺北
　市：秀威資訊科技, 2013.01
　　　面；　公分. -- (語言文學類；PG0905)
　BOD版
　ISBN　978-986-326-059-2 (平裝)
　1. 新詩　2. 詩評

820.9108　　　　　　　　　　　　　101027698

讀 者 回 函 卡

感謝您購買本書，為提升服務品質，請填妥以下資料，將讀者回函卡直接寄
回或傳真本公司，收到您的寶貴意見後，我們會收藏記錄及檢討，謝謝！
如您需要了解本公司最新出版書目、購書優惠或企劃活動，歡迎您上網查詢
或下載相關資料：http:// www.showwe.com.tw

您購買的書名：＿＿＿＿＿＿＿＿＿＿＿＿＿＿＿＿＿＿＿＿＿＿＿＿＿

出生日期：＿＿＿＿＿年＿＿＿＿＿月＿＿＿＿＿日

學歷：□高中 (含) 以下　　□大專　　□研究所 (含) 以上

職業：□製造業　□金融業　□資訊業　□軍警　□傳播業　□自由業
　　　□服務業　□公務員　□教職　　□學生　□家管　　□其它＿＿＿

購書地點：□網路書店　□實體書店　□書展　□郵購　□贈閱　□其他

您從何得知本書的消息？

　　□網路書店　□實體書店　□網路搜尋　□電子報　□書訊　□雜誌
　　□傳播媒體　□親友推薦　□網站推薦　□部落格　□其他＿＿＿＿＿

您對本書的評價：(請填代號　1.非常滿意　2.滿意　3.尚可　4.再改進)

　　封面設計＿＿　版面編排＿＿　內容＿＿　文／譯筆＿＿　價格＿＿

讀完書後您覺得：

　　□很有收穫　□有收穫　□收穫不多　□沒收穫

對我們的建議：＿＿＿＿＿＿＿＿＿＿＿＿＿＿＿＿＿＿＿＿＿＿＿＿＿

＿＿＿＿＿＿＿＿＿＿＿＿＿＿＿＿＿＿＿＿＿＿＿＿＿＿＿＿＿＿＿＿＿

＿＿＿＿＿＿＿＿＿＿＿＿＿＿＿＿＿＿＿＿＿＿＿＿＿＿＿＿＿＿＿＿＿

＿＿＿＿＿＿＿＿＿＿＿＿＿＿＿＿＿＿＿＿＿＿＿＿＿＿＿＿＿＿＿＿＿

11466
台北市內湖區瑞光路 76 巷 65 號 1 樓

秀威資訊科技股份有限公司　　　收

BOD 數位出版事業部

....

（請沿線對折寄回，謝謝！）

姓　　名：＿＿＿＿＿＿＿＿　年齡：＿＿＿＿　性別：□女　□男

郵遞區號：□□□□□

地　　址：＿＿＿＿＿＿＿＿＿＿＿＿＿＿＿＿＿＿＿＿

聯絡電話：(日) ＿＿＿＿＿＿＿＿＿　(夜) ＿＿＿＿＿＿＿＿＿

E-mail：＿＿＿＿＿＿＿＿＿＿＿＿＿＿＿＿＿＿＿